ちくま文庫

羊の怒る時

関東大震災の三日間

江馬修

筑摩書房

序

この「羊の怒《いか》る時」は、昨年の十月から今年の三月にかけて書いたものである。しかしその頃の自分から見ると、現在の自分は実に変ったものだ。

昨年の一月及び五月に出版した長篇小説「極光」に於《お》いて、自分はインターナショナリストとしての自己の立場を明らかにした。そして「羊の怒る時」も或《あ》る意味で同じ立場から書かれたものと言える。しかし、同じインターナショナリストとしても、その頃の自分はやはり「受難者」以来の観念論者である事に少しも変りが無かった。ところが、「羊の怒る時」を書き終える頃から、自分は思想上に一大変化を経験した。そして自分はマルクス主義者となった。随《したが》って、今もし自分がこの同じ題材を書くとすれば、かなり変ったものになるであろう。とは言え、同時にまたこの作に於いて、どうして作者がそのように転化したかを、或る程度まで理解して貰《もら》えるだろうとも思う。

人も知るとおり、今は通俗小説の全盛期である。そして一般の読者は、分り易い、甘い、そして面白い作品にあまりに慣れすぎている。そうした読者にとっては、「羊の怒る時」のように地味な、ぱっとしない、恋愛もなければ纏《まと》まった筋さえない小説は、かなり退屈なものに思われるかも知れない。それはどうも致し方が無い。しかしまた、多くの読者の中には、外部的な華やかさや、筋の興味や、虚飾的な技巧なぞを無視して、まじめな芸術的作品を理解し得るものも決して少なくはないと信じる。そして自分が今この作を出版するのは、そういう人々に訴えるためなのだ。

余計な事は何にも言うに及ばない。もう一つ、自分がこの作を校正している間に、作の中に出てくる蔡順秉君が日比谷公園で毒を呑んで自殺した。自分は今ここでその原因や理由を述べ立てようとは思わない。唯《ただ》思い出のためにちょっと書き添えて置く。

付録の二篇は「羊の怒る時」と同じく、いずれも震災を題材としたものなので、一緒にこの本に納める事にした。それからこれは芸術的価値とは何の関係もない事であるが、「人柱」の題材は死んだ長兄から得たもので、横浜に起った事実に依《よ》って書いたものである。

最後にこの本のために表装とカットを描いてくれた川越篤君にあつく謝意を表する。

千九百二十五年十月十日夜

江馬　修

目次

凡例

一、『羊の怒る時』は、一九二五年十月、東京・聚芳閣より刊行された。本書は、一九八九年十月に影書房により復刻された版を底本としている。

一、現代仮名遣いにあらためてある。送り仮名・句読点などは、若干をのぞき原則として原文どおりである。

一、漢字の用法や表記で統一をおこなったものがある。

一、明らかな誤植と思われるものは訂正し、読みにくい漢字にはルビを付している。一部、誤植か独自の表現か判断に迷うところには「ママ」と付した。

一、×××などの伏字は、判断できる限り、朝鮮人、虐殺などとして起こし、判断できないものは伏字のままとしてある。人名・店名などの××印は、他の伏字と区別するため○○と改めている。

一、「鮮人」「きゃつら」「肺病やみ」などの差別的な表現があるが、本書の内容と歴史性を尊重してそのままとした。

一、「序」にふれられている「付録の二篇」(短篇「彼の気がかり」と戯曲「人柱」)は、収録されていない。本の装丁も当時とは異なる。

羊の怒る時

第一日

大正十二年九月一日、――

その朝、自分はいつものように遅く、――何故なら、自分はいつも夜一時二時、もしくは夜あけ近くまで働いていたので、――書斎の片隅にあるひとり寝のベッドで眼を醒《さ》ました。多分十時頃でもあったろう。部屋の中は何となく湿っぽく、鬱陶《うっとう》しかった。外ではあわただしげに風の鳴る音がして、時々烈《はげ》しい勢いで雨が窓ガラスに吹きつけた。それさえあるに、過労した頭脳は、眠りの後でも何となく重苦しく、冴《さ》えなかった。そして起きては机に向い、起きては机に向いする、苦悩ばかり多くて快楽の少ない単調な日々のことを思うと、妙にわびしい、やる瀬ない気がして、暫《しば》らくは起きて出る気にもならなかった。

しかし、一旦《いったん》目が醒めた上は、いつまでもそうしてベッドの上でぐずぐずしている訳にも行かなかった。やおら自分は起き上った。そしてスリッパをひっ掛けて、寝間着のまま座敷の方へ出て行った。妻は薄暗い勝手元で何やらごとごとやっていた。六つになる長女と三つの次女とは、座敷から縁側へいっぱいに玩具を散らけて遊んでいた。

「お父さん、お早う、」と子供たちは自分の顔を見るといつものように言って、楽しげに遊びつづけた。

「お早う、」とだけ答えて、自分は不機嫌な顔をして、――恐らく外の者にはそう見えたに違いない、――そこの円テーブルに向って椅子に腰をおろした。そして巻煙草《まきたばこ》に火をつけて、またもやぼんやりと庭を眺め始めた。妻は勝手元からちょっと顔を出したが、朝の挨拶だけすると、すぐ引っこんでしまった。寝起きが悪くて、暫くは人から話しかけられることを極端に嫌いな自分をひとりでそっとして置くために。

こうして自分は立てつづけに二本も巻煙草を燻《くゆ》らす間、時々ざっと雨の吹きつける陰鬱な庭の面をぼんやりと眺めていた。それから漸《ようや》く立って台所へ行って、顔を洗い、髪を櫛《くし》けずった。そして座敷へ戻ると、円テーブルの上には茶の支度ができていた。慣例として、自分は朝飯を食べなかったので、――それは頭を鈍らせる、――茶を呑みながら妻と一言二言話すと、すぐ書斎へ閉じ籠《こも》った。

そこでもしかし、自分はすぐにテーブルに向おうともしないで、やはり巻煙草を燻らしつづけながら、かなり長く部屋を行ったり来たりしていた。自分にはもう二年ごし続けている長い創作があって、実はけさもその仕事をやりたいのであったが、テーブルの上にはその初め三分の一ばかりが既に印刷屋から校正刷となって廻《まわ》ってきたのが、二百ページばかり積まれていたのである。校正、自分にとって既にすぎ去った生活を一語々検閲して行かなければならないこの仕事は、決して楽しい愉快なものでは無かった。まして原稿がまだ全部できあがっていない今の場合には猶更《なおさら》。で、自分は校正刷を受取ってからもう四、五日になるのに、それには少しも手を触れようとしないで、相変らず創作の方へかかり切っていた。まったく一日脱《のが》れの気持で、しかも絶えず気にはなりながら。しかし印刷屋の都合もあるので、そんなにいつまでも校正を打ち棄てて置く訳にも行かなかった。それできょうこそ創作にかかる前に、校正の方を少しでも片づけて置こうと考えた。それにも拘《かか》わらず、自分は容易に仕事にかかる事ができなかった。

然《しか》し、ついに自分は心をきめてテーブルに向った、そして校正刷を読み始めた、片手に朱筆を持ちながら。愈々《いよいよ》かかってみればそんなに心配したものでは無かった。或る箇所なぞは自分ながら実に気持よく書けていると思った。そしていつとはなしにこの仕事に熱心になっている自分を見出した。

「御飯ですよ。」

校正刷を三台ばかり目をとおした頃、妻がドアをあけて入ってきながらそう言った。見ると、彼女は、乳房をくわえたまま寝入った次女を重そうに抱えていた。

「ちょっと寝台をお借りしますよ。」

そして妻は子供をベッドの上へ持って行って、静かに横たえた。

自分は立って座敷の方へきた。いつか風もやみ、空も晴れて、湿った庭には日が当っていた。

円テーブルには食事の仕度ができていた。そして長女は待ちかねたように、庭の方へ向いてテーブルに向っていた。自分は彼女の側《そば》へ行って腰をおろした。妻もすぐやってきて自分の真向いに坐《すわ》った。そして皆に飯をよそったり、味噌汁をつけたりした。

自分達は食事を始めた。自分はぼんやりと考えこんで、何を言う気にもならなかったので、黙って食べた。そして何を食べているのか、どれほど食べたのかも知らなかった、仕事ちゅうにはよくあるように。随って妻も子供も黙って食事をつづけていた。

不意に自分は全身に、——もしくは全精神にと言おう、——何とも言われぬ、異様な衝動《シヨツク》を感じた。そして思わずあたりを見まわす隙もなく、スリッパをはいて軽く畳の上につけていた右の爪足に、（どういう訳か知らないが左足については何の記憶もない、）電気のように触れてくる微《かす》かな、しかし力強い震動を感じた。震動は急速に、律動的に高まってくる。地震だ。しかも上下動では無いか、——地理の先生から恐ろしいものと聞かされていたところの——

自分はいつか箸を置いて立上っていた。家屋は既に激しく震動して、勝手元では騒がしくつづけさまに物の落ちる音がした。

「いよいよ来たな。」

この瞬間、何の故ともなく、自分は心の中でそう呟《つぶ》やいた。

自分は殆《ほと》んど本能的にいきなり屋外へ脱れようと思った。しかし自分だけ飛出す訳には行かない。何故なら何よりも二人の子供を助け出さねばならないから。自分は長女の方へ早い一瞥《いちべつ》を投げた。彼女は猶《なお》テーブルに向って箸を持った儘《まま》、味噌汁の椀がぐらぐら揺れるのを見てこう叫んでいた。

「母ちゃん、味噌汁がこぼれるよ。」

しかしこの時、自分の頭には、書斎のベッドにひとり寝かされている次女のことが浮かんだ。正直な所、自分はそんなにも間近に坐っている、そして熱愛して止まない長女を抱きあげて直ちに外へ脱れたかったのである。しかも自分は長女を措《お》いて、家屋の激しく震動する中をいきなり書斎へ飛びこんで行った。そしてベッドの上に何事も知らないで、毛布の外へ両足を投げ出して熟睡している次女を掻《か》っさらうように抱きあげると、すぐにまた座敷へ引返した。

「お前はその子をつれておいで。」

始めて事の意味の重大さを悟ったように、漸く椅子から立上った妻に長女を指してそう言うか言わないうちに、自分は跣足《はだし》のままで疾風のように中庭へ飛びおりた。中庭には小さい木戸があって、そこから家の玄関の前へ、そして傾斜した広い前庭へ出られるようになっていた。自分は目の前にその木戸が閉ざされているのを見た。そして次女を抱いたままいきなり木戸を飛び越えて出ようとした。今はもう木戸など開けている隙《ひま》はなかったので。しかし後からくる妻と長女のことを思って、自分は飛び越すのを止めた。そして今にも頭の上へ崩れかかってくるような恐怖に脅《おび》やかされつつ、ようよう木戸の輪をはずして、そこから玄関の前へ、そして広い前庭へ命がけで脱れ出た。

地震を感知してから、子供を抱えて表へ飛び出すまでの時間は、恐らく五、六秒間にすぎなかったろうと思う。外に立った時、震動は一層激甚《げきじん》になって、屋根瓦がぐらぐらずり始めた。しかし、こうして外へ出てしまった以上、少なくも自分と次女の命だけは大丈夫だと思った。子供は自分の腕の中で目をさまして、猶《なお》眠そうな眼でふしぎそうにきょときょとあたりを見廻していた。

それにしても妻はどうしたのか、そして長女は？　彼等は自分の後からすぐについてくるものと思っていたのに、なかなか出て来なかった。自分は気が気で無かった、そして外から一生懸命で呼びつづけた。

「早く、早く。なぜ出て来ないのか。」

実際にはその間は十秒ばかりだったかも知れない。しかし自分は十分も二十分も待たされた気がした。今にも家がぐゎらぐゎらと潰れて、妻と子は下敷きになってしまうだろうと思われた。自分は妻ののろま加減に恐ろしく腹が立って、さらにこう喚《わめ》き立てた。

「馬鹿、早く出て来ないと殺されてしまうぞ！」

ようやく妻がうろたえ切った顔をして、片手に長女の手を引きながら、中庭の木戸を出てきた。と思うと、妻はいきなり湿った土に足を辷《すべ》らせてその場に倒れた。同時に長女も手を引かれたまま仰向けにひっくり返った。その瞬間、玄関の屋根の瓦が彼等の上へぐゎらぐゎらと崩れ落ちた。自分はしまったと思った。妻と子は瓦にやられたと思った。しかし妻はすぐ起き上った。長女も起き上った。鬼瓦は長女のうしろ頭と殆んどすれすれに落ちてきたが、運よく触れなかったのである。後で自分はずっしりと重みのあるその鬼瓦を手にさげてみて、思わず震えた。

「何をぐずぐずしてるんだ、」と自分は彼等の側へきたのを見てほっとすると同時に、腹立ちまぎれに怒鳴った。「お前には今どんな恐ろしい事が起っているのか分らないのか。」

「だって私、こんなひどい地震になるとは思わなかったのですもの。それに、私帯《おび》をしていなかったので帯を締めていましたの、あんなだらしの無い風では出られませんから。」

「ふん、帯なんか外へ出てからゆっくり締められるじゃ無いか。」

然し何と言っても、自分達が前庭へ出てしまった上は、もう大丈夫である。いつ家が潰れようと平気なものである。この瞬間、自分には自己と家族の生命の安全を願う外《ほか》、綺麗に何らの欲念もなかった。そして自分は何の惜し気もなく、今にも崩れるかと思いながら、恐ろしい音を立てて猛烈に震えおののく家を、そして土煙を立てつつ、けたたましくなだれ落ちる屋根瓦を眺めていた。

こんな中でも、自分は絶えず足元へ気を配っていた。大地震の際には大地が裂けて、人がその間に陥没する事があるのを一度ならず聞いていたので。しかしそこは青い芝生だったので大抵大丈夫だろうと思われた。フト自分は頭の上で電線が今にも切れるかと思われる程烈しく震動しているのに気がついた。切れた電線が自分達の上に落ちてきて皆感電したら大変だと思った。それに自分の庭に隣接している広大なT伯爵邸のコンクリートの高い灰色の塀が危うげに揺れていた。自分は家族を促《うな》がして、玄関から門へと傾斜しつつ通じている狭い路を横ぎって、向う側の芝生の上へ移ろうとした。そこは左隣のI中将家の離れに接してはいたが、より安全だと思われたので。然し大地の震動があまり烈しいので、自分達は一歩も動く事ができなかった。大地は足の下で大浪のようにうねっていた。自分は次女を抱いた儘《まま》、妻は自分と長女を、長女は恐怖のあまり泣きもしないで自分と妻をひしと掴《つか》んで、荒海の船の上にあるように、互いに擁《よう》し合いつつ、時々よろけて倒れそうになりながら、辛うじて地の上に立っていた。

だらだら下りの前庭で往来に接した自分の家の前は、草の繁った広い窪んだ空地になり、直ちに代々木の大きな谷につづいていた。谷の彼方に練兵場の草原が自分の家に対して高い丘陵のように横たわり、その向うには明治神宮の森が黒く延びひろがっていた。

自分は今どうなる事かと思われるような言い難い恐怖の中で、ちらと谷の方を振返ってみた。小さい人家が群がっているあたり、恐らく崩れ落ちる屋根々々から舞いのぼったものであろう、黄いろい土煙が濛々《もうもう》と空を蔽《おお》うて、天地が急に晦《くら》くなったように思われた。愈々《いよいよ》世界の滅亡の日がきたと思ったものがあるのも無理がない。自分には何かしら、この一瞬間に、これまで無限に大きなものに思われていた世界が急にこれだけに縮まって、制限されたもののように感じられた。どう言ったらもっと的確に言い表わせるだろうか、——あらゆる人類の運命がこの恐ろしい瞬間に凝縮してしまったような感じがした、と言ったら一層良いかも知れない。少なくとも、後になって、いつも茫漠《ぼうばく》とした地上に離れ離れになっていたものが、この忘れ得ぬ歴史的な十一時五十八分には各自何をしていたかを話し合って、人間生活の途徹《とてつ》もなく大きい見さかいのつかない多様と広がりに、鳥瞰《ちょうかん》的な親しみ深い或る視野が得られたでは無いか。

見渡す限り家屋ばかりでなく、あらゆる樹林、立木、電柱なぞ、大地の烈しい怒りに怯《おび》えたように大きく震えおののいていた。そして、大浪の鳴るような、ごうごうというもの凄い音の中から、人間のうろたえた絶望的な叫喚《きょうかん》が痛ましくも雑然と湧きあがってきた。フト自分は隣りのI中将の家の中から、けたたましい女の悲鳴を聞きつけた。以前から自分は傾斜地の上に二階風に建てられた余り堅固なつくりでない隣家を不安なものに思っていたのだ。見ると、その大きな家は荒れ狂う海の上に漂う船のように、恐ろしく揺れ動いていた。そして硝子戸ごしに、大学生の長男を中にして二人の妹達が取縋って身の置き所も無いようにうつ伏しているのが見えた。（父中将と夫人は三越へ買物に出かけて留守だったのである。）今にもその家が潰れるかと思った自分は、ありったけの声を出して外からこう叫んだ。

「I君、外へ出なさい、皆外へ出なさい！」

然し自分の声は彼等に通じたようにも見えなかった。彼等はやはりひと所に塊《かた》まったままでいた。自分は全くその家は潰れるものと思ったので、助けようもなく、唯《ただ》沈没してゆく船を見守っているような気持で眺めていた。

と、大地の激動はいつか止《や》んだ。その瞬間、自分は何か思いがけない奇蹟が起ったような気がした。なぜなら、言い難い恐怖の中に地震の止む時なぞ殆んど思ってもみなかったので。しかし震動は止んだ。そしてあたりは平時のように静かになり、日は照っていた。まるで何事も無かったように。自分の家はもとのまま建っていた、瓦は大部分落されたけれど。隣の家も無事だった。自分達は漸くほっとして顔を見合わせた。

隣の離れの障子があいて、I君と二人の姉妹が顔を出した、十九のY子さんと十六のF子さん。彼等の顔色は土色になり、唇は青ざめていた。勿論《もちろん》自分達とてもそうだったに違いない。

「まあ、恐ろしい地震でしたね。」

「私潰されて死ぬかと思ったわ。」

「何とも怪我はありませんでしたか。」

「何故あなた方は早く外へ出ないんですか。」

内と外で興奮した声でこんな事を言い合っていると、まもなく次の激震がきた。「き

「きゃっ」と悲鳴をあげて、隣の姉妹たちは家の中へ顔を隠した。自分たち親子はまたもひしと相擁した儘《まま》、激動する大地の上によろけながら立っていた。

二度目の激震では自分は初めほど鋭い恐怖を感じなかった。しかし、今度も今に家が潰れるかと思って見ていた。最初の激震に堪えたのに、今度のでやられては少し残念だと思った。でも、潰れては困るなぞとはやはり思わなかった。

何にしても自分は大変な事に出会《でくわ》したものだと思った。かねて話にきいていた安政年間や、岐阜の大地震の時の事なぞが思い出された。そして自分もついにそういう時にぶつかったと思った。その後、妻を始め、多くの人々から、その当時これほどの恐ろしい地震とは思わなかったと言うのを聞いた。それはどうした訳であろうか、自分には不思議でならない。だって、歴史は関東の地震についていくつか過去の恐ろしい記録を伝えているのだ。いや、そんな事を言わなくとも、何よりも直接にたぐい稀な恐ろしい激震

を自分で経験しつつあるのでは無いか。人間の愚かさは既に恐るべき事件の渦中にいながらも猶《なお》それを認識し得ないほどのものなのだろうか。

それに、自分たちは前年の春、既にかなりな強震を経験しているのであった。その時はまだ屋外に脱れるほどのものでは無かったが、それでも東京の被害は決して僅《わず》かなものでで無かったし、横浜では死傷者さえあったのだ。あの地震から較べると、今度のは数層倍の激しさである。東京その他の被害はどうしても甚大なものだろうと思わずにいられなかった。今にきっと火事も起るだろうと予期された。

それで、第二の激震が終ると同時に、自分は抱いていた次女を妻に渡して、大急ぎで門のところへ出てみた。そして前の空地の彼方を見た時、自分はちょっと自分の眼を疑わずにいられなかった。あそこでは一つの屋根がぴったりと地面にくっついている。勿論自分は潰れた家だと悟った。でも、すぐにはどうも本当にならなかった。はて、あそこにあんな風な家があったのかしら。もとよりそんな家のある筈《はず》が無かった。さらに注意してよく見ると、そのあたりに四、五軒並んで立っていた新らしい二階がまるで見えなくなっていた。

「おや、あそこでは大分家がつぶれたようだ。」

こう言った時、I君やその姉妹たちも家を飛び出して、そこへ集まってきた。近所の誰彼も皆外へ飛び出してきた。彼等はそこで初めて潰れた家のあるのを見て、今更のように驚いた。そして一様に自分たちの命拾いをした幸福を想った。

「おい、」と自分は妻に言った、「あそこでは潰れた家の下に多ぜい人が下敷になっているかも知れない。僕はちょっと行って見てくるから、お前はしっかり子供達を見守っておいで。また大きな奴がやってくるかも知れないから。」

そういう自分は、例え潰された家の側へ行って、人が下敷きになっているのを見ても、どうして良いか分らなかったに違いない。しかもこの瞬間、何を措いても自分は駆けつけなければならぬと思った。I君も自分と一緒に行こうとした。すると、この時またもや第三の激震がきた。

自分達はもう他人の事を考えていられなかった。そして夢中で中将邸の土塀にしっかり摑まった。しかも自分は土塀が崩れて来ないかと思ったり、路傍《ろぼう》の崖がこわれ落ちないかと思ったりして、気が気で無かった。見ると、近所の若い奥さんが一人、まるで行き場を失ったように、そこのひょろ高い危うげな二階建の家の蔭へ行って小さくなって屈んでいた。

「そこは危ない。こっちへいらっしゃい、」と自分が叫ぶのをきいて、奥さんはやっと気がついたように、よろけながら自分達の方へやってきた。

三回目の激震はかなり長く続いた。怒れる大地は自分達の家を皆潰さないでは置かないのか、そんな思いを抱いて、自分達はものものしく揺れる家を外から見守っていた。

三度目の激震が鎮《しず》まった時、そして自分達の家がこれにも持ち堪《こた》えたのを見た時、何となくもう大丈夫だという気がした。同時に、東京にある親類と知人の安否が心配になってきた。わけても本郷の森川町にある兄の一家が気になってならなかった。兄の家は随分古い脆弱《ぜいじゃく》なつくりだったので、もしかすると潰されたかも知れなかった。自分はすぐにも安否を見定めるために本郷まで駆けつけたいと思った。しかし又どんな激震がやって来ないものでもない今、怯《おび》え切った、たより無い妻と子を残して遠くへ行く事もできなかった。自分は唯《ただ》心の中で愛する兄と姪《めい》の無事を祈りつづけた。

「東京の方はどんなだったでしょうね、」とI君は側へきて不安そうに聞いた。

「勿論大変でしょう、潰された家も死んだ人も夥《おびただ》しいでしょうよ。」

「お父さんやお母さんはどうしていらっしゃるでしょうね。もう三越へついたでしょうか、」とY子さんが心配で堪《たま》らぬように聞いた。

「もう三越についたね。でも大抵大丈夫だろう。」

「だって何だか心配だわ、三越へ電話をかけて様子を聞いて見て下さいな。」

「それもそうだなあ、だが電話が通じるかしら。」

「まあとに角《かく》かけてみて下さいよ、兄さん。」

「じゃかけて見よう。だが家の中へ入るのが何だか気味が悪いなあ。」

そう言って苦笑したが、それでもI君は思いきった風で家の中へ入って行った。然しまもなく戻ってきて、電話の不通になっている事を告げた。

「じゃこの分では電信も電車も皆不通でしょうね、」と自分は言った。今更大変な事になったものだと思いながら。

「勿論そうでしょう。」

この時既に東京の空にあたって、明治神宮の森の上に一条の黒煙の舞いのぼるのが見えた。練兵場の彼方、目黒の方面でも黒煙が濛々と空を蔽《おお》うていた。誰かが火薬庫が爆発したのだと言った。新宿の方面にも火の手が上って見る見るひろがって行くのが見える。耳を澄ますと、あちこちで鐘が鳴っている。と思うと、最寄《もより》の火の見でもけたたましく警鐘を打ち出した。近くでも火事が燃えあがったらしい。

異様な不安と緊張の色が人々の顔にあらわれた。自分達はあちこちと空を見まわして到《いた》る処に火事の煙を見出した。激震が終って、ほっとする間もなく、自分達はさらに新らしい恐ろしい災厄の始まろうとしているのを見た。

妻がこの時、不意にあわててこう言い出した。

「あら、どうしましょう、私七輪にかんかんと火を熾《おこ》したままで飛び出してきましたのよ、あれがひっくり返ったら大変ですわ。」

「馬鹿、もっと早くそれに気のつかない奴があるか。じゃ行って見てくる。」

「いいえ、私行って見ますわ、あなたに若《も》しかの事があると大変ですから。」

然し自分はいきなり前庭を駆け上った。さすがに不安で玄関から家の中へ入る気にならなかった。で、さんざんに打砕かれて、そこら一面に散らばった瓦の破片を踏みながら、用心深く家のぐるりを廻って台所口へ出た。そしてそこの障子をあけた時、一切の顛倒《てんとう》しつくした勝手元の乱雑さに驚かされた。其中には、台の上に置かれた七輪も美事《みごと》に転落して、炭火はそこら一面に散乱していた。しかし火はすっかり消滅して、灰神楽《はいかぐら》が一面に台所を蔽うていた。それで見ると、七輪が転落した時その上に薬罐《やかん》が掛かっていて、炭火が散ると同時に、その湯が流れかかってあらゆる火を消してしまったのであった。長女が瓦の難を脱れたのと言い、またこれと言い、自分達は全く運が良いと思わずにいられなかった。


自分達はまだはだしの儘《まま》だった。それに、自分はやはりだらしなく寝間着をきていたし、妻もまた汚れた浴衣をひっかけているだけだった。まだどんな激動がやって来ないとも言われなかったので、いつまでか屋外で暮らさなければならなくなった今、とてもそんな風でいられるものでは無かった。

妻と子供達を前庭に待たせて置いて、自分は身のまわりの必要なものを取出すために家へ入って行った。初め玄関へ踏み込んだ時、そこの壁が横に幅びろく幾つかに裂けているのを見た。壁土はそこら一面に落ち散っていた。自分はまず玄関から靴や下駄や帽子なぞを持ち出した。それから更に座敷に踏みこんで行って、何もかも転落し混乱した中から洋服や、妻の着換えや、子供のための菓子なぞを持ち出した。そんな間にも、いつまた不意に恐ろしい地震がやってくるかも知れないと思われて、余り良い気持がしなかった。

それから自分は前庭で大急ぎで洋服を着たり、靴をはいたりした。妻も着物を着かえてきちんと帯を結んだ。子供たちにもそれぞれ帽子を冠《かぶ》らせたり、靴をはかせたりした。自分達がそうして再び門を出た時、職人体の三十位《ぐらい》の男があわただしい風でそこを通りかかって、いきなりこう言って聞くのであった。

「この辺に医者の家はありませんかね。」

「そうですね、怪我《けが》でもなすったんですか。」

「いいえ、親方が今の地震でひっくり返ったんですよ。心臓麻痺だなんて近所の人が言うんですがね。誰か医者を呼んできたいと思うんですよ。ここいらにありませんかね。どんな藪《やぶ》医者でもいいんですが……」と彼は落ちつかない風でわくわくしながら言いつづけた。

「心臓麻痺だって、まだ息があるんですか。」

「ところが脈が無いんですよ。どうも死んじゃったらしいんですがね。では誰か医者が無いものでしょうかね。」

　自分は彼のあわて切った様子が気の毒でならなかった。それで、とに角、近くにある医者の家を教えてやると、彼はまたあたふたと駆け出して行った。

　近所の人々は徐々に、通路の下の広々とした草の繁った空地へ避難しつつあった。自分たちもそこへおりて行った。そして自分は猶《なお》幾度か色々なものを取りに家へ通いながら、湿っぽい草地の上に毛布をひろげ、蝙蝠傘《こうもりがさ》で日蔭をこしらえて、妻と子供たちを坐らせた。

　そこには裏の家のM君の細君も四人の子供と下女《げじょ》をつれて避難していた。I君と二人の姉妹も自分達と一緒だった。T君の細君も、H家の一族の人々も、それぞれ戸板を持ち出したり、敷物をのべたりして塊まっていた。殊《こと》に気の毒だったのは、Nの家の人々で、長い病気で床についている母親を控えていた。大きな息子が二人あったが、いずれも今下町の会社へ出て不在だったので、もう婚期をすぎた内気な娘が一人で病人を外へ連れ出さねばならなかった。しかし彼女はいつもの羞恥《しゅうち》深い、内気な様子にも拘わらず、何の恐るる気色もなく幾度となく家へ出入りして夜具を持ち出したり、薬を運んだりして甲斐々々《かいがい》しく母親の世話を焼いていた。

　明治神宮の森の上に黒く見えていた東京の火事の煙は、刻々濃く暗く空にひろがって行った。割合に近い新宿の火事も益々燃えひろがって行くらしく、遥かに人々の叫喚と騒音に交って、家の焼け崩れる音と爆音が響いてきた。人々は一様に脅やかされた不安な目をあげてものものしい東京の空を見やった。そういうこれらの人々の愛する夫や、息子たちは大抵勤めのために東京へ行っているのであった。先にも言ったように、I君の両親も三越へ行っていた。そしてこの人々は東京で生きているか、死んでいるか、まるで分らなかったのだ。自分は彼等の限りない不安と憂惧《ゆうぐ》を思いやらずにいられなかった。


N君がいつものようににこにこしながら、しかし幾分蒼ざめた顔をして、ひょっこりと自分達の前に現われた。彼は停車場近くの下宿屋からここまで駆けとおしてきたらしく、丈高い大きな肩を揺がして、はあはあ喘《あえ》いでいた。

「先生、如何《いかが》でした。何にもお変りありませんでしたか。」

彼がこう言ってくれた時、この際何かしら自分たちは非常に力を得たように感じた。

「有難う。このとおり皆無事です。家も助かりました。」

「そうですか。それはようござんしたね。」

N君は安心したようにそう言って、更に妻にも挨拶をした後、ここへくる途中かなり潰された家や、怪我した人々を見たことを話した。それから彼はまたにこにこして、自分の子供たちへ、彼の仲良しの方へ近づいて行った。次女は妻の胸に抱かれて乳房をくわえていたが、長女はもうそこいらへ同じように避難してきた近所の子供たちと一緒になって遊んでいた。

「お嬢さん、恐かったですね。きっと泣いたでしょう、」と彼は長女の小さい両手を取って馴々《なれなれ》しく話しかけた。

「泣くもんですか、」と彼女は彼を見てやはり嬉しそうににこにこして答えた。

「それは偉い。もう大丈夫ですよ。少しも恐がらなくってもね、」と彼は子供を慰めるようにやさしく言った。

さっきから自分はそこらを見まわったり、知人の様子を尋ねたりしようと思っていながら、妻と子供たちを置き去りにするに忍びないで控えていたのだった。今N君が来てくれたのを幸いに、家族の事を宜《よろ》しく頼んで置いて、自分は急いで出かけた。

つい近くの空地には、女子体操塾の生徒たちが五十人ばかり、何《いず》れもエプロン式の体操服のままで避難していた。彼等に交って草の上に両膝を抱いていた色の黒いでっぷりと肥った塾長のT女史は、自分を見ると、いきなりいつもの元気の良い高い調子で話しかけた。

「えらい事でしたね、お宅では別にお変りもありませんでしたか。」

「有難う。お蔭で。あなたの学校は無事だったようですね。怪我人はありませんでしたか。」

「ええ、幸い怪我はありませんでしたがね、学校だって辛《から》うじて立っているというばかしですよ。まあ、半倒潰《とうかい》ですね。それに、何しろ人様の大事な娘達を五十人から預かっているんですから気が気じゃありませんよ。」

「全く御心配ですね。」

「でも、あそこらの潰れた家の事を思えば有難い事ですよ。実はあまり寄宿の部屋が狭いので、あそこの○○さんの二階を間借りしようと思って、二、三日前から交渉中だったのです。ところが、あのとおりその家が潰れてるじゃありませんか。もし生徒が借りていたら少なくも四、五人はやられる所だったのです。現在その家では一人が即死して、二人は重傷を負うてるんですからね。」

「まあ、気の毒な。だってあれは出来たばかりで、立派な家だったじゃありませんか。」

「さあ、それがどういう訳ですかね、」と彼女は興奮しつつ、「しかもその死んだのは、遠くから訪ねてきた婦人のお客だったそうですよ。何て不運な人なんでしょうね。それに、おじいさんとお母さんが重傷を負うたのですが、これだって到底助かるまいという話ですよ。御覧なさい、あの道路の向うの空地に二人の重傷者を寝かしてありますよ。土の上に、何の日よけも無しに。あそこの若主人というのは実にけしからんですね。さっきからああして打っちゃらかした儘《まま》、医者も呼んでやらなければ、水ひとつ持ってきてやろうとしないんですよ。あんな奴だから罰があたって家も潰れるんでさあね。」

T女史が示した方を振返ってみると、まさしく二つの人体が死骸のように土の上に並んで仰向けに転がされていた。一人は七十位の老爺、一人は五十位の婦人で、いずれも胴から肩のあたりが黄いろく土だらけになっていた。一見死んでいるもののように見えたが、婦人の方はじりじりと照りつける日を遮《さえ》ぎろうとするように、片手を顔の上で力弱く動かしていた。往来の上を人々はあわただしい様子で通っていたが、或る者はこの重傷者に目もくれなかったり、見てもすぐに眼をそらしたりして行きすぎた。

「死んだ人はどうしたのですか、」と自分は聞いてみた。

「どこかへ運んで行ったようでしたよ、」とT女史は何か苦いものでも飲まされたように、したたか顔をしかめながら、怪我人たちから視線をそらして、「まあ、この地震ではどれほどの人が死んだり怪我したりした事でしょうね。ほんの此処《ここ》だけでもこの仕末ですもの。」

自分の立っているすぐうしろには、さっき家の門の前から見て驚かされたように、二軒つづきの小さい平家が全く見事にぺ、し、ゃ、りと潰れて、何の破損も受けない重い瓦屋根がそのまま地べたの上に蔽《おお》い冠《かぶ》さっていた、まるで鉢かなぞのように。更に往来に沿うて建っていた、四軒つづきの二階建の新らしい家は、いずれも土台から根こそぎ転覆して、屋根も押入も便所も滅茶々々《めちゃめちゃ》に破壊していた。これらはいずれも最初の地震でひと溜りもなくやられたのであるが、——何故ならこの谷地は新らしく田圃《たんぼ》を埋めたもので地盤が非常に柔かかったから、——幸いに死者はひとりも出さなかった。

そして今潰された家の人々は、その無残な破壊の跡を見まわして、或るものは手のつけようが無いというふうに茫然と立ちすくんでいる、また他のものは屋根の瓦を捲《めく》ったり、壊れた木材を跳ねのけたりして、下敷になった家具や品物を取出しにかかっていた。でっぷり肥った魚屋の主人は、大きな血走った眼を落ちつきなくぎょろぎょろさせながら、漸く取出した出刃《でば》庖丁《ぼうちょう》を片手にもってやたらにそこらを引掻きまわしている。

「逃げて出た事は出たが、銭を一文も持って出なかったので……」

煙草屋の主人はそうひとり言を言って、押入と思うあたりを熱心に掻き分けていた。浴衣をずたずたに裂かして、はだしの儘《まま》でいる四十位な八百屋のかみさんは誰かを捕えて何か愉快な物語でもしているように、笑いながらこんな風にしゃべっていた。

「ええ、逃げ出す隙も何も無かったんですよ。いきなりぐゎらぐゎらっと来たんですからね。でも箪笥《たんす》の蔭へ行って坐ってたので、まあ潰されないですみました。それからどうして這《は》い出したか、まるで覚えがありませんよ。唯二人の子供が夢中に手足にしがみつくので出るのに随分骨が折れましたけれどね。それに一番困ったのが、二つの子供がどうしても外へ出ようと言わないんですよ。母ちゃん、恐い、母ちゃん恐いと言って、ずんずん暗い方へ這って行くんですよ。それでひしゃげた屋根の下でその子を捕えに戻ったり何かして、出るまでには随分手間どりましたよ。」

「それであなたも子供たちも怪我はなかったのですか。」と相手が劬《いた》わるように聞いた。

「別に何とも無かったようですよ。まだからだなんか検《しら》べても見ませんが。でも、さっき這い出したすぐは肩やら足やらがあちこち痛かったから、もしかすると怪我をしてるかも知れませんよ。だけど夢中で動いているうちにそれも忘れてしまいました。たいした事も無いでしょう。」

そして彼女はさも面白そうに声をあげて笑った。そして更に何かと話しながら、壊れた跡を探しにかかった。

死傷者を出した例の家は、これらの壊れた家と往来を隔ててがっしりと建っていたのであるが、それも今はつんのめったように門も塀ももろ共に往来を蔽《おお》うてぺしゃりと潰れていた。そして若主人らしい三十五、六の、頰の尖った、冷たい、暗い顔をした痩せた男が一人、黒の単衣を尻端折《しりはしょ》って、はだしの儘、潰された屋根から瓦を一枚々々、大事そうに拵《むし》ってては、そこらに積み重ねていた。実際彼は今重傷者も死者もうっちゃらかした儘、この潰された家からどれだけの物質が猶《なお》生かして使えるかと、その考慮にのみ余念が無いように見えた。破壊の跡にも増して、そういう彼の姿が自分の眼には一層陰惨な印象を与えた。

そこには猶《なお》彼の新らしい家作《かさく》が二軒建っていたが、それらは破壊されなかった。とは言え、一軒は八分どおり傾いていたし、もう一軒も殆んど屋根の瓦が落されていた。

暫く行ったところに古い茶店風の汚ない駄菓子屋があった。これこそ五十年以上も経ったかと思われるくらい、真っ黒に煤《すす》け切った小屋掛のような家だったのでひと溜りもなく倒潰したかと思いの外《ほか》、歪みなりにもちゃんと立っていた。そして六十余りの、白い長い天神髭《てんじんひげ》のある、背のひょろ高いおやじが、路傍の石にぐったりと腰をおろして首を垂れていた。

「おじいさん、」と自分は側へ行って声をかけた。「お宅は無事でようござんしたね。」

おやじはもの憂さそうに首をあげて自分を見た。

「いや、どうもえらい事で。わしの家だってあのとおり潰れないというばかりでさ。もうひと揺れひどいのがきたら、それっきりじゃ。いや、どうも偉い事で……」と殆んど息もきれぎれな調子で繰返しながら、「そら地震と言うのでわしはいきなり表へ飛び出したが、もうわしの目の前であそこらの家はぐゎらぐゎらと潰れてしまった。すると、屋根の下から（助けてくれい！）という悲鳴が聞こえてくる。それでわしは家の若い者と一緒に飛んで行った。そら、お前さんの今見てきた家さね。すると若主人が、逃げ出したのは僕と家内だけで、三人は屋根の下になったと言って青くなっている。それじゃ何でもまず屋根を挘《むし》れというので、わしと若い者とで片っ端から瓦を挘り出したのじゃ。

すると、あの若い主人の言い草がどうじゃ、（そんなに乱暴に瓦を拐って放り出されては、砕れてしまって後で役に立たなくなる、もっと丁寧にやれ）だって。冗談言っちゃ困る。こっちは今人の命を助けようとしてるんだ。瓦の三十枚や五十枚ぶっ破《こわ》したって構うもんか、業突張《ごうつくばり》め！　というので、構わずぽんぽん瓦を放り出してね、それからお前さん、ようやく屋根を破ったというものさね。それからわしが先《ま》ず五十位の顔じゅう血だらけになった女をひっ張り出した。しかしもう首がぐたりと折れたようになって、息が切れている。何でも客にきて二階へ上ったばかりの所を潰されて、梁《はり》で頭をやられたらしかった。後のおじいさんとおふくろも助け出してやったが、なかなか傷が重いようじゃ。見ればあの主人め、怪我人をうっちゃり放して家の跡をうろうろしていやがるが。どうしてあんな奴が命拾いをしやがったのかなあ……」

おやじはひどく興奮した様子で喘ぎながらこれらの事を一気にしゃべった。そして暫くぼんやりとしていたが、この際やはり何か言わずにいられないという風で、

「どうもえらい事で、」と彼はまた大きく溜息をしながらつづけた。

「わしも随分長生きをしたが、こんな目には初めて会った。近頃どうも世の中が悪くなってきたと思っていたら、こういうどえらい事が起ってくる。まだこれから先どんな恐ろしい事が出て来ないものでも無い。それを思うと、あんまり長生きしたくも無いなあ。」

そして彼は再びがっくりと首を垂れた。白い長い天神髭がその年寄った胸につかえて、二つに折れたようになるまで。

それから自分は女子体操塾の前をとおり、富ケ谷の方へと谷を導く広い往還へ出た。この道は割合に新らしくできたものではあるが、驚いた事には、到る処大きな亀裂を生じたり、陥没したりして、ひどい所になると、裂け目が二尺ばかり喰い違っていた。電柱の上に置かれた黒い大きな変圧器が路傍に墜落して、かなり土の中へのめりこんでいた。これがもし通行人の頭上へ落ちたとしたら！　そう思うだけで自分はぞっとした。

左手の高まった原には、ここまで逃げのびたような避難者の姿がかなり見られた。彼等の多くは欅《けやき》や椈《ぶな》の根元に腰をおろして、ここにいればもう大丈夫と言わぬばかりに構えていた。

右手につづく初台《はつだい》の丘には、自分の家を始め、多少瓦を落されていても、どの家も皆殆んどもとの儘《まま》で立っていた。七千坪の大地所を擁した以前の朝鮮総督T伯爵の広大な洋館は、赤い屋根瓦ひとつずれた様子もなく、憎らしいまで巍然《ぎぜん》として真昼の日光の中に聳《そび》え立っていた。

フト自分の行く手に当って、一つの担架が原を横切ってゆく。誰か重傷者を運んでいるのだ。担架とは言っても唯《ただ》戸板を利用したもので、若い男が二人、何れもシャツとズボンの儘で、前後から重そうにしずしずと運んで行く。原にはたったきのうまで塹壕《ざんごう》掘りの演習をやっていた兵士達の使用した鼠《ねずみ》色の小さいテントが一つだけまるで置き忘れられたように立っていた。担架はやがてその中へ担ぎこまれた。良い所を利用したものだ。こんな時には軍隊のものだって何だって遠慮してはいられない。

見ると、この谷つづき、丁度広大なT伯爵の地所が深い竹藪で終るあたりに、十軒あまり新築の家屋が塊まっていたのが、四、五軒を残した外《ほか》、見慣れた屋根が見えないようである。あの担架もあそこから運び出された所から見て、そこにも少なからぬ被害があったものと察しられる。そして自分はその方へ駆け出した。何故なら、そこには知合の朝鮮人が四人も住んでいたので――大学生の李さん、苦学生の鄭さんなんぞ。

果たして、そこでは、五、六軒の家が滅茶々々に破壊されていた。破壊の後では実際に四軒だか五軒だか見さかいがつかない位に。鄭君が同郷の二人の学生と一緒に借りていた小さい平家は、ひどく歪んだだけで辛くも倒潰を免れていたが、李君の間借りしていた二階屋は根こそぎ覆《くつがえ》っていた。

ここでも人々は何やら破壊の跡を一心不乱に尋ねまわっていた。彼等の中に、自分は逸早《いちはや》く背の高い、色の浅黒い、学生服をきた李君を見つけて声をかけた。

「李さん、ひどい目に会いましたね。でも無事で良かった。怪我をしませんでしたか。」

彼は自分の側へきて、律義な風で丁寧に挨拶をした。そしてやや堅苦しい日本語で、「有難う存じます。私その時丁度二階におりました。そして、家が倒れると同時に、窓から外へ飛びおりたのです。少し足を痛めました。」

そういう彼は少しびっこを引いていた。

「ここの家の人大変気の毒です、」と彼は真面目な興奮した顔付《かおつき》でつづけた、「若い奥さんが赤ん坊と一緒に屋根の下になったのです。たった一週間前にお産したのですがね。私と鄭さんと二人がかりでやっと今奥さんを助け出した所です。腰をひどく打たれたようですが、命は大丈夫でしょう。今家の人達が原のあそこにあるテントへ担いで行きました。でも、まだ赤ん坊が見つからないので、こうしてみんなで探しているのです。どうしたのでしょう、泣き声がしないですから、潰されたのかも知れませんね。」

そして彼は気づかわしそうに破壊の跡に眼をうろつかせた。

見ると、鄭君は汚れくさった浴衣をきて、片手に太い桜のステッキを持ち、それで屋根板をこじあけこじあけ、字義どおり血眼《ちまなこ》になってあちこちを覗いていた。やや眼尻のつり上った、色の黒い、頑丈な彼の顔は、そうした熱中さのために寧《むし》ろけわしい表情にさえ見えた。

不意に彼は粗野な大きな声を出して呼んだ。

「ここにいた！　ここにいた！」

つづいて彼は李君の方へ向いて朝鮮語で早口に何か言った。李さんは少しびっこを引き引き、そこらの壊れたものをみしみしと踏んで大急ぎで友達の方へ飛んで行った。

鄭君は今太い桜のステッキを屋根の下へさしこんで、力をこめて何ものかをぐっと支えながら、興奮しきった声でさらに朝鮮語で何か言った。李君はそこへ身を屈めたかと思うと、何やら赤い布に包まれた小さな物をずるずると引き出した。

赤ん坊らしい泣き声が威勢よく響き渡った、恰《あたか》も今生れ出たばかりのように。

「あ、生きている！」誰からともなくこの声が迸《ほとばし》り出た。

人々は皆二人の朝鮮人のまわりへ集まった。自分も大急ぎで側へ行った。この時鄭君は既に李君の手から赤ん坊を受取って、不器用な手付で抱きあげながら、その顔や頭を落ちつきなく検べまわしていた。

「大丈夫、大丈夫、どこにも怪我をしていないようです。僕が見た時、恰度《ちょうど》長火鉢の横に転がっていたんですからね。みんなこれで安心ですね。」

興奮のために黒い顔を上気させながら、鄭さんはそう言っていかにも安堵《あんど》したというように人々の顔を見まわして笑った。生れて間のない、赤い着物に包《くる》まった赤ん坊は、この異国人の無器用な逞《たく》ましい腕の中で、まだ見ることのできない眼と眉根《まゆね》を気むずかしげに顰《しか》めながら、乳を求めるように小さい愛らしい口を尖らしていた。それこそ一人の人間というよりも、美しい、純な、ひとつの生命であった。鄭君は一心にうぶ毛だらけの赤い子供の顔を覗きこんで、瞬間幸福そうに見とれていた。李さんも側から指で臆病そうに赤ん坊の頰を突いたり、笑顔をつくって朝鮮語で何か言いかけたりした、赤ん坊はどんな外国語でも理解する能力があるものと信じているかのように。

「誰か早くテントへ行って、奥さんに赤ん坊の無事な事を知らせるがいいわ、」と女の声が言った。

若い男がひとりテントを目ざして駆け出して行った。

「どれ、その赤ちゃんを私にも抱かせて頂戴《ちょうだい》。」

どこかの女がそう言って、鄭さんから子供を抱きとった。

「でも、よく怪我ひとつしないで助かったものね。ほんとに奇蹟のようだわ。」

「かわいそうに、赤ちゃんは今どんな目に会ったかも知らないでいるのね。私にも抱かせてよ、」と別の女が言った。

「鄭さんと李さん、……奥さんと赤ん坊と二人まで助け出してほんとにお手柄でしたよ、」と四十位な奥さんが彼等を祝福するように言った。「だって人の命を助けるくらい偉い事は無いんですものね。そのかわり、こういう善い事をしてお置きになれば、その酬《むく》いでまたあなた方の助けられる時だってありますわ、危ない時に。」

「僕、赤ん坊を見つけた時はほんとに嬉しかったですよ、」と鄭君は一切の余事を忘れたように、興奮して口から泡を飛ばしながら吃《ども》り吃り言った。「それに、ちゃんと生きているんでしょう。もうこんな時は朝鮮人も日本人も、自分の子も他人の子も区別ありませんよ。唯一つの尊い命なんです。僕自分の家はあんなになったけれど、それでも嬉しいです。ねえ、李君。」

「ほんとだ、」と言って、李君はまた赤ん坊に眼をやりながら、徐《おもむ》ろに幸福そうな微笑を浮かべた。

救われた赤ん坊の父親が息せき切って飛んできた。彼は三十ぐらいな背の高い会社員風の男で、汚れた白ズボンをはいていた。骨ばった、暗い、銷沈《しょうちん》した顔をしていたが、今はさすがに喜びと興奮の色を隠し得なかった。彼は赤ん坊を受取るよりも先に、鄭君と李君の側へ行って、慇懃《いんぎん》に頭をさげた。

「朝鮮の学生さん、どうも有難うございました。赤ん坊もあなた方が助け出して下すったそうですね。この御恩は決して忘れません。赤ん坊が大きくなったら、またあなた方の事をようく言って聞かせます。実はもう死んでしまった事と思っていましたのに。どうも有難うございました。」

李君と鄭君は何と答えてよいか分らないので弱ったように顔を見合わせたが、やがて鄭君が無骨な調子でこう聞いた。

「奥さんはいかがですか。」

「別にたいした事は無いようです。梁か何かで腰をかなり打たれたようですが。でも赤ん坊が助かればあれだってもう大丈夫です。」

そして彼は人々の方へ行って、さも嬉しそうに赤ん坊を受取った。そしてまわりの人々に誰彼の区別なく、「有難うございます、有難うございます、」と言いつづけながら、赤ん坊を抱いて、まるで逃げるようにして彼方のテントの方へとその場を立去った。恐らく、それが他人の赤ん坊であっても、この場合彼は自分の子と信じて夢中で抱いて行ったことであろう。

「君たちはほんとに良い事をしましたね、」と自分は感動をもって彼等に言った。

「それにしても、李君の宿はあのように潰れてしまったし、鄭君の家だって殆んど半つぶれの有様だし、どうしますかね。よかったら一時僕の所へ立ちのいて来たって構いませんが……」

「いや、」と鄭君は答えた。「僕のところは随分ひどくはなりましたが、でも住めない事はありません。李君は一時僕たちと一緒になったらいいじゃ無いか。」

「そうして貰おうか、」と李君は乱れかかった長髪を片手で器械的に撫であげながら、「でも、どっちにしたって一日二日は気味が悪くて家の中へ入る気にならないね、」とあたりを見まわして笑った。

「なあに、もうこれ以上ひどい地震は来やしないよ、」と鄭君は自信ありげに言った。

「同宿の人たちはどうしましたか、」と自分は聞いてみた、彼等の姿が見えなかったので。

「金君はけさ早く神田へ行きました。朴君の方は友達に用があってきのうから横浜へ行っているのです。」

「横浜へ。横浜の方はこの地震でどんなだったでしょうね、」と何気なく自分は言った。

「あそこらは別に何とも無かったでしょう、」と鄭君は答えた。

しかし自分達は今そんな所で立ち話をしているどころでは無かった。何よりも李君は潰された跡から、自己の所有品を取り出さねばならなかった。自分達はそこへ行って、倒れた壁を引きはがしたり、折重なった木材を押しのけたりして、一生懸命で李君を手伝った。

鄭君と自分が先ず押しひしがれた押入の間から夜具を引出していると、李君は一心にそこらを掻き起しつつ熱心な調子でこう言った。

「そんな物は後でいいから、何よりも本を探し出して下さい。本が一番大事なんです。本を失ったら一番困ります。それから色々なノートを……」

そういう彼は或る私立大学で哲学を専攻していて、朝鮮の留学生の中でも評判の勉強家であった。彼はカントの学徒をもって任じていた。そして、自分をどんな学者と思ってか、彼は時々哲学上のむずかしい質問をもって、――そして全くそれだけのために、自分の所へやってきたが、元より自分なぞに答えられる性質のもので無かった。そして結局自分の方から彼について色々知識を聞き知るのであった。そしてかねがね彼の篤学《とくがく》と勉強には小さからぬ敬意を感じさせられていた。

ここで自分がどうしてこのように幾人かの若い朝鮮人を友達にもっているかという事を説明して置こう。と言っても、何も面倒な事では無い。彼等は何れも自分の家の近所に住んでいた。そして日本の一文学者である自分に興味をもって、つい近頃訪ねてきた事から始まっているのである。

彼等はどれも善良な、勉強ずきな、そしてその悲しい呪われた運命の下にまじめに苦しんでいる人々であった。それは自分に言い難い同情と一緒に、それにも増して深い敬意を感じさせた。彼等もまた自分に於いて、一人の親友を見出したように思ってくれた。そういう自分はかねてから、亜細亜《アジア》の同盟の理想の抱懐者であり、主張者であったのである。――そして殊に朝鮮の問題については常に深い同情をもって対していた。随ってこれらの若い朝鮮の学生たちから信頼されることは、自分にとって一種の喜びであり幸福であった。とは言え、また、言い難い苦痛であったとも告白しなければならない。何故ならば、彼等の友達として自分の余りに無力であることが痛いくらい自覚させられたから。

　少しばかり李君の家財発掘を手伝った後、家族の事が気にかかるので自分はすぐ引返そうと思ったが、やはり朝鮮の若い苦学生で、この先に住んでいる蔡君の様子を確かめねば気がすまなかった。それで自分は彼等に別れて、谷づたいにさらに奥の方へと急いだ。途中田圃《たんぼ》を埋めてあちこちに建てられた家で、何らか破損を受けていないものは一つとして見出せなかった。倒潰、半倒潰、それでなければ斜めに傾いているか、屋根が大部分崩れ落ちているかだった。人々はさらに大きな地震の襲撃を予感して、家財を路傍や空地へ運び出すために忙がしく働いていた。

　蔡君の宿は脆《もろ》いつくりの二階家だったが、多少横に傾斜しただけで、不思議にも辛うじて立っていた。自分はほっとした。そして外に立っている五十位な、二人の子供をつれた主婦について、

「蔡君はどうしていますか、」と聞いた。

「けさ早く東京の方へお出かけになって、まだお帰りになりません、」と彼女はこの際そんな朝鮮の人間の事なぞ言っていられないとでもいうような、素っ気ない口調で答えて、すぐ自分の側から立去った。

「では、蔡君は東京でこのどえらい奴にでっくわしたんだな。」

　そう思って自分は不安になった。

自分はそこからまた引返そうと思ったが、一種の好奇心と観察欲とはさらに富ケ谷の方面まで自分を連れて行った。被害の有様は一層ひどくなって行くように見えた。殊に、渋谷まで出られるような綺麗なひと筋町をなしていた新開地までできた時、自分は茫然として立止まってしまった。何故なら、両側に立ち並んでいた新らしい家並が二町あまりもぺたぺたと将棋倒しになっていたので。

「こりゃあ大変だ！」自分は驚きのあまり思わず呟やいた。

後で委《くわ》しく知られたとおり、この谷つづきでは実に百五十軒あまりの家が倒潰したのであった。もとより死傷者も少なくなかった。もし東京があのように灰燼《かいじん》に帰してしまわなかったならば、地震の被害は市内よりもひどかったろうし、また外《ほか》の郊外よりも多かったのだ。その時はしかし、まだ外の模様は分らなかった。唯このもの凄い有様から推して、東京はそれにも増して被害が恐ろしいものだろうと思わずにいられなかった。親しい誰彼の生命も覚束《おぼつか》なく感じられた。

急に何とも言えず恐ろしくなって、今きた道を自分は大急ぎで家の方へ引返して行った。

空は遠く深く晴れ渡って、まだ真夏らしい太陽の光がじりじりと不祥な大地の上に照りつけた。そして段々と幅びろく黒煙の漲《みなぎ》りのぼる東京の空にあたって、いつ出現したとも知られずに、巨大な山嶽《さんがく》のような一団の入道雲が、凶兆めかしくもくもくもくと奇怪な頭を擡《もた》げて、眩しいばかり銀色に輝いていた。横浜の方面とおぼしい南の空にあっても、それほどまでに巨《おお》きくは無かったが、やはり同じような入道雲が高々と頭を擡げていた、恰も東京のそれと相呼応するように。

再び自分が家族と近所の人々の避難している空地の草原へ戻ってきた時、そこへはもう何処からともなく東京方面の恐ろしい有様がいろいろな風に伝えられていた。宮城《きゅうじょう》が盛んに炎上している、帝国劇場が焼けている、それればかりでなく、東京は到る処に火の手が上っている、丸の内ビルヂングが倒潰して少なくも一万人以上は圧死したであろう、なぞと……

それに、割合手近に見えている新宿の火事は益々燃えひろがって行くとしか見えなかった。夫や息子を勤めのために東京へ出してやっている留守居の人々の憂慮と焦躁は、全く側で見ていても気の毒なくらいだった。自分は自分で本郷にいる兄の家族や、知合の誰彼を思って、気が気では無かった。

「どうかみんな無事でいてくれればいいがなあ、」と自分は幾度となく妻に言った。

「ああ、お父さんお母さんはどうしてらっしゃるでしょうね。大丈夫でしょうかねえ、兄さん、」とI君の姉妹たちも繰返し繰返し聞いていた。

そこへI中将が夫人と八つになる男の子をつれて、息せき切って戻ってきた。痩せて背の高い中将は、麻の詰襟《つめえり》の服を着て、パナマ帽を冠《かぶ》っていた。肥った夫人は下駄も穿《は》かず、新らしい白足袋の上に三越用のカバーを突っかけた儘《まま》だった。

I君と姉妹達は声をあげて駆け寄った。

「どうだった？　家は無事なようだね、」と中将は自分の家を見あげながら、並々ならぬ昂奮の中にも深い安堵の色を見せて言った。

「ええ、壁がひどく壊れましたが別に異状は無いようです、」とI君が答えた。「それよりあなた方がどうしていらっしゃるかと思って随分心配しましたよ。」

「己はまた、何しろこういう作りだからね、潰れやしなかったかと思って随分心配したよ。それにあそこまでくると、あのとおりべたべた家が潰れてるだろう。さあしまった、と思ったよ。でもまあ皆無事でよかった！」

「地震の時三越にいらしったのでしょう、」と姉娘は母親にきいていた。

「そうさ、丁度買物をしている最中にあの大きな建物がぐらぐらっと来たのさ、」と夫人は息苦しそうに眉根を寄せつつ答えた。

「随分びっくりしたでしょう、泣かなかった？」と妹娘は小さい弟の手を取って聞いていた。

中将はそれから自分たちの方へやって来て、親切な調子で家族の様子を聞いてくれた。

「三越であの地震にお会いになったら随分ひどかったでしょうね、」と自分は聞いた。

「いや、ひどかったね、」と彼は興奮した面持《おももち》で、「それにきょうは一日と来てるから、あの七階建の大建物に身動きならない程《ほど》人がはいっていたのさ。そこへあの大地震と来たもんだから、女は悲鳴をあげる、子供は泣き出す、あたりのものはぐゎらぐゎら崩れ落ちる、何かしらわっわっと湧き立つような騒ぎだ。僕たちは丁度二階の控室で、店員を相手に品物の値ぶみをしている所だったが、震動が余り烈しいので、天井裏の電灯がけたたましく音を立てて壊れ落ちてきたもんだ。すると、連れて行ってたあの子がわっと泣き出して、どこへとも構わず出鱈目《でたらめ》に逃げ出すので、それをしっかり掴まえていなければならず、いや、あの揺れている間は全く良い気持のもんじゃ無いね。」

そう言って気さくな中将は口を歪めて笑った。

「だが、僕たちの相手になっていたあの店員は感心な奴だったよ、」とI中将はつづけた。

「まだ二十五、六の生白い若い奴だったがね、皆が立騒ぐのを見ると、（皆さん、ここにいらっしゃるのが一番安全なのです、もしここが潰れるようなら、外だって勿論潰れるんですから。）そして僕達は恰度《ちょうど》品物を取代えようと思っていた所だったもんで、（ちょっとお待ち下さい、外に品物があるかどうか見て来ますから、）と言い置いて、あのひどく揺れる中を部屋から大急ぎで出て行ったっけが、まもなく戻って来て、（何しろこの仕末で皆顚倒《てんとう》していますから、明日にでも改めてどうかお願いします、）と丁寧にあやまっていたよ。実に落ついた、度胸の良い奴だ。あんなのを三越では抜擢して使うといいね、」と彼はまるで勇敢な兵士を推称するように愉快そうに言って、「それで、恰《ちょ》度《うど》三度目の激震が終るまで僕達は三越にいたんだよ。もうお出になってもいいでしょうと言われて、僕達はやっと外へ出たんだが、もう下足どころの騒ぎじゃ無い、家内もこのとおりカバーを突っかけた儘《まま》さ。その時にはもう猫いらずの店のあたりで火が出たという話だった。僕は家内と子供をつれて、馬場先門《ばばさきもん》の方へ出たが、恐れ多い事だが宮城の中にも黒い煙が見えていたし、警視庁は盛んに燃えていた。僕たちは三宅坂まで夢中で歩いて、そこでやっと自動車を一台見つけて、無理に頼んでそこまで乗せて来て貰ったのさ。」

そして彼は家族たちと一緒にそこに腰をおろして、猶《なお》途中で見てきた被害の模様を自分達にこまごまと話して聞かせた。将校めいた歯切れのよい、そして快活な調子でもの言う彼の話を聞いていると、何か珍らしい、愉快な出来事ででもあるような印象を与えられた。

それから三十分ばかり遅れて、向うの原の上にM君の駆けながら戻ってくる姿が見えた。彼は白のズボンにワイシャツを着た儘で、帽子も冠《かぶ》らず、上衣も持っていなかった。そして肥った体を汗だらけにして、苦しそうに喘ぎながら、それでも何か面白そうに笑って、避難している細君と子供達の側へきて「やれやれ」というように腰をおろした、彼は日本橋の或る会社へ出ていたのであるが、最初の激震と共に、担任の金庫も明け放した儘、自分の実印も打っちゃらかしにした儘で、本当に命からがら逃げ出してきたのであった。

彼は猫いらずの店あたりから出た火が、猛烈な勢いで日本橋に燃えひろがりつつある事を話した。

これと前後して、銀座の大倉商店に出ていた小男のT君も片手に上衣を抱え、度の強い眼鏡の下に細い眼を充血させつつ、汗みずくになって帰ってきた。彼は今漸く安全な決勝点に入った選手のようにはあはあ喘ぎながら、地震の時夢中で大テーブルの下へ潜りこんで、辛うじて色々な物のもの凄く倒れかかってくるのから脱れた事を取りのぼせたような高調子で話した。そして全く今こそ死ぬかと思ったと言った。そして、その後で彼は漸く今になって思い出したように、「さあしまった。大事な絹張の傘を店に忘れて来ちゃった。誰か持って行きやがるだろう、」と言って忌々《いまいま》しそうに舌打をした。

母親の病人を控えたS家の二人の息子は、帰りが一番遅かった。それで自分は気の毒な彼等のために、絶えず原へ目をやっていた。そして背のひょろ高い、白服をきた長男の姿をついに原の上に見つけた時、自分は思わず病人と娘の方へ向って高らかに呼ばわった。

「Sさん、息子さんがお帰りになりましたよ。」

間もなく次の息子の方も無事で帰ってきた。こうして近所の人々が次々に無事で戻ってくるのを見るのは、側にいるものにも心からの安堵と喜びを与えた。そして自分たちは貪《むさぼ》るように彼等から東京の状勢を根掘り葉掘り聞くのだった。

今では自分たちのまわりは避難者の群れでかなり賑やかになってきた。I中将の一家、T君の一家、M君の一家、H君の一家、S君の一家。それに辛うじて顔を知っているようなかなり離れたところの人達まで、この草原の空地を屈強の避難所と見こんで、次々にやってきた。そしてあちこちに蓆《むしろ》を敷いたり、毛布をひろげたりして一家族ずつ塊まっていた。

中将は家から床几《しょうぎ》を持って来させて、それに寄りかかった。そして麻の詰襟の服こそ着ていたが、まさしく司令官のような、出来あがった、威容のある姿勢で両脚を軽く組み合わせながら、絶えず東京の空を見守っていた。そしてまるで刻々に変化する戦況でも聞き取るように、見舞にきたり帰ってきたりする人々から東京の模様を念入りに聞き取ったり、また何かと高声に自分達に話しかけたりした。最近退役になって以来、閑散に苦しめられて写真撮影なぞに憂さを晴らしていた彼は、思いがけなくこの未曾有《みぞう》の大変災に面して急に活気づいたように見えた。

子供達はもう地震の恐ろしさなぞ忘れたように、そこらで遊戯に耽《ふけ》っていた。人々の間にも時々笑い声が起った。Y子さんが小さな袱紗《ふくさ》づつみを大事そうに持って、「私、これさえ持ち出せば、後はもう潰れたって構わないのよ、」と言っていた。「それに何が入っていますの？　お写真それとも大事なお手紙？……」と妻は笑いながらからかって聞いた。「さあ、何でしょう、私も知らないわ、」と言って彼女も顔を赤くして意味ありげに笑っていた。

この間にも、大地は殆んど絶え間なく揺れているのだった。初めは脅やかされた神経のせいかと思ってみたが、小刻みな、無気味な震動は土の上に坐っている自分達のからだに絶えず電気のように感じられた。二、三匹の犬は、彼等の敏感さで更に恐ろしい出来事を予感しているように、人々の間を尻尾を振って落つきなく行ったり来たりしていた。

不意に自分は空腹を感じてきた。考えてみると、昼飯だって殆んど食べなかったに違いない。妻もやはりそうだと言った。然し今こんな所で食事の支度もできなかった。それで自分はパンを買ってくるつもりで、近くの西洋料理屋へ駆けつけた。食パンはもうすっかり売り切れていた。外《ほか》の菓子屋を探してもやはり駄目だった。漸く牛乳屋に寄って、牛乳の一合罎《びん》を五本だけ求める事ができた。

こうなると、それも自分達で飲む訳に行かなかった。先ず子供達を飢えさせないようにしなければならなかったので。自分は二人の子供にそれを一合ずつ飲ませた。そして余りの三本はやはり自分の子供たちのために残して置こうと考えた。然し近所の子供達が、自分の子が旨そうにして乳を呑むのを見て羨ましさを隠そうともしないでいるのに気がつくと、つい堪らなくなって三本をそれぞれ近くの子供たちに分けてやってしまった。

こんな風では、糧食の事も心配せずにはいられなかった。妻にきくと後三日分程しか残っていないという。自分は大急ぎで家の出入の米屋へ駆けて行った。そこでは、もう白米は売りつくされていた。そして次々に人々が店先へ押しかけて、餅米や玄米を拝むようにして少しずつ分けて貰って行った。自分はそこで玄米を辛うじて一斗《いっと》だけ買う事ができた。この際の事である。玄米で結構だった。全くこれから先どうなるか分らないので、自分達はまるで籠城するような不安な、緊張した気持だった。

今になっては、持金の事も考えて見ずにいられなかった。地震と同時に凡《すべ》ての買物は現金になってしまったので。それは僅か三十円足らずしか無かった。考えると、心細い限りだった。自分達は当分の間十銭の金でも刻むようにして使っていなければならないと思った。

それにしても、明治神宮の長い森の上、東京の空にあたって、もくもくと奇怪な銀色の頭を擡《もた》げた雲の峰は一体どうしたというのであろう。夏の日に雲の峰が出ているのに何の不思議は無かったとしても、それは有り触れたものよりは遥かに巨大で、もののしく、殊にこの際見る人々の心に凶兆めいた、暗い圧迫する様な感じを与えた。しかもそれは消え去ろうとしないばかりか、徐々に益々大きく膨れあがって、銀灰色に輝く頭を中空へと高く、高く擡げて行くのであった。

自分は嘗《かつ》てこのような雲の峰を見たことが無かった、そしてこの地上に湧き起った大変災と、それとの間に何か神秘的な連関があるように思わずにいられなかった。人々も皆それに気がついて同じように感じているらしかった。

「ねえ、何という雲なんでしょう、見てると気味が悪いわ、」と、女達は雲を見る度に脅やかされたように眉を顰《ひそ》めて言い合った。

「何か地震雲とでもいうようなものじゃ無いかね、僕はどこかで聞いた事があるような気がするが……、」とM君は誰にともなく言っていた。

「実際あれは雲というよりも、何だか、ヒマラヤのような山嶽で、あのもくもくとしたあたりは攀《よ》じたら登って行かれるようじゃありませんか、」と、自分は言った。

「それに、」と妻は側から口を挿《はさ》んだ。「私じっと見ていると、あの頭のあたりに地震と火事の大悪魔が陣どっていて、自由に下にいるものをあそこから苦しめているような気がしますの。きっとそれに違いありませんわ。」

「まったくそんな風に思われない事も無いね、」と自分は答えた。

「真夏に印度洋を航海していると、海の向うによくあんな雲の峰を見る事がありますよ。」

欧羅巴《ヨーロッパ》へ二度も行ってきた事のあるM君が、側からそう言った。

「そうですか、して見ると要するにあれは巨きな雲の峰たるに過ぎないんですかね。」

「ねえ君、」と、I中将はやはり床几に凭《もた》れかかった儘《まま》で、「あれは確かに雲には相違ないが、同時に東京から燃えあがる火事の煙にも関係しているね。見給え、東京の空は今まるで夕立雲に蔽《おお》われたように一面に煙で暗くなってしまった。そしてあの気味の悪い入道雲と見さかいがつかない。して見ると、黒煙が下から舞い上り、舞い上りしてああいう現象ができたのかも知れないね。」

「なる程、そう言われてみればそうのようでもありますね、」とM君が応じた。

「実はね、」と中将は自分達を顧みて笑いながら、「僕はさっきからあれをカメラに納めたくって仕様が無いんだよ、だって、大正大地震の立派な記念撮影になるんだものね。しかし沢山の家が潰れたり焼かれたりして、無数の死傷者が出ている際に、さすがに気が咎《とが》めて、写真機も持ち出す気になれないじゃ無いか。」

「全くですね、」とM君が答えた。

「この調子では東京の火事はどこまで、ひろがって行くか見当がつきませんね。火元も十箇所や二十箇所では無いそうですから、下手をすると東京の大半を焼いてしまうかも知れませんよ。」

「大変な事になったもんだなあ、」と中将はさすがに慨嘆した。

「あれで、今は昼間だから分らないけれども、だんだん日が暮れてくると、あの雲の峰も東京の空も真っ赤になってしまうんでしょうね。」

その物凄い有様をまざまざと想像しながら、自分はそう言った。

太陽は平日と同じように、徐々に西へ傾いて行った。そして、刻々に伝わってきて人心を限りもなく不安と恐怖に陥れるような恐ろしい噂と、さらに凶変がどこまでひろがって行くかも知れないというような一般の無気味な予感の中に、この忘れようにも忘れられない九月一日は暮れはじめた。

向うの原と明治神宮の森に明るく鮮やかに射し渡っていた麗わしい夕日が蔭って行くと、あの奇怪な恐ろしい雲の峰が満身に落日の光をいっぱい浴びて立った。しかしそれからも華やかな光はいつとはなしに薄れて行く。そしてもくもくと擡《もた》げた頂上だけがいつまでも夕栄《ゆうばえ》に染まっている。そう、あたりが既にほの暗くなって、その色が消えてしまってても良い頃になっても！　夕日の反映は直ちに火事の反映と移り変ったのだ、なぜなら、この時にはもう明治神宮の森の空は一面に血のようなもの凄い赤さで染め初められたから。

昼間の明るいうちは、人はまだ紛れる事ができた。しかし夜が迫ってくると同時に、人々は一層動きのとれない不安と寂しさに襲われ出した。人々はとても家の中へ入る気にはなれなかった。大地は猶《なお》殆んど間断なしに震動していたし、いつまた激震がやって来ないとも言われなかったので。かと言って、この開け放した空地で夜をあかす気にもなれなかった。そして彼等はそれぞれ自分の庭や、家近くの往来なぞに椅子や戸板なぞを持ち出して、夜を明かす支度をした。（少なくとも自分の近所ではこの夜家の中で明かしたものは一人も無かった。）

幸い自分は傾斜地ではあったが、広い青芝の前庭をもっていたので、そこへ有りったけの椅子を持ち出し、さらに子供たちのために書斎から寝台まで運んできた。妻は妻で七輪を始め台所道具をそこへ運んで、せっせと夕飯の支度をやり出した。子供たちはこの変った有様を見て、祭でも始まったかのように面白がって燥《はしや》いだ。N君は地震のすぐ後で見舞に飛んできた儘《まま》それまでずっと自分達と一緒にいたが、下宿住みのひとり身で別に係累《けいるい》を持たない彼を、自分はとうとうここで一緒に夜を明かすように口説き落してしまった。こんな時には一人でも多い方が心丈夫《こころじようぶ》に感じられたので。

中将家の人々はやはり庭で夜をあかそうとしていたが、余り狭い上に建物に密接しているので、万一の場合を考えて少なからず不安を感じているらしかった。それを見て、自分は彼等にこちらへ一緒になるように慫《すす》めた。

「では今夜はひとつ君の庭で御厄介になるかな。」

そう言って、中将は大勢の家族と一緒に自分の庭へ引越してきた。幾つかの椅子もさらに運びこまれた。こうしてかなり広い自分の庭も、二つの家族で殆んどところ狭いまでになった。

いくつかの蠟燭《ろうそく》がつけられた。そして夕闇のごたごたした芝生の上で自分は握飯を食べたり、缶からいきなりフォークでコンビーフを食べたりした。

「Iさん、」と自分は中将に話しかけた。「あなたは、若い時から幾度か演習や戦争で野営に慣れていらっしゃるから、こんな事は平気でしょうね。」

「そりゃあ慣れている、」と中将は巻煙草を燻らしながら、親しい調子で答えた。「しかし女子供を連れての野営は僕も始めてだよ。それにしても君、これがまだ暑い時でよかったね。もし寒中の真夜中にでもこんな大地震が起って見給え。こんなにして野営するのも困難だし、火の気は多いから火事はもっと方々に起るだろうし、被害だって数倍にのぼるものと見ねばならん。」

「それは、全くそうですね。それにここでは今火事の心配をしないでいられるだけでも、実にしあわせですよ。」

すっかり夜になると同時に、長々と横たわる神宮の黒い森の上は、東京の火事の反映で一面に真っ赤になった、まるで宇宙の秩序が乱れて、狂った太陽が時ならず昇ろうとでもして居るかのように。自分達はここにおぼつかない蠟燭の光しか持っていなかったが――よしや、またそんなものは無かったにしても、――その赤い明るい反映で、何を取るにもそんなに不自由はしない位だった。一様に東京の空へ向けられた人々の顔は血に染まったように赤く照らし出されて見えたし、振返ると、自分の書斎の窓硝子と玄関の硝子戸がやはり燃えているかと思われるように赤くぎらぎらと輝いていた。

夏があけて秋に入ったばかりの夜空は底深く澄み渡って、一面に星が輝いていた、地上の変災とは何の関わりも無いというように。そよとの風も吹かず、郊外の夜はしずかだった。しかし時折遠くから物の爆発する音が轟《とどろ》いて、じっと耳を澄ますと、どこからとも無くわっわっと喚くような騒音が無気味に夜闇を伝って絶えず響いてきた。

「やあ、どうも大変な火だなあ。見てると顔が熱くなりそうだ。」

さっきから椅子によりかかってじっと赤い空を見つめていた中将は、誰にともなく、不意にそう言い出した。

「それに、見る見る空の明りが地平線にひろがってゆく。これではさすがの大東京も火の海になってしまうぞ。少なくも京橋、日本橋、神田、あの辺は丸焼けだろうよ。」

「でも、あれでしょうね、」と自分は側から聞いた。「これまでにもあなたは戦争で幾度かこのような火を御覧になったでしょうね。」

「さあ、」と彼は思案しつつ、「遼陽《りょうよう》が焼けた時が、こんなだったかなあ。あの時は随分空が赤くなったよ。でも、そうだ、やっぱしこれ程ひどくは無かったね。いや、戦争の時なぞ敵のいる町を焼き払おうとしても、そんな時はなかなか思うように焼けないものでね。考えてみると、僕も日清戦争、日露戦争にはもとより出征したし、最近の世界大戦にも露西亜《ロシア》軍の観戦武官として欧羅巴の戦場に臨んでみたが、まだこれほどひどく燃える火を見た事は無かった。こんな大きい火を見るのは、僕も全く生れて初めてだよ。」

「そうですかね。して見ると、僕なんか今想像している以上の大事件なんですね、」と自分は今更のように赤い空を見つつ言った。

そのうち、中将は立上ったかと思うと、そこらをひと廻りしてくるような風をして門を出て行った。しかし何時まで経っても帰って来なかったところを見ると、随分遠方まで行ったものらしかった。

いつか大学生の服に着かえていたI君も、父親と前後して出て行った。しかし彼は一時間ぐらいして戻ってきた。その話によると、彼は練兵場を横ぎって渋谷に出で、それから青山をとおって赤坂見附《あかさかみつけ》の方面へ行こうとしたが、下町方面から火に追われてなだれくる避難者の群れに遮ぎられて一歩も進む事ができず、ついに戻ってきたのだった。

彼等は今代々木の練兵場へ練兵場へと避難しているとの事だった。

「僕たちはここにいて、地震のことばかりびくびく心配しているけれど、東京の人達はあちこちで火に追われて地震どころの騒ぎじゃ無いんですよ。避難してくる若い男が、今頃地震の事なんか言っているのは贅沢だって喚いていましたよ。何でも下町はもとより本所《ほんじょ》、深川、浅草方面まで火の海になって到る処に焼死体がごろごろしてるそうです。逃げてくる人達だって荷物なんか持ってくるものは殆んどありません、着のみ着の儘《まま》で全く命からがらなんです、」とI君は興奮した調子で自分達に語った。


「さっきから東京の方でぽんぽん爆発するような音がするでしょう。あれは丸ビルの焼け落ちる音ですとさ、」とY子さんが言った。

「誰がそんな事を言ったの、」と中将夫人が聞いた。

「さっき誰だか門の前をとおりながらそんな話をして行きましたよ。」

「ふん、だって丸ビルは地震で壊されちゃったというじゃ無いかね。」

「そう言えば砲兵工廠《こうしょう》も焼けたって言いますよ。爆音はそのせいじゃ無いかね、」とI君が考え深そうに言った。

「今晩は。どうも大変な事で、別にお変りもありませんでしたか。」

門の所から自分達の方へそう言って声をかけるものがあるので、蠟燭の明りによくよく透かしてみると、自分に金の事で不義理をしたために、近所に住んでいながら三箇月ばかりまるで顔を見せなかった若い知合だった。

「僕の新聞社もすっかりやられっちまいましてね、」と彼は門から一歩も入ろうともしないで、にこにこしながらしゃべり出した。「初めの地震でべしゃり行っちゃったのです。僕は幸い外へ出かけていたので助かりましたが、少なくも二百人は圧《お》し潰されて死んだでしょう。」

「ほう、君が今出てるというのはどこの新聞社なんですか、」と自分はそれが初耳なので聞いてみた。

「いいえ、なあに、つまらないちょいとした所なんですがね。ではちょっとお見舞に寄っただけですから、いずれまた、」と彼はこそこそと逃げるようにして行ってしまった。

自分の前庭は傾斜地で見晴らしが広いのに、割合に賑やかなせいかして、近所の人々は幾人となく前の往来を通りしなに、ふらりと門から入ってきて、何かしら耳新らしい報知や、恐ろしい話を自分達に残して行った。吉原遊廓《よしわらゆうかく》も火事になったが、遊女を逃がさないためにあらゆる大門を閉鎖してしまったために、彼女達は皆焼け死んでしまったとか、浅草の十二階が倒潰して折から昇っていたものが百人くらい惨死したとか、殆んど九分どおりできた丸の内の内外ビルヂングはひと溜りもなく押潰れて、折から作業中の職人が少なくも二百人は下敷になったろうというような。殊に最後のは、O氏が日本銀行から脱れて帰る途中、その惨状を実際に目撃してきての話で、往来の敷石の上に投げ出されて頭を砕かれて死んでるのや、潰れ残った高い外壁に胴体を挟まれて、まだ手足をぴくぴく痙攣《けいれん》させているのも見えたとの事だった。

　二時間あまりもして、ようやく中将が戻ってきた。果たして彼は火災を「視察するために」東京まで行ってきたのだった。その話によると、彼は渋谷でやっと一台の自動車を見つけて無理に頼んで乗せて貰った。そして群集を押分けて辛うじて三宅坂まで出たが、それから先は一歩も行かれなくて戻ってきた。随って彼も東京は殆んど一面に火の海だという外《ほか》には自分達に話す事ができなかった。然し彼によってお茶の水の女学校も、本郷の帝国大学も、つまりI君の学校も、妹娘のF子さんの学校も焼けてしまった事が分った。

「そいつあ困ったなあ、」とI君はがっかりして言った。「じゃ図書館も焼けちゃったのかしら。せめてあれだけ助かるとなあ。どっちにしても学校は当分お休みか。」

「あら、どうしましょう、」とF子さんも頓狂《とんきょう》な声を出した。「あたし、さっきまで学校が焼けたら休みが長くなるから嬉しいと思ってたけれど、本当に焼けちゃっては困るわ。じゃ私の学校は無くなったのね。どうしましょう。」

　自分達はまたしても東京にある知合の誰彼を思い出して、その身の上を案じた。そして既に幾度となく繰返した言葉を互いに話し合うのであった。

何と言っても、自分には本郷の兄の家族のことが一番心配になった。それで会う人毎《ごと》に本郷の模様を聞いてみた。或るものは疾《と》うに焼けてしまったと言うし、他の人は大抵大丈夫だろうと答えた。しかし今、帝国大学が焼けたときいては、兄の家もきっと焼けたものと思わずにいられなかった。なぜなら、兄の家は大学の正門に近く、森川町にあったのだから。

では、今頃兄の家族はどうしているだろう、兄嫁は、小さい姪は？　例え圧死からは無事に脱れたにしても、今頃は恐ろしい火に追われて命からがら逃げ惑っているに違いない。ああ、せめて生きてさえいてくれたならば！　自分は一層不安になり、落ちつかなくなって、庭にじっと坐って東京の火を見ているに堪えなくなった。そしてI君とN君とを誘って、そこらをひと廻りしてくるために出かけた。

あたりの草には露がしっとりと深くおりていた。そして夜が更けると共に、晴れ渡った星空はいよいよ冴えてくるように見えた。地上の変災に対して、この澄んだ美しい光景が何となく奇異な、もの凄いような印象を与えた。

「どうしてこんなに空が晴れきっているんでしょうね。ちょっとした火事にもすぐ雨が伴いがちなものだのに、」と自分は言った。

「大きい地震の後にはよくこんな空があるんですってね、」とN君が言った。「そしてこれがいけないんだそうですよ。」

「地上の不幸や災いに何の係わりあらんやとでも星が言っているようですね、」とI君も高く夜の空を見あげて言った。

火事の薄赤い反映で、自分達は路を見分けるのに困りはしなかったが、それでも土手から崩れ落ちた石に躓《つま》ずいたり、土地の割目に足をさらわれたりした。

家のある所では、人々はどこでも外で夜あかしをしていた。往来にはずした雨戸を横たえ、その上に夜具を敷いて、幾人かが枕を並べているのもあった。提灯のぼんやりとした光の蔭にそれらは唯ごたごたしたものに見えたが、通りすぎる自分達を、彼等は何となく物問いたげな風で透かして見た。少なくとも自分にはそんな風に思われた。

練兵場ではさすがに、殆んど人に会わなかった。とは言え、それとなく薄赤い闇を透してみると、そこの樹の根や、林の蔭なぞに、やはり幾人となき避難者の群れが音もなく横たわっているのが見分けられた。

露深い草の蔭で、虫がしきりに鳴いていた。そして夜気は薄いワイシャツをとおして、冷々と肌に触れた。

ここまでくると、神宮の森の上を一面に染めていた赤い焔《ほのお》の渦巻きのぼる有様が、飛び交う火の粉までも鮮明に見分けられるようだった。実際に顔に火照りが感じられるくらいに。しかも澄み渡った星空の下に、夜の原はあくまで静かに横たわっていた。時々ものの爆発するような音が遠く響いて、何となくわっわっと叫ぶような広大なしかも遥かなどよめきが微かに伝わってくるようではあったけれど。それは一種神秘的な無気味な静寂であった。

フト自分達は、東京の方面と遥かに離れて、遠い南の空にあたって、同じように火事の反映を認めた。火影のあまり鮮やかでない所をみると、かなり遠方らしい。しかもそうした遠さで暗い地平線の上にあんなに火のひろがっている所を見れば、随分大きな町でなければならない。自分達は始め大森あたりかと思い、また鶴見神奈川方面では無いかとも思った。そして色々疑った結果、ようやくそれは横浜の火である事を悟った。

「これで見ると、横浜も東京と同じようにまる焼けになろうとしてるのかも知れませんね。」

初めて震災は東京ばかりでなく、もっと遠い範囲に及んでいることを知った自分達は、今更のように驚きつつこう言い合った。

「大森あたりはどうだったでしょうね。」

もとより答えるものは無かった。しかし自分が不意にそう聞いたのは、そこの望翠楼ホテルに止宿している露西亜の有名な小説家S氏夫妻を思い出したからであった。

S氏は一箇月ばかり前から日本へ来ていた。東京の大新聞なぞでは「露国の文豪S氏来たる」という風に華々しく書いたり、夫妻の写真を載せたりしたものだった。事実それまで日本にこそ余り知られてはいなかったが、露西亜では一時ゴーリキーや、アンドレーエフなぞと並んで、なかなか有名な作家だったのである。革命派の文士として嘗《かつ》て二度まで投獄された事のある彼も、レーニンの天下となると同時に、圧迫のためについに露西亜にいられなくなって、脱れてハルピンへ来ていた。彼はそこで若い内からの知合であるゴーリキーや、アンドレーエフや、レーニンや、プレハーノフなぞについて講演したり、歌劇を書いて登場したりしていたが、今度日本からアメリカを経て欧羅巴にまわり、そして若し可能だったら露西亜へ入ろうという企画で、先ず東京へ来たのであった。

半月ばかり前、自分は露西亜語に堪能な友達と二人で、望翠楼ホテルに初めて彼を訪ねた。見るから露西亜人らしい巨大な体軀《たいく》をした彼が、別室からのそりと現われて、無言の儘《まま》にこりともしないで、毛むくじゃらな大きな手で力強く自分の手を握った時、何となくおっかぶされるような気がした。彼は五十五、六、かなり古ぼけた余り立派でないスコッチの服を着、絹のルバシュカをつけていた。皆席についてからも、彼はのべつパイプを燻らしながら、友達が達者な露西亜語で話しかけるのに対して、小さい低い声で簡単に答えるだけで、あまりしゃべらなかった。しかしそこから段々正直な、地味な好人物らしい印象が伝わってきた。部屋の壁には彼が若い頃の肖像の絵葉書、――自分達がゴーリキーやアンドレーエフに於いて見慣れているようなルバシュカを着た若々しい元気な姿の彼を、二つまでピンで留めてあった。

　S氏は露西亜語の外《ほか》話すことができず、自分はまたそれがまるで分らなかったので、唯《ただ》友達に挨拶の言葉を通訳して貰うだけで、自分達は殆んど物を言わなかった。しかし夫人の方は英語、独逸《ドイツ》語、仏蘭西《フランス》語、どれでも自由に話す事ができた。それで彼女は達者な英語で何かと自分に話しかけた。彼女は三十五、六、特に美しいという方では無かったが、見るから頭の良い、甲斐々々しい、そして雄々しい精神を持った露西亜婦人で、この放浪の作家にとって、無二の良い伴侶であることが分った。

　自分もまたS氏と同じように作家である事を知ると、彼等は喜んだように見えた。彼等は自分が日本へ来て初めて会った作家であると言い、日本の作家達と知合になる事を望んでいたのだと言った。そして夫人は早速手帳をもって来て、自分の主なる著作の表題と梗概《こうがい》を聞いて書きつけたり、その売行を尋ねたりした。そして本の売行の割合に多い事を知ると、

「では、あなたはさぞ金まわりがいいでしょうね、」と夫人は自分の顔を見て笑った。

「いいえ、」と自分は顔を赤くして答えた。「日本では文士として生活するのは苦しい事です。」

　この言葉が夫人によってS氏に通訳されると、彼からこの返事が戻ってきた。

「それは露西亜だって同じ事です。」

そして自分達はいつとなく作家同士としての親しい接近を感じていた。

話題はおのずと露西亜文壇のことが主となった。そしてS氏の口から、色々と現代の作家達の消息、――ボリシェヴィキの政府になってから一向確かに知る事のできなかった――を聞くことができた。しかしそれは何れも恐ろしい陰惨なものだった。アンドレーエフの絶望的な死、饑餓《きが》の為に歯がぼろぼろに抜け落ちて死んだという詩人ブロックのこと、そしてアルツィバアセフが盲目になって自由に働く事のできない上に、革命政府の圧迫と飢えのために悲惨な日々を送っている事なぞ。

「聞けば、日本の出版屋はサアニンの翻訳なぞでかなり儲けているというのに、その作者が本国で飢えつつあるというのは不合理な事では無いだろうか。日本の出版屋なぞ何とかして、アルツィバアセフに報いたら良さそうなものだのに。」

S氏夫妻はこんな事も言った。

話はいつか文学から、革命のことに移った。夫人は彼等が革命政府のためにいかに意地悪い圧迫と迫害を受けたかを話し、口を極めて「猶太人《ユダヤ》共によって専断せられた暗黒政治」を罵倒した。それから露西亜の恐ろしい饑饉《ききん》について話が出た時も、それさえ全く革命政府の責任であるかのように話した。もとより自分は直ちに彼等の主張と憤慨に賛成する事はできなかったけれど、しかも実際に革命に遭遇せる一露西亜人の談話として、かなり興味深く聞いた。

この日自分達は一時間ばかり話していた。帰ろうとすると、夫人は東京の地図を持ってきて、自分の家が何処にあるのか説明させた。そして最近S氏が新聞社の招聘《しょうへい》で講演のために大阪へ行くので、留守の間に遊びに行きたいと思うが行ってもよいか、と聞いた。

「是非、どうぞ、」と自分は喜んで答えた。そしてその日の約束をして別れた。

約束どおりS夫人は自分の所へやってきた。八月の燃えるような暑い日であったが、彼女はパラソルも持たないで、原を横ぎって歩いてきた。汗だらけになって、しかも香水の漂いもなしに。そして家について靴を脱いだ時、木綿の白い靴下には大きな穴があいていた。しかも彼女は清潔に、きちんとしていた。そして絶えず欠乏と労苦を勇敢に忍びながら、不遇な夫の支えとなっている甲斐々々しい芸術家の妻である事を思わせた。

彼女は自分の妻の用意して出した日本料理を喜んで食べたり、一人の子供と愛想よく遊んだりして二時間あまりもいた。帰りに自分は彼女に明治神宮を見せながら、大森の宿まで送って行った。

その後自分はまた妻と子供をつれて大森にS氏夫妻を訪ねた。まもなく彼等も二人づれで自分を訪ねてくれた。こうして自分達は段々親しくなったのであるが、S氏の正直な人の好い、そしていかにも露西亜人らしく鷹揚《おうよう》な芸術家的性格が益々自分の気に入った。彼もまた日本の作家としての自分に興味を持ってくれたように見えた。

唯、自分には革命政府に対して少なからぬ興味と同情のある事が彼等には気に入らなかったが、――（夫人は一度自分の書棚にレーニンやマルクスの著書を見つけてそれを破ろうとさえした、）――その他の点については、自分達はいつも興味深く話し合った。わけても自分としては、S氏から露西亜の作家達の噂、例えばチェーホフに会った時の事や、ゴーリキーやアンドレーエフやブーニンなぞの生活ぶりや、シャリヤピンやレーピンなぞの印象を聞くのが一番興味深かった。オペラ歌手として出発して、ゴーリキーに見出されて当時の新らしい文壇へ出るまでの彼自身の文学生活の回想もまた忘れ難いものだった。

初めて会った時、S氏は日本で自分の著書を出版したいような意向を洩《も》らしていた。しかしその言葉はかなり漠然としていたので、自分はさまで気にも止めずにしまった。それに露西亜語で書かれたものを日本で出そうとしたところで、例えそれがどんな傑作にしろ到底話にならないと思ったので。

ところが、二度目にホテルへS氏夫妻を訪ねた時、今度は改めて相談するような形でこの話が持ち出された。

「では、それを露西亜語で出版なさろうというのですか、」と自分は聞いて見た。

「いえ、それは翻訳にしてで無くては駄目でしょう。日本人で露西亜語の読めるのは少ないでしょうから、」と夫人は熱心に言った。
「それについて、誰か良い翻訳者をあなたは見つけて下さらないでしょうか。」
「さあ、それは見つからない事もないでしょうがね。でも、そうすると翻訳料がうんと高くつくし、果たして引受けてくれる本屋があるでしょうか、」と自分は考え考え答えた。

しかし、この間に夫人は別室へ行ったかと思うと、ひと抱えの原稿の束を持ってきて、テーブルの上にどさりと置いた。彼女の説明によると、革命以来S氏が出版の機会を得ずに幾つとなく書き溜めてきたもので、高さ七、八寸にも達していた。そしてそれは皆夫人の手によって綺麗にタイプライターに打たれた上、さらにS氏に依って手が加えられていた。

その中には幾つかの短篇もあった。またハルピンの劇場で上演して喝采を受けたというオペラもあった。それから、ゴーリキーやアンドレーエフなぞの回想記もあった。多くのものの中で、この最後のものを彼等は先ず日本で出版しようと考えていた。このアンドレーエフの回想だけは既に彼等の知らない間に日本で翻訳が出版されていたけれど。

S夫人の熱心に主張するところは、この原稿は日本の雑誌に少なくも一年間連載する事ができる、その上で本にすれば丁度手頃なものになる、この二つの権利を三千円で売ろうと思う、というのである。そして夫人はS氏が露西亜で取る原稿料から見て、この三千円は決して多いものでは無いと言った。

それから夫人は更に、これによって得た金をもって、アメリカに渡る計画であることを述べた。そこに行けばラフマニノフを始め幾人かのS氏の知合がいるし、講演、出版、色々な事をして金を儲ける道があるというのである。そういう彼等は現在の生活に於いて随分いろいろな欠乏を忍んでいるように見えた。

同じようにペンによって生活している自分である。この不遇な放浪の文豪の境遇と計画とは深く自分を動かした。そして自分の力でできるだけの事は彼等のために尽くしてあげようと決心した。とは言え、それについて余り確かな希望は持てなかったけれど。

「兎《と》に角《かく》、心あたりが無くもないから、よく相談して見ましょう、」と自分は約束した。

この時自分は本屋と話をする都合上、回想記の原稿だけ借りて帰ろうかと思った。しかしそういう貴重な原稿を万一紛失したり、破損したりするような事があってはならぬと考えたので、折角《せっかく》口まで出かかっていたのに黙ってしまった。（もし自分がこれを借りて帰れば、少なくもこの原稿だけは助かったのに！　今でもそれを思うと残念でならない。）

ひと通り話がすむと、夫人は再び重い原稿の束を大事そうに抱えて別室へ行きながら、自分を見てこう言って笑った。

「大事な、大事な、唯一の財産!」

自分は笑ってうなずいた。そして夫人は芸術家の妻として何という愛らしい、立派な人だろうと思った。


それから間もなく自分は著書を出しつけているS社の主人に会って、S氏の出版の件を相談してみた。しかし殆んど問題にされなかった。自分の想像したとおり、露西亜語で出版する事はまったく不可能であるし、翻訳すれば費用がかかりすぎて到底引き合わないので。主人はさらにこうつけ加えて言った。

「S氏は露西亜で例え有名な作家であっても、日本ではまだゴーリキーやアンドレーエフのように知れてはいませんからね。」

このようにS社との話が駄目になったとすると、この出版を引受けてくれそうなものは外《ほか》にK社があるくらいなものだった。K社からは急進的な派手な雑誌も出ていて、S氏もそれに頼まれて、最近の露西亜文学について短かい論文を書いていた。そしてS氏もこの社に一番望みを繋いでいた。しかし自分はK社とは何の関係も無かった。何の関係も無いK社に向っていかに自分の事では無いにしろ、頼み事をするなぞとは自分として実に厭《いや》だった。自分は少なからず躊躇《ちゅうちょ》した。しかしたよりないS氏夫妻の境遇を考えると、自己の潔癖や誇りなぞにばかりこだわっていられない気がした。ついに自分は決心してK社の主人にあてて長い手紙を書いた。この際自分はS氏の面目をも保たなくてはならなかったので、氏から依嘱《いしょく》された事なぞは少しも言わず、唯、一友人として自分の率直な懇《ねんご》ろな希望を述べるに留めた。

自分は不安と期待をもってその返事を待った。しかしK社の主人からはついに何とも言って来なかった。

この間にS夫人から自分へ手紙がきた。それによると彼等は以前にK社の主人から招待された事があって、その礼のために今度は彼等の方から主人をホテルへ招待した。そして色々な話の中で例の出版の話を持ち出してみたが、結局不調に終った。

「で、この上はもうあなたの力に頼る外《ほか》は仕方がありません。何とかして私たちのために骨折って下さるように切にお願いします。」

そう結んで夫人の署名と一緒にS氏の署名が記してあった。

これを読んで、自分は少なからず当惑した。単に自分一人の考えから言っても、到底纏《まと》まりそうもない話なのである。それに多少希望の持たれた二つの出版屋から拒絶せられた今、外にはどんな所へ話を持ちかけてみたら良いか、その見当さえつかない。でも、S氏の境遇を考えれば、どんなにしてでも何とか話を纏めてやらなければならないのだ。

「勿論今後も僕として出来るだけの尽力はしてみます。然し、何しろ翻訳料に費用が沢山かかるので、ちょっと引受け手が外に見つかりそうも無いのですが……」

こんな調子で、殆んど絶望的な返事を自分は取あえず出して置いた。勿論それは非常な苦痛をもって書かれたのであるが。それは八月三十一日の夕方、丁度大地震の前日に当っていた。

それで、夜の代々木の原へ出て初めて横浜の焼けているのを見た時、すぐ自分は大森方面を思い出し、S氏夫妻の身の上を思いやった。そして、どちらにしても、こうなってはもうあの出版のことも愈々《いよいよ》絶望だと思った。そして革命のためにさんざん苦しめられた上に遂に郷土を追われ、僅かな希望をたよりにはるばる日本へ漂泊して来て、さらに折悪しくこのような大変災に出会った彼等の数奇な運命を考えると、つくづく気の毒だと思わずにはいられなかった。同じように不安定な作家の生活をしている自分として、単に他人の事とは思われない気がした。

その後、自分は大森方面の人に会う度に、その被害の有様を尋ねて、震災も火災も余りひどく無かった事を知って、S氏夫妻の身の上についてはひと先ず安心した。そしてかなり長い間電車も通じなかった儘《まま》に、つい見舞う事もしないでいた。

ところが、かなり過ぎてから、自分が本郷の兄の家へ行くと、姪がいきなり、「Sさんはほんとにお気の毒だったわね、」と言った。そういう彼女は一度自分の家でS氏夫妻に会った事があるのである。

「Sさんが？　どうして？」と自分は訳が分らずに驚いて問い返した。

「あら、おじさんまだ知らなかったの。」

そう言って姪は大阪で発行される或る週刊雑誌をもって来て自分に渡した。自分は急いでページを繰《く》った。すると、「横浜の壊滅を見る」という表題の下に、S氏の短かい文章が出ていた。勿論翻訳されて。

それによると、S氏夫妻は当分日本に滞在する決心をして、それについてはホテル住居はあまりに不経済なので、横浜の山の手に見晴らしの良い小さい洋館を借りて移り住むことにした。そして九月一日の朝、原稿や書籍など重要なものを先ず大森から横浜の新居へ運んだ。そして二回目の荷物を人力車に乗せて停車場から新居へ運んでゆく途中、彼等はこの大地震に出会った。彼等は眼の前で家並がぐゎらぐゎらと崩潰し、幾多の人々が下敷になって死ぬのを見た。彼等は幸い屋外にいたので、生命だけは辛うじて全うした。しかし移り住む筈だった新居は、忽《たちま》ちに燃えひろがった焔の中に包まれた。そしてS氏が六年来書き溜めてきた原稿、――あの夫人が愛児のように腕に抱えて「大事な大事な唯一の財産」と呼んだものは、ひと溜りもなく灰になってしまった。

自分は涙なしにS氏のこの文章を読むに堪えなかった。どこまで不運な人達だろう、自分の近所には地震の前日に横浜から引越してきて助かった人さえあったのに。これではS氏夫妻は新らしい災難に会い、原稿を灰にするためにはるばる日本まで渡って来たようなものでは無いか。それにつけても、あの時、夫人の手から自分が原稿を預かって持ち帰らなかったのが残念で堪らなかった。

その後自分は何かにつけてS氏夫妻の身の上を思い、熱心にその消息を知りたがっていた。向うからも音沙汰《おとさた》が無かったし、たよりをしようにも居所が分らなかった。まだ日本にいるかどうかさえも分らなかった。

ところが、百日ばかりも経ってから、自分は思いがけなくS氏夫妻から一通の手紙を受取った。ハルピンから出されたもので、署名は二人になっていたが、中味は夫人の手で誤りの多い、しかし達者な英語で書かれていた。それには震災後自分がどうしているかを懇ろに尋ねた後、彼等があの日に横浜で遭難して、原稿を初め一切の貴重品を失ってしまったが、辛うじて生命だけ助かった事なぞ細かく述べてあった。彼等は三日三晩、横浜の壊滅を目の下に見ながら空地に避難していたが——勿論碌々《ろくろく》食う物もなしに——四日目になって漸く外国船によって神戸へ運ばれた。そこで夫人は過度の心労と打撃のために病気になって、二十日ばかり床についた。そして全快すると同時に、今や異国に興味をもっているどころでは無いと感じて、一切の希望を抛《なげう》って彼等は再び出発点へ、ハルピンへ戻ったのであった。

「お国の皆さんに宜《よろ》しく、」と夫人は付け加えていた。「日本で受けた皆さんの親切は忘れられません。いずれ一年も経って、東京も秩序が恢復《かいふく》しましたら、約束の講演を果たすために再び日本へ渡り、皆さんにお会いしたい希望でおります。」

然し、その晩、代々木の原から横浜の焼ける火あかりを眺めても、まさかS氏夫妻がそこで遭難している事なぞ思っても見なかった。まして、後から知って戦慄させられたような凄惨な被害がそこにあったろうとは。

薄赤い火事の照りかえしに照らされて、しいんとした、人気のない暗い原を、自分達はぶらぶらと帰りかけた。そして、又しても、神宮の森の彼方に音もなく舞いあがる大《だい》火焔《かえん》を恐ろしげに眺めやった。おお、あの下ではどんなに恐ろしい事が起りつつあるのだろう！　ぞっとするような焦熱地獄の有様がまざまざと想像に描き出される。とは言え、それは到底実際には及ぶべくも無いにきまっている……

フト、舞いのぼる大火焔が冴えきった星空の下に寂しく消えぎえになるあたり、何か異様なものを認めて自分は思わず立止まった。「おや、何だろう?」と自分は言った。「まるで地獄の焔の中を人魂《ひとだま》でも迷っているように見えるじゃ無いですか。」「ほんとに、」とN君も立止まって言った。「何でしょう、見てると無気味ですね。」

I君も不思議そうに眺めていたが、

「月だ、月ですよ、」と叫んだ。

なる程、欠けた月がいつものように燃え狂う火焔の中から昇ろうとしているのであった。

「何だい、月か、人を馬鹿にしてる！」

思わずN君はそう言った。N君でなくとも、実際、こんな場合にも平日と変りなく風流めかしく月が顔を出すという事が、何かしら不自然な、そして所柄《ところがら》を弁《わきま》えぬことのように思われた。そして自分達はちょっとの間、腹立たしいような気持さえした。

家の近くまできたところで、一人の在郷軍人が弓張提灯《ゆみはりぢょうちん》をもっていかにも用ありげにやってくるのに会った。自分達を見ると、彼はちょっと足を止めて、いきなりこう言った。

「東京では火事のためにあらゆる監獄を開放して囚人をみんな逃がしたそうですから、そいつらがまたこの辺へ立ちまわってどんな悪い事をしないものでもありません。皆にそう言って、お互いに警戒して下さい。」

そして彼はさっさと行ってしまった。

この報告は自分達に言い難い不安を、むしろ恐怖に近い感情を起させた。で、帰ると、自分達は早速I中将にその事を話した。

「ふむ、」と中将も不安そうに言った、「じゃ、巣鴨《すがも》あたりの監獄もみな出してしまったのかな。」

「そうかも知れません。そうだとすると、強盗殺人のような兇猛《きょうもう》な犯人が四方へ散った訳です。この際、まるで警察力のないここいらは特別危険な訳ですね。」

「そうだ、兎に角近所の人達にもその事を話して、お互いに警戒するより仕方あるまい。」

そして自分達は誰かしら起きていてあたりを見廻る事に相談した。

もとよりこんな晩に自分達は眠られるものでは無かったし、また眠ろうとも思わなかった。

しかし小さい子供たちはそうは行かなかった。自分の次女は母親の胸に抱かれて、何の恐ろしさも知らずに眠っていた。六つになる長女のためにはベッドを樹の蔭に持って行き、枝から白い蚊帳《かや》をつって、そこに既に眠った次女と並べて寝かせようとした。しかし神経の過敏な彼女はどうしても眠れないらしく、ついにベッドからひとり降りてきた。

「蚊帳の向うに真赤な火が見えるもんで、恐くって眠られないの。」

そう言って彼女は母親の側に行って坐った。

「私もさっきから寝ようと思うんですけど、のべつ地面が揺れるもので気味が悪くって寝られないのよ、」とF子さんも芝生の上に坐ったままで言った。

それとは気づかれずに、いつか夜はひえびえと更け渡った。そして欠けた月と、冴え返った星空の下に、森の彼方の大火焔は刻々広がりを増して行った。広がる限り地平線を焼きつくそうとするように。

気がつくと、暫く話声がしないと思う間に、I中将は籐椅子によりかかってぐっすり寝こんでいた。夫人はその蔭で座蒲団《ざぶとん》の上に坐ってこくりこくり眠っていた。二人の令嬢達も、露でぬれた芝生の上に顔をうつ伏して、正体なく眠っていた。I君も、自分の妻もやはり眠った。N君も芝生の上へ大の字になり大きなからだを投げ出して、高々と鼾《いびき》を掻いていた。そして二時頃には、起きているものは自分ひとりだった。このように存在の根底まで震撼させられたような恐ろしい日にも、人は猶《なお》眠り得るものだ、眠らずにいられないものだと思うと、自分はちょっと妙な気がした。同時に、人間がいじらしくも感じられた。

ひとり起きているのは、さすがに不安でもあり寂しくもあった。そして自分は細々と消えかかる蠟燭を取りかえたり、あちこちと家のまわりを見廻ったりした。そして、またしても真っ赤な東京の空を眺めて、静寂の底を貫いてぽんぽんと響いてくる爆発の音や、わっわっという無気味などよめきに耳を澄ました。

夜の明けるのが熱心に待たれた。

こうして、震災の第一日はすぎて行ったとは言え、この一日のうちに、東京の大部分が焦土と化し、被服廠《ひふくしょう》で三万幾千かの男女が火の旋風に捲《ま》かれて死に、隅田川では幾万かの避難者をみっちりと積んだまままいくつかの橋が焼け落ち、吉原遊廓では遊女初め無数の人々があの弁天池で水責め火責めに会い、その他後日に至って知られたような、この世で有り得るあらゆる凄惨な恐ろしい不幸が起ったことは、まさかに想像も出来なかった。遠く郊外に住んでいたお蔭で自分達は火の心配さえしないですんだのであった

……

そろそろあたりが明るくなってきた。そして朝焼の光と火事の火あかりと一緒になった。実際自分達はその何れであるかを見分ける事が出来なかった。そして火焔の中から凶兆めいた、もの凄い、真っ赤な太陽が昇ると、朝焼と一緒に火事の赤い反映も消え失せて、神宮の森の彼方は唯一面に濛々と黒い雲煙に蔽《おお》われて見えた。但し、きのうのものものしい雲の峰はもう姿を消していた。恰も果たすべき使命を果たし終えたように。

人々は次々に目を覚ました。そして眠り足りない、青ざめた顔を振向けて、まず東の空を見た。しかしそこからは新らしい希望は来なかった。彼等は一様に、恐ろしい第二日が始まった事を感じた。

妻は庭で七輪に火を起して飯を炊き始めた。そして自分達は庭で簡単な食事をした。

「どうだろう、きょうもやっぱし外で暮らさなければならないだろうか。」

これが皆の質問だった。なぜなら、大地は間断なしに気味わるく揺れていたので。

「もう大丈夫だろう、例え揺れたってもうきのうのようにひどくは無いさ。」

中将はそう言った。そして家族を引きつれて、隣の大きな家へ入って行った。まもなく家の中を大がかりで掃除する音が聞こえた。

自分達もやはり家へ入ることにした。しかし壁土は剝げ、品物は転落し、腰をおろそうにも場所がなかった。それで自分達もまた一生懸命で掃除にかかった。

この時、前の原を横ぎって、見すぼらしい異様な風をした五、六人の男女の過ぎて行くのが見えた。それぞれ小さい風呂敷をもつか、子供を負うかして、疲れきった様子で黙って歩いていた。言うまでもなく家を焼かれて命からがら逃げ落ちた人々で、しかもその落ちこぼれに過ぎなかったが、ひと目見ただけで自分達は胸をしめつけられるような感じがした。

第二日

一番心配になる本郷方面の模様は、未だにはっきり知る事ができなかった。或るものは大学から出火してすっかり焼き払われたと言い、別のものは一部は焼けたが、大部分は助かっていると言った。いずれにしても、自分は何とかして兄一家の消息を確かめなければ少しも心が落つかなかった。それでひと通り家の中を片づけてしまうと、妻に留守の注意を何かと言い置いて、兎《と》に角《かく》本郷まで行って様子を見てくる事にした。

早めにひる飯を食べて、自分は出かけた。N君も一緒だった。彼もやはり深川にある遠縁の家の消息が気になったので。

新町まで出ると、もう様子があわただしくなり、緊張していた。東京から避難してくるものが続々とつづいた。家財を積んだ荷車や自動車が混雑した人どおりを押分け押分け次から次へと通った。俥上《しゃじょう》のものも、徒歩するものも眼は何れも充血して、殺気立っていた。男はもとより、女でもなりふりを構っている者は無かった。

町では別に潰れた家も見当らなかったが、屋根の瓦は例外なく多少の破損を示していた。それに、家の中に落ついているものは殆《ほと》んどなく、大抵戸口に立ってごたごたした人通りを眺めたり、大声に話し合ったりしていた。

「早く一時にならないかなあ。早くそれがすぎないと家に入る気もしないよ、」と何処かで若い男が不安そうに屋根を仰いで言った。

すると、或る古着屋の中から若い女がいきなり外へ飛び出して、

「今のは地震じゃ無い？」と誰かに脅えた声で聞いた。

「自動車のとおる時の震動さ。」と誰かが答えて笑った。

「そうお。またきのうのようなのが来るんじゃ無いかしら。」

このように到る処、またもや大地震を予期しているらしい不安な様子を見て、自分達は不思議に思った。

恰度《ちょうど》新宿駅の半丁ばかり手前までくると、交番の前に人だかりしているのが目についた。自分達は何気なく覗いてみた。すると、掲示板に、陸軍省の公報として、「本日午後零時半もしくは一時頃に激震あると思われるによって、この時刻には皆屋外にあるべし、」と書かれていた。

自分はN君と顔を見合せた。これで途中あちこちで人々の不安に顫《ふる》えていた意味が読まれた。しかしこの警報はまだ自分の家の近所には伝えられていなかった。

「では、僕は早速引返して、近所の人達に知らせよう。誰も知らないでいるんだから。」

そして自分はそこで東京へ急ぐN君に別れた。

「何しろ気をつけて行って来給え。」

N君が挨拶をして人ごみの中へ紛れて行くのをちょっと見送った後、自分は大急ぎで今きた道を引返した。時計を見ると殆んど十二時、前日の地震の時刻だった。ぐずぐずしていると間に合わないかも知れない、そう思ってしまいに自分は駆けるようにして急いだ。

そうして、警告された時刻より少し前に、自分はようやく家に戻りついた。妻は台所で煮物をしていたが、直ちに火を消して、二人の子供をつれて前日と同じように家の前の広い草地へ出た。それから自分はすぐI中将の家へも知らせた。この家族も直ちに家を出てしまった。自分はさらにできるだけ広く近所へ警報を触れて歩いた。そして近所の人々は皆一斉に家を出てしまった。そして下の空地は昨日と同じように、多くの避難者の群れでいっぱいになった。

警告された時は刻々と近づいてきた。自分達は一様に押え難い不安をもって、草地から絶えず立並んだ家の方を眺めていた。中将の大きな幅広い邸宅が、自分達の前に一番目につき易くのさばり立っていた。

「ほんとに大きな地震があるのかしら、」と、F子さんが誰にきくともなく高い声で言った。

「そんな事分るもんか、正しく地震なんかを予知する事ができる筈《はず》が無いからね。きのうの地震だってまるで分らなかったじゃ無いか、」と、I君が言った。

「それはそうさね。」

きのうのように、観戦武官めいた態度で床几《しょうぎ》によりかかっていた中将も、疑わしげな調子で自分にこう言って聞いた。

「それは君、確かに公報だったのかね。」

「ええ、陸軍省発表として交番の前に出してあったのです。しかしその真偽は僕の保証の限りではありませんよ。唯《ただ》僕はそれを皆にお知らせした方が良いと考えたので大急ぎで引返してきたのです。もし実際に地震が無かったとしても僕を怨《うら》んでは貰えません。」

「いや、これがから騒ぎで終ってくれたら却《かえ》って有難いのさ、」と、中将は如才《じょさい》なく答えた。

時刻は既に危険の圏内に入っていた。過敏にされた自分達の神経はちょっとした震動と物音にもびくりと顫《ふる》えた。しかし予期された激震は来なかった。来そうにも無かった

……

「何だい、もう時間はすぎているのに激震なんて無いじゃないか、」と誰かが怒鳴った。

「あんまり脅かさないでほしいわ。」

「だって、まだ分らないよ。」

「もう来るもんか。大丈夫だよ。」

そうは言っても、人々はそこを引揚げて各自の家へ入って行こうとはしなかった。それに何と言っても微かな震動は絶えず大地から気味悪く人体に伝わってきた。
二、三匹の犬もすっかり脅やかされたように、目に見えて、ぶるぶると震えていた。そしてその霊妙な本能によって彼等だけが予感して、人間共のまだ知らないでいる事を自分達に告げ知らせようとするように、じっと人々の顔を見あげたり、尻尾を振って、あちこち人々の間を動きまわったり、少しも落つかなかった。
そのうち、微動ではあったが、かなり露骨に人体に感じるくらいの地震があった。

「やあ、これだ、これの事だ。これですんだのだ。」と誰かが叫んだ。

「そうよ、これだったのよ、激震があるなんて、ほんとに人を嚇《おど》かすわ。」と、F子さんも安心したように高調子で言った。

然《しか》し、人々はまだ家の中へ戻って行こうとはしなかった。

自分は妙な心の状態になった、警告を取次いで近所の人々を避難させたものの、責任としてこの儘《まま》無事にすんだとしては、言わば自分が余計な事を言い触らして徒《いたず》らに人々を騒がせた事になる、かと言って……

「さあ、困った。」と、自分は笑いながら言った。

「どうも僕が皆さんを騒がせた手前、ちょっとでも激震らしいものが来なくては僕の面《めん》目玉《ぼくだま》が潰れてしまう。」

「いや、君の面目が潰れたっていいから、激震なんか無い方がいいよ、」と、言って中将は高々と笑った。

一時半にもなったと思う頃、ついにかなり激しい地震があった。きのうの三度目のそれに近いかと思われる位《くらい》激しいもので、家々がものものしく揺れる有様は随分気味悪くも恐ろしくもあった。日は晴々と照り渡っていたのであるが世界が急に暗くなったような気がして、暗憺《あんたん》とした感じだった。

幸い新らしい被害なしに地震は過ぎ去った。

「なる程、これは激震だ、」とI中将が言った。「知らないでいて不意にやられたら、どんなにびっくりしたか知れんよ。ほんとに君に知らせて貰ってよかった。」

「まあ、これで僕も面目を潰さないですみましたよ、」と自分はから騒ぎに終らなかった事に満足して笑いながら言った。

とは言え、人々は猶《なお》大部分草地の上に残っていた。こんな風ではいつまたどんな激震があるかも知れないと恐れたので。自分たちもやはりそうだった。

そして人々は相変らず、刻々に伝わってくる恐ろしい噂を話合っていた。自分は少しも落つかなかった。そして空地をあちこちと歩きながら、例え夜になるにしてもこれから本郷まで出かけたものかどうか、ひとりで考え惑っていた。

　三時頃でもあったろうか。

　そこらをひと廻りしてきたらしいI中将が、何か用ありげに自分の側《そば》へやってきて、低い声でこう言った。

「今そこでフト耳に挟んできたんだが、何でもこの混雑に乗じて朝鮮人があちこちへ放火して歩いていると言うぜ。」

「へえ」と、自分は思わず目を見はった。「本当でしょうか。」

「無いとも言えないと思うね、」と老将軍は暗い調子でつづけた。「日頃日本の国家に対して怨恨を含んでいるきゃつらにとっては、言わば絶好の機会というものだろうからね。」

「それはそうですね。」

　そう言って自分は考えこんだ。先にも言ったように、自分には幾人かの朝鮮人の友達があった。そして彼等が政治によって代表せられる日本に対して、いかように考え、いかような態度をとっているかを、かなりよく知っていた。そして彼等に対して自分は決して浅くない同情をもっていた。だから、朝鮮人の放火云々の噂については或る意味で自分は有り得る事だと考えない訳に行かなかった。とは言え、実際の所、自分はどうも腑《ふ》に落ちなかった。何故なら、いかに絶好の機会であるとは言っても、罪のない幾百万の人々がかくも大きな変災に容赦なく虐げられている時に当って、さらにその限りない不幸を益々大きくするために到る処へ放火するなぞという事は、到底人間の心の堪え得る所と思われなかったので。

そこへI君がやって来たので、自分は彼の父から聞いたことを話した。

「ええ。本当ですよ、」と彼は答えた。「僕は今新宿まで行って来たんですが、朝鮮人を二人まで大騒ぎして追っかけているのを見ましたよ。」

「実際に放火しようとしたんですか。」

「何でも彼奴らは自動車を乗りまわして、どんどん火事を延焼しやすいように、路地の蔭や軒下なぞに小さな石油缶を置いて歩くというんです。また或るものは、爆弾を投げて歩いてるとも言いますよ。」

自分は妙に息苦しくなった。「で君が新宿で見たという朝鮮人は、やはりそうした現行を見つけられた訳なんですか。」

「何でも一人は石油缶を路地に置いて、マッチを擦っている所を見つけられたんだそうです。もう一人は……」

I君がそう言いかけた時、T君が側へやってきてはあはあ言いながら、

「あれは君、本当ですかね、朝鮮人が一揆を起して、市内の到る処で掠奪《りゃくだつ》をやったり凌《りょう》辱《じょく》をしたりしているというのは。あそこで話してた人なんかは、少女を辱《はずか》しめて、燃え

てくる火の中へ投げこむのを見たと言ってますぜ。だから市内では、朝鮮人を見たら片っぱしから殺しても差支《さしつか》えないという布令が出たと言ってましたがね。まんざら出鱈目《でたらめ》でも無いようでしたよ。」

　こんな話を聞いている時、自分の家の門の前の通りを、T伯爵邸の石垣に沿うて急ぎ足でゆく一人の学生があった。彼は二十歳ぐらい、霜降りの詰襟の上着に、黒のズボンを穿いて、片手に何か重そうなものを新聞紙に包んでぶらさげていた。照りつける暑い日ざしの中を、汗だらけになって、さも重大な用務でも控えているように、わき見もせずにすたすたと歩いていた。

「朝鮮人！」と自分は思わず呟やいた。

「そうだ、朝鮮人だ。」とT君もひと目で見分けて言った。

「何だろう、あの手に下げているものは石油か、爆弾か、ふん捕まえて検べてやるがいい。」とT君が興奮した、鼻がかりの声で言った。

　然し学生はずんずん行ってしまった。

　自分は信じる、あの学生はたしかに朝鮮人ではあったが、別に石油や爆弾をぶらさげていた訳では無い。あれは恐らく食糧か何かの単純なものだったろう。では、彼は何の故にさも重大な用務を控えているようにあんなに一心にすたすたと歩いて行ったのか。考えても見よ、彼は恐ろしい流言の中に高まりつつある人々の昂奮の中を、無慈悲で容赦のない敵地の中を歩いていたのだ。もし誰かがひと言声を懸《か》けたならば、彼はすぐ気を失うか、倒れるかするくらい緊張していたに違いない。当時と雖《いえど》も自分は頭の中でこれらの事を理解していた。しかも一方に恐ろしい流言を聞きつつ、この瞬間目の前に見たこの朝鮮人の学生の姿は、妙な風にいつまでも頭へこびりついた。そして一切が明らかにされた今でさえも、そしてあんな際に最も理性を失わなかったと自信している自分でさえも、あの時学生の手にあったものが石油か爆弾では無かったかというような気がふっとする事がある。人間の心の惑乱の恐ろしさよ！

未だに色々に揣摩《しま》はされるけれど、その起源をはっきりと知る事のできない恐ろしい流言は、最初こんな風にして自分達の所へ伝わってきた。重大な報知の場合いつもそうであるように、初めのうちこそ人々の間でひそひそと語られていたが、いつとなくあちらでもこちらでも「朝鮮人、朝鮮人」と昂奮しきった烈《はげ》しい語調で言っているのが聞こえた。驚くべき事には少なくとも自分の見る所ではこの流言は何の疑いもなく人々に受け納《いれ》られた、それこそ、まるでそういう場合の有り得る事を誰しも充分予感して信じていたかのように。

自分は心に言い難い混迷を感じた。わけても友達の朝鮮人たちを思い出した時に。自分は彼等をかなりよく知っていた。そして彼等がこの際そんな暴挙を敢《あえ》てする人々でない事も信じていた。自分が心配したのは、こういう険悪な人心の中で、この人たちがどんな風に扱われるだろうかという事だった。彼等はかなり長くあそこに住んで近所の人々にも知られていたし、地震の際にも潰された屋根の下から産後の女と赤ん坊を救い出して皆から感謝されていた位だから、無茶な目にも会わないだろうとは思われたけれど……

　フト少年が誰かに大きな声でこんな事を言っているのが自分の耳に入った。

「あそこの交番に朝鮮人がひとり拘留されているよ。」

「どんな人？」と自分は思わず聞いた。

「うん、学生だよ。ここいらでよく見る奴だよ。多勢でひっ張って来たんだ、」と彼は面白そうに答えた。

　自分は胸がずきりとした。何かしら、それは蔡君だという気がした。きのう地震のすぐ後で自分が尋ねた時、彼はその朝東京へ出かけて不在だった。未だに顔を見せない所を見ると、彼はまだ帰らなかったに違いない。そして、恐らくは、きょうになって宿と自分達の身の上を案じつつ帰ってくる所を運悪くこの騒ぎにぶっつかって、捕われたものであろう。

「そうだ、蔡君に違いない、」そう思うと同時に、自分は何とかして彼を助けなければならないと思った。彼は断じて放火なぞする筈が無いし、朝鮮人というだけの理由で捕われたに違いないから。

　兎に角自分は実際に蔡君であるかどうかを確かめるために、交番へ行って見る事にした。しかし巡査と群集に向って自分は何と弁解したものか。彼は自分の親友です、彼に限って断じてそんな事をする筈がありません。それは自分が保証します、どうか自分を信じて彼を渡して下さい……

　だが、果たしてそんな事で渡して呉《く》れるだろうか、反対に、自分を彼等に加担するものとして、乱暴にも殴打するか拘留しはしないだろうか……

　坂までくると、二、三人が何ものかを追っかけるように、ばたばたと駆け登って行くのを見た。太い鉄棒をもった一人の労働者が、後に続きながらこうひとりごちた。

「いや、今のは朝鮮人に違いない。日本人だなんてよくも嘘をつきやがる。早くふん捕まえてくれ。」「でも、今のはやっぱし日本人らしかったがなあ、」とこれも太い桜の棒をもった小僧が側から言った。

「何にしても、少しでも怪しいと思う奴はふん捕まえるんだ、」と労働者は怒鳴って坂を駆け登って行った。

　見るとそこらの人々は大抵棒をもって、昂奮した険しい目付《めつき》をして立っていた。そして殺人者か怪物が走りすぎて行った後のように何となく殺気立った空気があたりを領していた。これは十分前まではまるで見られない光景だった。もとより未曾有の大変災に不意打ちされて、人々は度を失い、狼狽《ろうばい》し、昂奮していた。併しこんな復讐的な、憎悪に充ちた目付はどこにも見出されなかった。今や、毒を含んだ恐ろしい流言の疾風が吹いて過ぎたと思うまもなく、到る処に悪意の焔が燃えていた。どうしてこんなになるものか、僅か十分前の事を思い出して、自分は恐ろしい気がした。

自分の心は益々暗く、鬱《ふさ》いできた。正直な所、この抵抗し難いばかり険悪な烈しい一般の空気を感じて、何となく怖じ気づいてさえきた。こんな有様では、果たして蔡君を助ける事ができるだろうか。なまなか出しゃばって、却って自分が殺気立った群集から滅茶滅茶な目に合わされるだけでは無いだろうか。とは言え、友達が罪もなくて捕えられているのに、それを知っていながら、どうして助けずにはいられようか。もし群集が恐ろしさに、罪もない友達を見殺しにするようだったら、貴様の日頃の主義や主張は単なる傲語《ごうご》であり、出鱈目にすぎなくなるぞ。群集に殴られるよりも、臆病者となる方がずっと恥ずかしい悪い事だ。思い切って行け、そして友達を救い出せ……

自分は交番の方へ歩きつづけた。交番はつい近くにあって、その前に人だかりしているのが見えた。罵《ののし》り叫ぶ声も聞こえた。自分の足は知らず識《し》らず重くなった。

I君が向うからやってきた。

「君、交番へ捕われているのはどんな男ですか、」と自分は心から蔡君で無いようにと祈りながら、聞いてみた。

Ｉ君もあまりよく見てはいなかったが、色々聞きただしてみると、やはり若い学生ではあったが、容貌も服装も蔡君とは確かに違っていた。

「そうですか。まあ良かった。」

ほっとして、自分はすぐ引返した。実際蔡君でないと知って、自分は嬉しかった。しかし彼でなくとも、別の人があそこに捕われている事実に変りはなかったのだ。それを思うと自分の心はまた暗く息苦しくなった。そしてつくづく自分の無力さが悲しかった。

坂までくると、騒がしく罵りながらどやどやと下りてくる人群に会った。三十位な白い洋服をきた男が、左右から両腕をしっかりと摑まえられて、大勢に引立てられてきたのだった。先に鉄棒をもっていた労働者も、恐ろしい権幕《けんまく》で罵りつつ、うしろから一度ならず捕虜をこずいていた。

彼は一見会社員らしい男で、禿げ上った額がその浅黒い顔に多少特異な印象を添えてはいたが、少なくとも自分には日本人としか見えなかった。

「君たちが何と言ったって、僕は日本人に違いないんだよ、」と彼は無慈悲に引立てられながら、多少東北訛《なま》りのある言葉で哀願するように捕えている人々を振返って言った。

「僕の顔を見たら大概分りそうなもんだがなあ。」

「馬鹿言え、」と労働者は烈しい怒気を帯びて喚《わめ》いた。「又その手で逃げようたって逃がすもんか。ぐずぐず言うとぶっ殺すぞ。」

「文句を言わないで交番へついて行け、」と捕えている一人が怒鳴った。

「うん、ついて行くよ。兎に角交番へ行けば分る事なんだから、」と彼はもう何にも言わないで、素直に引立てられて行った。

見物人が後からぞろぞろと続いた。

「あれは確かに朝鮮人じゃありませんね、」とI君は眉を顰《ひそ》めて群集を見送りながら、苦々しげに言った。「ええ、そうじゃありませんとも。こうなってはもう皆正気じゃありませんね。皆気が違ったんだ。」

そう言って、自分は歯を喰い縛った。

それから三十分余りも経ってから、自分は子供たちの菓子を買い集めるために再び出かけて行った。きょうでは菓子は大抵の店で売り切れてしまって、あっちで少し、こっちで少しと言う風に買い集める外《ほか》に仕方が無かった。

そうして歩いている間にも、自分は到る処で朝鮮人について、憎悪と昂奮とをもって話し合われるのを聞いた。彼等の或るものは、横浜に於ける朝鮮人の暴状がいかに烈しい酷なものであるかを声高にしゃべっていた。それによって初めて自分は、この騒動はこの土地ばかりでなく、広い範囲に亘《わた》って行われているものである事を知った。

初台をあちこちと歩いて、改正橋の近くまで行くと、そこでまた殺気だった小さい群集に出会った。捕まったのは確かに朝鮮人らしかったが、人垣で顔は殆んど見られなかった。金ボタンの黒い服がちらっと見える所から察すると、若い学生らしかった。

「私は大学へ行ってまじめに勉強しているもので、決して悪い事をするものではありません。どうかこの本とノートを見て下さい。そしたら分ります。」

捕虜は達者な日本語で、一生懸命に叫んでいた。しかし周囲から起る荒々しい怒罵《どば》は殆んど彼の声を遮ぎってしまった。

「学生が却って危険なんだぞ。やっつけてしまえ！」

「やっつけろ！」

ぽかぽかと二、三人が殴る音がした。

「助けて下さい、私は決して悪い者ではありません、もし外出しないで自分の部屋へひっこんでいろと言われるなら、十日でも一月でも部屋へ入っておとなしくしています。どうか逃がして下さい、頼みます、頼みます。」

犠牲者は泣き声で命がけの嘆願を繰返した。しかし怒罵と殴打は烈しくなるばかしだった。

堪らなくなって、自分は人垣のうしろからこう怒鳴った。

「無暗《むやみ》に殴らないで、早く警察に渡してしまえ、警察が良いように処分するよ。」

そういう自分は正気を失った群集よりは、警察の方を信じていたのだった。

「そうだ、交番へひっ張って行け。」

群集の中から外の声が応じた。恰《あたか》も自分の心持に同意を表するかのように。学生を捕えている荒くれ男と殴打者は、もとよりこの言葉に同感を示した訳では無かったが、しかも知らず識らずそれに動かされたかのように、捕虜を引立てて電車の線路を横切り、徐々に新町の方へ歩いて行った。昂奮した群集はこうした有様に更に昂奮させられつつ、ぞろぞろ後からつづいた。

「ああして交番へつれて行かれれば、少なくとも殺されるような心配だけはあるまい。」

そう思って、自分は引返した。途中、あの若い蔡君はどうしているだろうと思うと、大変に心配になってきた。それで、少し遠まわりであったが、その足ですぐ彼の宿へ寄ってみた。主婦の話では蔡君はきのうの朝家を出た儘《まま》、まだ戻って来ないとの事だった。

「では、一体どうしたというのだろう？」

鋭い不安を感じて、いろいろと心配しながら家の方へ戻って行くと、途中で鄭君と李君とが出かけようとするのに出会った。鄭君はきのうと同じように汚れた浴衣をきて太い桜のステッキを持っていたし、李君は大学生の制服をきちんときて、角帽を冠《かぶ》っていた。

彼等は自分に向って気の毒なくらい慇懃《いんぎん》に挨拶をした。

自分は蔡君の行方と消息が分らないので心配している事を告げた後で、

「きのう横浜へ行ったというお友達は無事で帰ってきましたか、」と聞いてみた。

「いいえ、まだ帰って来ないです。人の話では、横浜は東京よりもひどいというから、若《も》しかすると死んだかも知れないです、」と鄭君はしゃべりにくそうな、鼻がかりの発音を多く交ぜて太い調子で答えた。

「そうですか。それは心配ですね。東京へ行ったというお友達は？」

「それもまだ帰って来ないですよ。それで僕達心配してるんですが……」と鄭君は不安そうにあたりを見廻しながら、「朝鮮人が盛んにつけ火をして歩くというので、朝鮮人を見たら片っぱしからふん捕まえろと言ってみんな騒いでいるって言いますが、本当ですか。」

「本当です。だから君達もこんなにして外出しない方が良いですよ。騒ぎが鎮まるまで家の中におとなしくしていらっしゃい、」と自分は熱心に言った。

鄭君は苦々しげに笑った。

「僕たちはそんな事は信じないです、」と彼は熱して言った、「そりゃあ多勢の中には一人や二人そんな事をした奴もいるでしょう。日本人にだっているでしょう。しかし僕たちは断じてそんな事はしません。僕たちは、この、大変な日本の不幸に心から同情してるです。ですから、僕たちは、できれば色んな気の毒な人達を助けてやりたいです。そんな悪い事は断じて出来るもので無いです……」

「それは勿論僕には、いや、僕ばかりでなく、心あるものにはよく分っています。然し、僕は実際に見て知っているが、今は皆動顛して、昂奮して理性を失っているのです。理窟を言ったたって駄目なんです。今、こうしてる所を見られたって危険です。早く戻って家にひっこんでいらっしゃい。」

「だって、僕たちは何にも悪い事なんかしないんですから。何にも悪い事をしないものをどうする事も出来ないです、」と鄭君は殆んど敵意ある、反抗的な調子で言った。

「それで、君たちはこの危険な騒ぎの中を何処へ行こうとするんですか。」

自分は鄭君から、黙っておとなしく側に控えている李君へと眼を移しながら、そう聞いてみた。


「僕はそこまで野菜を買いに行くんです、」とやはり鄭君が答えた。

「李君はこれから本所まで行くところです。」

「本所まで！」と自分はびっくりして、李君の顔を見て言った。

「冗談じゃ無い。新宿まで行かないうちにどえらい目に会ってしまいますよ。」

「僕の親しい友達が二、三人本所に住んでいるんですが、さっき聞いたら本所あたりは丸焼けになったというので、これから様子を見に行こうと思うのです。」

李君は初めて、静かな調子でそう答えた。

「それは御尤《ごもっと》もです。然し僕でさえ本郷まで行くのを躊躇している位です。それはお止めなさい。それに例え無事で本所まで行きついた所で、何も分るものじゃありませんよ。」

「でも……」と言いかけたが、李君は急に微笑して、「いえ、大丈夫です。僕行ってきます。」

自分達三人はいつか肩を並べて十三間道路《じゅうさんげんどうろ》の方へ向ってそろそろ歩いていた。通行人がうさん臭そうに自分達を振返って行った。

「いや、ところが少しも大丈夫じゃ無いのです。僕は現に朝鮮人の捕われた所を二人まで見たのです……」と言って、自分は一生懸命で李君の東京ゆきを止めさせようとした。

「では、その人達は何か悪い事をしたから捕われたのでしょう。多分食べるものに困って、何か取るような事をしたかも知れません。でも僕は何にも悪い事はしません。鄭さんと二人で奥さんと赤ん坊を助けたけれど、何にも悪い事はしません。ですから、僕、誰に捕えられたって恐くありません。」

微笑を含みつつ、いかにも自信ありげに彼はそう言い張った。

「それに、唯《ただ》遊びに行くんじゃ無い、友達を心配して探しに行くんだものね、」と鄭君も口を添えた。

彼等の単純な自信に充ちた強情さは良い加減自分をいらいらさせた。しまいには腹さえ立ってきた。自分は猶《なお》「行ってはならない、」と執拗《しつよう》に繰返した。鄭君と李君とは自分にはまるで訳の分らない自国語で暫くぺらぺらと話し合った。と思うと、李君はいきなり帽子をとって丁寧な口調でこう言った。

「急ぎますから、僕これで失礼します。大丈夫です。どうか心配しないで下さい。」

そして彼はさっさと行きかけた。

「じゃどうしても行くんですか、」と自分は驚いてきいたが、もう遅かった、それで後から最後にこう叫んだ。

「じゃ、できるだけ気をつけてね。それから少しでも危険だと思ったらすぐひっ返していらっしゃい。」

李君はちょっと首を振向けてもう一遍《いっぺん》挨拶したと思うと、急に早足になって、十三間道路を新町の方へぐんぐん歩いて行った。

「なあに、新宿まで行かないうちに戻ってくるでしょう、」と遠ざかり行く彼のうしろ姿を見送りながら自分は鄭君に言った。

とは言え、いくら自分でも、この騒ぎが後になって驚かされたように、あんなに酷烈《こくれつ》な大きなものだろうとはさすがに思いがけ無かった。後から考えると、長髪の自分がそうして鄭君と二人で、つい近くの八百屋まで行ったという事さえ、極めて危険だったのだ。

　李君が去ると同時に、騒ぎは急に暴風のように猛烈になってきた。そして二日経っても三日経っても彼は戻って来なかった。そして今に到っても、彼の消息はまるで知る事ができない。彼に妻と子供を助けられた会社員が、鄭君たちと協力して手の及ぶ限り熱心に行方を尋ねてみたが、ついに徒労に終ったのだ。今考えると、自分もあの時なぜ死力をつくして彼を思い止まらせなかったかと、残念でならない……

　野菜を買ってかえる鄭君と別れて、再び家の前の草原へ戻ってきた時、そこには例によって床几によりかかったI中将の外《ほか》に二、三人いただけで、避難者の大部分はそれぞれ家に入っていた。予告された激震が終ったのに安心すると同時に、新らしい騒ぎの勃発に恐れをなしたからであろう。然し子供達は——自分の長女をも交えて、——何も知らぬげにそこらを狂いまわっていた。

　自分は途中見てきた事なぞについて暫く中将と話し合った。彼は何かと質問しながら注意深く聞いた後で、

「ふむ、」と考えこみつつ「して見ると、きゃつらはかねてから事を計画して、こんな折をねらっていたのかな。だが、きゃつらにそんなに大した事もできまいよ。せいぜい

こそこそと放火して歩く位のことで……」

「僕にはよく分りません、」と自分は答えた。「唯そこらをちょっと歩いてみても、一般の憎悪と昂奮は恐ろしいものです。それに東京ばかりでなく、横浜あたりまでこの騒ぎが大変らしいんですね。」

「そうかね。して見るとやっぱり確かに根拠はあるんだね。何にしても、僕たちも互いに警戒しなければなるまい。殊に、隣には朝鮮に縁故の深いT伯爵の邸を控えているからね。」

そう言って中将は癖のように東京の空を眺めた。神宮の森の彼方には、相変らず物凄い黒煙が一面に濛々と立ち昇っていた。

「これだけ焼けつづいたら、東京も殆んど灰になってしまったろう、」と、暫くして中将は嘆かわしそうに言った。

「ほんとですね。それに、こうなっては消防も何もあったもんじゃ無いでしょうからね。」

「燃え放題さ、これで世界大戦中に日本で儲けた富も、きのうからきょうへかけてすっかり灰になった訳さね、」と言って彼は溜息をした。

この時、そこらで遊んでいた長女が何ものかに脅やかされたように自分の側へばたばたと駆けてきてこう聞いた。

「お父さん、あのぽんぽん言ってる音はなあに？」

言われてみると、練兵場の彼方からぽんぽん銃声が響いてきた。気がついて考えれば、その音はさっきから響いていたのだったが、いつも兵隊の演習を見慣れている自分は、いつものように一向気にも止めなかったのである。然し考えてみれば、こんな日に演習のあろう筈が無い。でも、自分は子供を安心させるために、全く何でも無い事のようにこう言った。

「ああ、あれかい、あれはいつものように原っぱの方で兵隊さんが演習しているんだよ。お前はよく知っているじゃないの。」

「そうお、」と言ったが、怜悧な彼女はどうも腑に落ちないという風だった。然し、まもなくまた友達の方へ行った。

「Ｉさん、」と自分は後ですぐ聞いた。「あれは確かに鉄砲の音のようですね。そうじゃありませんか。」

「うむ、実は僕も変だと思っているんだ。確かに鉄砲ではあるが、しかし実弾を打っている音じゃ無いね。空砲を打ってる音だよ。」

「どの辺でしょう。」

「渋谷か目黒あたりだね、」と中将は深い目付で原の彼方を凝視しつつ、「ではきゃつらが一揆でも起したのかな。それを空砲で嚇かしてるのかも知れんて。」

彼がそう言っている時、程遠くないあたりで警鐘がけたたましく鳴り出した。乱打される鐘の音は、不安に震えている人々の胸へ貫くように鋭く響き渡った。

「おや、警鐘だ、」と自分は思わず叫んだ。

「どこだろう?」と中将は床几から立上った。

あちこちから人々が飛び出してきた。

「またここいらから火が出たら申《もう》し分《ぶん》がありませんね。」

「ほんとに。」

そんな事を言いながら、自分達はあちこちと近くの空を見わたした。自分はかなり遠くまで駆け出して、やはり不安そうに四方を眺めまわしている人に尋ねたり、様子を見たりしたが、どこにも火事らしいしるしは見出せなかった、盛んに炎上しつつある東京の空を除いては。

「どうですか、君、」と自分が不審を抱いて戻ってきたのを見て、中将が聞いた。「ここからは何にも見えないが……」

「変ですね、そこいらまで行って見ても、どこにも煙は上っていないんですがね。」

「だって君、警鐘だよ、何れにしても初台か山谷《さんや》あたりに違いないんだ。」

「そうですね。どうもおかしい。」

自分は猶《なお》きょろきょろと四方を見まわしながらそう言った。飛び出してきた人々も同様不審に打たれていた。

　警鐘はやはりけたたましく鳴りつづいていた。

「変だなあ。今更東京の火事で打ちもしまいし……」と自分は呟やいた。

「もう一度そこいらまで行って見てきませんか、」とI君が自分を誘った。

「ええ、行きましょう。」

　自分達は出かけようとした。と警鐘はぱったり止んだ。

「おや、止んだ。」

「じゃ消えたんでしょう。」

「ほんの小火《ぼや》か何かだったのかも知れませんね、」と自分は言った。

「多分そんな事だったのでしょう。」

　自分達は安心して帰りかけた。その時向うからカーキ色の在郷軍人の服をきた中年の男が、あわただしい風で殆んど駆けるようにしてやってきた。それを見て、

「火事はどこだったのですか、」と自分は聞いてみた。

「火事じゃありませんよ、」と彼は喘《あえ》ぎながら、いかにも一大事が突発したというような顔付で、

「この奥の富ケ谷で朝鮮人が一揆を起して暴れているんです。」

「へえ、」と自分達は顔を見合せながら、「それは本当ですか。」

「たった今富ケ谷の在郷軍人から報告があったのです。それで今大急ぎでみんなに警告して歩いているんですよ。皆さん、注意して下さい。」

そう言って在郷軍人はあわただしく駆けて行った。

自分達は草原へ戻った、I中将を始めそこにいる人々にこの事を話した。人々の顔には殆んど狼狽に近いような不安の色が波立った。自分は考えこんだ。どうも信じられない気がした。そしてもし事実だとすれば、余りに無考えな一般の興奮が、却ってそうした騒ぎを誘導したものとしか考えられなかった。

遥かにどこかで人が大声で呼ばわる声がした。声はだんだん近づいてきた。何事かと思って声のする方を振返ってみると、谷の往還の上を、白シャツをきた若い男が自転車を一散に飛ばせながら、こう呼ばった。

「今三角橋のところで朝鮮人が三百人ばかり暴動を起してこちらへやってくるから、男子は皆武装して前へ出て下さい、女と子供は明治神宮へ避難させて下さい！」

この恐ろしい言葉は自分達の耳へ雷のように轟き渡った。自分達は顔を見合わせた。言い難い恐怖と、すぐにも逃げ出そうとするような極度の狼狽の色とが人々の顔に読まれた。しかし、彼等は二言三言何か言いはしても、別に相談したり、話し合ったりはしなかった。気の早いものはさっさと家の中へ駆けこんだ。またいつのまにか運動用の投槍《なげやり》などを持ち出してくるものもあった。

二分後には下の草原に人の姿はまるで見られなかった。

自分も少なからず狼狽した。しかし、直ちに気を取直した。そしてじっと考え込んだ。何はともあれ、もうこうなった上は、先ず妻と子供を避難させなければならぬと思った。しかし何処へ避難させたものだろうか。明治神宮の森はすぐ目の前にはあるが、このように際立った場所は却って危険では無いだろうか。ではどこへやったものだろうか……瞬間自分は決心した。もうこうなった上はどこへ避難させたって同じ事だ。なまなか正体の知れない暴徒を控えて見苦しく逃げまわるよりは、いっそ自分の家へ閉じ籠らせて置く方がよい。そして自分はうろたえ騒ぐ妻を励まして、大急ぎで雨戸をしめ、厳重に戸締りをしてしまった。そして妻と子供を書斎に入れて、内からドアに鍵をおろしてしまった。

「ねえ、家にいて大丈夫でしょうか。どこかへ逃げた方がよくは無いでしょうか、」と妻は心配で堪らぬように眉根をよせ、青い顔をして言った。

「今更逃げたってどうなるもんか。ここにいる方が却っていい。」

自分は妻ばかりでなく、自己をも落つかせるつもりでそう答えた。しかし、すぐ後で、コンクリートの塀一つで境した隣がもと朝鮮の総督であったT元帥の邸宅である事を思い出した。暴徒がもし富ケ谷からこちらへ押寄せてくればいかなる事があっても、この邸宅を見脱《みのが》す筈《はず》がない。見脱すどころか、この邸宅を目がけてやってくるのかも知れない。そうだとすれば、そのすぐ隣りにいる事は余りに危険だ、彼等は自分の家を目指さないにしても、烈しい余沫《よまつ》を蒙《こうむ》るに違いないだろうから……

「そうだ、やはり此処は危険だ、」と自分はついに立上った。「では、お前達は地主さんの所へ隠して貰おう、あそこなら往来からもあまり目立たないし、ここよりは危険が少ないだろうから。」

そして自分は妻子をつれて勝手元から家を出た。そして裏木戸から裏路地へ出た。そこには何処かへ避難しようとする近所の人々がそれぞれ逃げ支度をして、狼狽した落つかない風で評定していた。裏の家のM君はピストルに丸《たま》をこめながら出てきた。（ちょっとの間自分はそれを羨ましいと思って眺めた事を覚えている。）続いて細君は赤ん坊を背負い、も一人の子の手を引いて出てきたが、その帯の間には懐剣《かいけん》が光っていた。彼等はそこにいる外《ほか》の誰とも口をきかず、裏路地をぐんぐん出て行ってしまった。今はもうちょっともまごまごしていられないという風に。

「明治神宮へ逃げるのと新町へ逃げるのと、どっちがいいでしょう?」と、そこではやはり誰かが言っていた。

「いっそ、十三間道路の山の内侯爵の庭へでも逃げこんだらいいかも知れない。」

「暴徒はしかしどっちへ来ようとしてるんですかね。」

「さあ、それが分ってくれたら。」

「私たちを見たら殺してしまうんでしょうね。」

「勿論そうでしょう。」

「やっぱし逃げた方がいいでしょうか。」

人々は裏路地に塊まって纏まりもなくそんな事を言い合っていた。


裏木戸を出て路地に集まっているこれらの人々を見た時、自分は妙に心強い気がした。唯そこには自分達の外に猶《なお》幾人かの人々がいるという理由で。そしてすぐ地主の家へ急ごうともせず、つい引っかかったような形で、ちょっと彼等の話を聞いていた。

Ｉ君が木刀をもって自分達の所へやってきた。

「こんなにひと所に集まっていない方がいいそうですよ。暴徒は爆弾を持っているので、二、三人が一緒にいるのを見てもすぐに投げつけるって言いますから、」と彼が注意した。

人々は思わず知らずばらばらに立離れた、恰も目前に敵が現われたかのように。

自分は兎に角妻と子供たちを地主の家へ預けようと思って出てきたものの、未だ心の中では迷っていた。もうこうなっては何処が特に安全という訳でも無いのだから。そして今爆弾という言葉を聞いた時、自分はまた即座にこう思い直した。

「そうだ、暴徒に襲撃されて殺されるも、または命拾いをするも、もう運だ。どっちにしたって自分の家に閉じ籠ってなりゆきを待とう。それに自分の書斎は西洋風に出来ていてドアも利用できる事であるから。」

そして自分は妻と子供たちをつれて、再び家の中へ入った、そして書斎へ閉じ籠った。

妻に抱かれている末の子はほんの三つだったから何の訳も分らなかったが、長女は親たちのうろたえた、ただならぬ様子に怯えさせられて、

「父ちゃん、恐い。どうしたの、また地震がくるの、」と、自分の顔をみて繰返し聞いた。

「うん、大丈夫だよ、ちっとも恐くは無いよ。唯ね、原の方へ悪い奴が来たというから、こうして隠れているのよ。でも、此処におとなしくしていれば少しも心配ないのよ。それに父ちゃんも母ちゃんもついているからね。」

そう言って自分は一生懸命で子供を落つかせるように努めた。怜悧な子供はしかし恐ろしい大事件の迫っている事を充分に予感しているらしく、しっかりと自分か母親かに取り縋《すが》っていた。でも泣きはしなかった。こんな時にはやはり子供が一番可哀そうでもあれば、心配でもあった。

この際子供が眠ってくれれば一番有難いと思った。そして何とかして眠らせようと骨折ったが、神経を過敏にされた長女はてんで横になろうとさえしなかった。そして小さ

い子に乳房を含ませながら、ベッドに腰を掛けている妻にぴったりと寄り添うて、小さくなって顫《ふる》えていた。

自分は窓のブラインドをおろして、カーテンを引いてしまった。

それから再びドアに鍵をおろした。

しかし、自分はそうして妻子と一緒に書斎の一室に隠れている訳には行かなかった。

「男子は武装して前へ出て下さい。」

この言葉ははっきり耳に響いていたし、こうした場合当然の事に思われた。外《ほか》の人々もそれぞれ武装して、総てを守るために生命を賭して前方へ、暴徒の方へ向いつつあるに違いなかった。妻子を落つかせたならば、勿論自分も武器を取って出て行かなければならない。実際恐ろしい事だ。暴徒に面する事を思うとおのずとからだが震えてくる。とは言え、今は恐れてはいられない。まして人々から卑怯者《ひきょうもの》と言われる事は、ちょっと考えてみるだけでも堪らない。

「そうだ、自分はいい加減妻子のことで手間を取りすぎた。ぐずぐずしないで、有り合わせの武器を取って早く出て行こう、義務のために！」

しかし、この際武装すると言ったところでどうすれば良いのか。

自分はさっきから、不断使いなれた太い竹のステッキを持っていた。もとより、そんなものは武器として何の役にも立たなかった。自分は家の中に護身用として役立つような何か手ごろなものは無いかと思い出してみた。ピストル、刀剣、何も無かった。まさかナイフや庖丁も持ち出せなかった。運動用の投槍が一本あったので、よほどそれを取り出そうかと考えたが、

「ええ、この際なまなかの武器を持ち出したところでどうなるものか。この竹のステッキ一本あれば沢山だ。もとより自分はいかなる事があっても人を斬ろうとは思わないし、そのために自分が殺されればそれまでだ。寧ろ武器なんか持たない方が心づよい。」

そう決心して、自分は妻に言った。

「じゃ僕はちょっと行ってくるから、お前はここで子供達を守っていてくれ。決して勝手に外へ出るんじゃ無いよ。」

そして自分は出かけようとした。

「あら、何処へいらっしゃいますの、」と妻はびっくりした顔をして聞いた。

「何処へって、こんな時には男は人たちを守るために出なければならないよ。さっきそう言ってよばわって来たじゃないか。」

妻は愈々《いよいよ》びっくりして、「どうか行かないで下さい。例えあなたがいらしったって、相手が何百人って暴徒ですもの、殺されておしまいになります。それに、鉄砲も刀もなくてどうも仕様が無いじゃありませんか。」

「だって、外《ほか》の人達が前へ出かけているのに、僕だけここに隠れてはいられない。何の役に立たないまでも、あの人達と一緒になって暴徒を防がなければ……」

「あの人達って、誰も出て行きはしませんわ。みんな隠れているのです、」と妻はあくまで自分を押止めようとして言い張った。

「いや、そんな筈は無い。近所の人達は出かけているに違いない。兎に角僕は行って様子だけでも見てくるから。」

そして自分はドアをあけて出て行こうとした。その時、長女が、

「父ちゃん、出て行っちゃ厭《いや》。行かないで、行かないで……」と泣声を出して叫んだ。

自分は困った。そして熱心に子供を諭したり、言って聞かせたりして、飽くまで出て行こうとした。

「厭、厭、厭、出て行っちゃ厭！」と長女はベッドから飛び上って泣き出した。

「あなた、子供があああして泣いて頼むんですからどうか行かないで下さい。それに暴徒がやってきても、私ひとりではどうしていいかも分りませんわ。」

と妻も一生懸命で嘆願した。

「仕方が無い。」

自分はついに屈して、再びドアを閉めた。

子供は安心して泣き止んだ。人は僕を臆病者とでも勝手に思うがよいと自分は忌々し

げに心の中で呟やいた。

この時遠く原の方面にあたってわッわッという喊声《かんせい》がもの凄く響いた。つづいて銃声が二、三発……

「暴徒がやってきたんでしょうか、」と妻が怯えた声で聞いた。

「さあ。そうかも知れない。」

自分の心臓は烈しく打った。三百人からの暴徒が手に手に武器や爆弾をもって、原を横切り、谷を伝って続々とこちらへ襲来してくる様が、まざまざと目に見える気がした。それにしても、もうどの辺まで押し寄せて来てるんだろう、ここへくるには未だ間があるかしら、それとも、思ったより近くまで迫っているのかしら……

自分はじっと耳を澄ました。わっ、わっという喊《とき》の声は、波の音のように高くなったり低くなったりした。或る時はつい近くまで迫っているようにも、次にはまたずっと遠ざかったようにも。

そして一時はぱったり声が止んだ。

「聞こえないようだね、」と自分が言った。

「ええやんだようですわ、」と妻も瞬間的にほっとしたように答えた。

「こっちへ来ないで、どこか遠くへそれて行ったのかしら?」

「そうだと有難いんですがね。」

自分は窓に寄り添って、ブラインドの隙間からそっと外を覗いて見た。

いつか夕ぐれが迫って、明治神宮の森の上の空は前夜と同じく、血のように薄赤くなりかかっていた。そして見たところ、谷にも、原にも、人の姿はひとつとして見出せなかった。それが何とも言われない、惨《さん》とした、もの凄い、荒涼たる感じだった。そして今にも暴徒の群れが、ぱらぱらっとそこに現われそうな気がした。

気がつくと、すっかり締まっていると思っていたのに、外国式に造った木柵まがいの家の門が、往来へ向けて開かれたままになっていた。

「これは困った、」と自分は思わず呟やいた。

もとよりそれだけの事である。然しこんな場合には、どんなに家の中が厳重に戸じまりされていたとしても、門のしまっていないという事は実に不安なのである。それに、それは確かに暴徒に対して悪い暗示を与える。彼等がこの辺へ迫ってくる以上、そしてT伯爵邸を襲撃する以上、隣の自分の家は多少の影響は受けるに違いない。ましてあのように門が開いていては、つい誘われて自分の家まで乱入するようになるだろう……

この考えには妻も同意した。

「では、行ってしめて来よう、」と言って自分は立上った。

しかし二、三分前に竹のステッキ一本で暴徒の方へ出て行こうとした自分も、今となっては何となく気味悪く恐ろしい気がした。

「今のうちなら良うござんすわ。暴徒の声も遠くへ行ったようですから、」と妻は励ますように言った。

ところが、自分にはこの人気のない夕ぐれの静寂が却って気味悪く感じられてならなかった。後で委《くわ》しく知られたとおり、この恐ろしい時に当って自分の家に残っていたものは、このあたりで自分達だけだったのである。I中将は家族を引きつれて、十三間道路の方へあてもなしに逃走しつつあった。T君も、M君も近所の人々はそれぞれ一時どこかへ逃避した。到る処に同じ狼狽、同じ恐怖、同じ不安を見出して、何れも一時間以内に立戻っては来たけれど……

自分は鼓動する胸を抱いて、玄関へおりて行った。さっきから白靴のままで家へ出入していたので――何故なら、暴徒ばかりでなくいつまた不意に激震がやって来ないものでも無かったので、――そして後者の不安のために家に籠っている事だってなかなか恐ろしい事だったのであるが、――今改めて靴をはく必要も無かった。自分は思いきっていきなり玄関をあけて、外へ出た。すると、それまで家の中でこそ聞こえなかったが、やはり遠く原の方でわい、わいっと荒々しい喊の声が聞こえていた。恰もそこで敵と味方が既に入乱れて戦っているかのように。

見ると、神宮の森の上の空を染めた薄赤い血の色は、刻々濃くなりまさりつつあった。

それは明らかに前夜にも増して広い範囲に亘っていた。そして爆発の音はそこから遠く微かに響いてきた。

自分はそこに少しも味方のいない戦場で、敵の面前に一人曝《さら》されたような言い難い恐怖と、同時にそれに打ち克《か》とうとする烈しい緊張とを感じた。瞬間、戦慄が全身をとおりすぎた。自分はできるだけ心を落つけて、静かに前庭を横ぎって、門の方へ歩いて行った。

ともすると、流弾が自分のまわりへ飛んで来そうな気がした。

門をしめながら、自分はひろく練兵場の方まで見渡した。しかし人の姿はやはりひとつも見えなかった。では、一切を暴徒の蹂躙《じゅうりん》するに委《まか》せて、人々は皆逃げてしまったのかしら……

そう思うと、隣の石垣の蔭からすぐにも暴徒の群れがばらばらっと目の前へ飛び出して来そうな気がした。

門をしっかり閉ざして、無事に自分は書斎へ戻ってきた。そして再びドアに鍵をおろしてしまった。

「さあ、これから先は運命だ。どうともなるがいい。」

投げ出すようにそう言って、自分は夕暮の迫るままに暗くなった乱雑な部屋の中で、妻と子供たちと向い合って坐った。

とは言え、自分は決して投げやりな気持になっていた訳では無かった。起りそうなあらゆる場合を考えて、それぞれ対応する方法を思いめぐらすために、頭脳はでき得る限り敏活に働いていた。一方外の形勢を知るために、耳は絶えず外部から伝わってくる不穏な物音に集中されていた。

「どうやらさっきの声は聞こえなくなったようじゃありませんか、」と妻は同じように聞耳を立てつつ言った。

「うむ、でも部屋の中ではよく分らないね。外へ出ればやっぱし聞こえているんだろう、」と言って自分は立上って靴のまま部屋の中を行ったり来たりし始めた。心が限りなく動揺し、うち苦しむがままに。

「せめて早く夜になってしまってくれるとようござんすね。暴徒だってはっきり見さかいがつかなくなるでしょうから。」

「ほんとだよ、」と自分もきれぎれに言った「僕はさっきからそれを願っているんだ。有難い事には、もう夕ぐれだ。あいつらが此処まで来ないうちに暗くなってくれるだろう。だが、この夜に向って暴動を起すというのは、一体どういう了見なのだろう。僕には分らない。だって、夜あけを選ばずに夕方を選ぶなんて、そんな馬鹿げた事は無いじゃないか。これでみても、暴徒がいかに烏合《うごう》の集まりで秩序の無いものであるかが分るよ……」

実際に自分はそう思った。同時に、さっきから幾度となく頭を掠《かす》めてすぎた考え、「もしかしたら、これは何かの間違いで、暴動なぞほんとに起っていないんじゃ無いだろうか。」

と、そんな気がした。そして自分は妻を励ますために言った。

「何もそんなに心配する事は無いよ。どっちにしたって、一、二時間うちにはすんでしまうだろうから、あんまり心配して、脳貧血など起さないがいいよ。大丈夫かい？」

「私は大丈夫ですけど……」と彼女は又もや癖のように聞耳を立てつつ、「いい塩梅に暫く暴徒の声がしないようですわね。」

「確かに聞こえないようだ。何にしても子供たちが早く眠ってくれないかなあ。さあ、いい子だ早くねんねおし。父ちゃん母ちゃんがついているから、何にも恐いことは無いよ。安心してお眠り。」

間断なく小刻みな地震の揺れる中で、自分達はどうかして子供達を寝かせようとしたが、やはり駄目だった。

この時、寂とした夕闇を貫いて又もや喊声が伝わってきた。

「わっ、わっ、わあっ……」

今度はそれまでより一層大きくはっきりと響いた。

「あら、またやって来たわ、」と妻は思わず二人の子供を抱きよせて怯えた声を出した。

「大分近くまで来たらしいのね。」

「なに、大丈夫だよ。もし此処まできたにしても、あいつらの目指すのは隣の邸で、僕たちの所じゃ無いいんだからね。」

妻を力づけるためにそう言ったものの、自分の声はあまりに力弱かった。自分はドアに靠《もた》れかかって首を垂れていた。

「もしここへ暴れこんできたらどうしましょう。私なんか殺されたって構いませんけれど、あなたと子供だけはどうしても殺したくないわ。そんな時には、あなた、お願いですからどうかベッドの下へ隠れて下さいね。ええ、私どんな事があったって、あなたを殺させやしませんわ。」

自分は黙っていた。しかし心の中では、そんな場合にどうして妻と子供たちを庇護したものかと考えていた。いろいろな想念が雲のように群がり起った。

「お父さん、どうしたのよ。」

はっきりした事情は分らないながらも、親達のただならぬ様子と凄惨な空気に打たれて辛くも泣くのを堪えていた長女は、迫りくる夕闇の中で、縋《すが》るように自分の顔を見つめて言った。

「あたし、何だか寂しくて仕様がないわ、」とさらに泣声で言った。

「寂しいのよ、ねえお母さん。」

「少しも寂しがる事はないよ、何にも恐い事は無いんだからね。」

このような罪のないものをこんなに苦しめる事を思って、暴徒に対して押え難い憤慨を感じつつ、自分は一生懸命で子供をなだめたりすかしたりした。然し子供はいかにも頼りなげに、暫く間を置いてはこう繰り返した。

「あたし、寂しいわ。今夜は寂しいのよ。」

それを聞く度に、自分達は今こそ愈々《いよいよ》運命のどん底まで来てしまったのでは無いかと思った。今夜が無事にすぎて、明日の太陽を見る事ができたら、まったく天佑《てんゆう》か奇蹟だろうという気がした。

そんな中でもやはりこの騒ぎが全く何かの間違いであってくれたら、という儚い望みが湧く。しかもそれを裏切るように、時々喊声が伝わってくる、遠くなり近くなりして……

「例え暴徒が押寄せてくるにしても、どうかこちらから進路がそれてくれるように！」

そう自分は念じつづけた。同時に、一刻も早く暗くなって、夜の幕があたりを蔽《おお》い包んでくれるのが待たれた。暗くさえなったら、そして彼等の活動の自由が失われてくれたら……

自分は一分毎にブラインドの隙間から外を覗いてみた。夕闇は徐々に色濃く原を蔽《おお》うてきた。そして神宮の森の上は、前夜にも増して、殊に北寄りにひろがって、もの凄くも焔々《えんえん》と照り映えていた。

部屋はさっきから暗くなっていた。自分は暗いままでいる方が安全だとは思ったが、子供がこわがるので、燭台を持ってきて蠟燭《ろうそく》に火をつけた。そして窓に明りが射すのを恐れて、大テーブルの下に置いた。

こんな中でも、地震は殆んど絶え間なしに気味悪く部屋を揺すぶっていた。その度に子供たちは泣声をあげて、ベッドの上で母親にしがみついた。

「何にしても心を落つけなくてはいけない。」

一度ならず、二度ならず、自分は心に言って聞かせるようにそう呟やいた。そういう自分はさっきから胸が激しく動悸して、静かに立っていると全身が心臓と一緒になって、どくんどくんと鼓動するように感じられた。

「これではいけない。」

そして自分は火事の際なぞによくするように、台所へ行って、柄杓《ひしやく》から水をがぶがぶ飲んできた。しかし、それでも、胸の激動は苦しくなるばかりだった。

恐ろしい場面が次々に目の前に浮かんでくる。流弾が窓ガラスを破壊する。玄関が無残に叩き壊される。乱入した暴徒がドアの外まで押寄せて、それを打ち破ろうとしながら罵り喚く。その間に窓ガラスが破壊しつくされて、そこから四、五人が部屋の中へ暴れこんでくる。彼等は手に手にピストルを持ち、剣を持ち、爆弾を持っている。自分はそうした有様を彼等の兇猛な顔付と一緒に、単なる想像ではなく、明瞭なる幻想としてそこにまざまざと見る。同時に妻の恐ろしさに引歪んだ青ざめた顔、子供の怯えた形、その間に立たされる自己の姿。フト暴徒の一人が貪婪《どんらん》な卑しい顔付をして、妻の方へ進んで行こうとする。自分は我を忘れて暴徒と妻の間に身を躍らせる。その瞬間自分は殺される……

「そうだ、僕を殺すなら勝手に殺すがいい。然し君たちは親友を一人失うのだぞ！」

自分はそう叫んでやろう。

フト朝鮮人の中の知合の誰彼の顔が思い出される。暴徒の中には一人や二人それらが交っていないとは断言し得ない。そうすれば彼は暴徒を制して、こう言ってくれるかも知れない。

「その人を殺すな。彼は我々の友達だ！」

いや、暴徒はこの奥の富ケ谷から起ったところから見るとあのB君によって率いられているのかも知れない。B君は彼等の間でかなり名も知られ、信望も担っているアナーキストである。自分は彼とは親しくはないが、一、二度訪ねられて知合っている。つい一週間ばかり前にも、彼は仲間で雑誌を出すにつけて、いくらか費用を寄付してほしいと言ってやってきた。暴徒がもし彼に関係があるとすれば、そして自分が彼の知合である事が分りさえすれば、自分の家族を殺すような事はしないであろう。でも、彼等はこう言うかも知れない。

「それと分れば、僕たちは君を殺しはしない。そのかわり君は僕たちを助けてくれる義務がある。さあ、この爆弾をもって僕たちと一緒に行こう！」

これは大難題である。主義から言って、もとより自分はそれに同意する事はできない。自分はきっぱり拒絶するだろう。すれば、彼等はやはり自分を生かしては置くまい。でも、最後に自分は少なくもこれだけの事は言えよう。

「どうか妻と子供だけは殺さないでくれ！」

恐怖が生み出すもの凄い幻想と息苦しい想念の下に、心臓は愈々《いよいよ》激しく打った。そして自分はまたしても台所へ行っては水を飲んできた。

そのうち、妻の胸に抱かれていた末の子は眠ってしまった。一人だけでも眠ってくれたのは安心だった。すると、長女の方も母親に靠《もた》れてうつらうつらし出した。妻は眠らせたい一心で、静かに子守唄を歌ってやった、やがて長女もとうとう眠ってしまった。

神よ、謝す！　二人の子供を寝台の上に並べて寝かせて、その安らかな寝顔から寝顔へ眼を移した時、自分達は彼等の上に眠りを与え給うた神に対して心から感謝した。そして彼等の眠っている間に、何事も無事に過ぎて行くようにと祈った。

　待ち望まれたように日はとっぷり暮れてしまった。ブラインドの隙間から暗くなった外を眺めると、大火災の焔が赤々と空を焦がして全世界が火になりつつあるかのように思われた。

　喊声は依然として伝わってきた。しかし一向遠くもならなければ近くもならなかった。「どうしたというのだろう、」と自分は怪しみつつ考えた。「今になっても暴徒が迫って来ないところを見ると、原のあたりで味方に食い止められているのだろうか。」

　すると、自分ひとりがこうして部屋に隠れているような気がして、恥ずかしくてならなかった。

「一体近所の方達はどうしていらっしゃるんでしょうね。まるで声ひとつ聞こえないじゃありませんか、」と妻は寂しい顔をして言った。

「さあ。誰もいないようだね、」と答えて自分も無限に寂しい気がした。

　目まぐるしいばかり想いが乱れ、心が動揺するままに、自分はさっきから狭苦しい部屋の中をあちこちと歩き続けていた。でなければ、どん底まで追いつめられて逃げ場を失ったもののように、ドアに力なく靠《もた》れかかって、大テーブルの蔭で細々と燃えている——そして部屋じゅうに大きな影をゆらゆらさせている蠟燭の赤黄いろい焔をぼんやり見つめた。フトこのような妻子を持たないひとり身だったら、こんな場合どんなに自由な事だろう、とそんな考えが沸く……

そして一生懸命な努力にも拘《かか》わらず、心臓の動悸はますます烈しくなり、息苦しくさえなってきた。ついに自分は立っているのが堪えられないほど苦しくなってきた。それで自分はテーブルの前へ行って、緑色の絨緞《じゅうたん》の敷かれた堅い床の上に静かに仰向けになった。

「ああ、何だか眠くなった。」

自分は両手を組んで後頭部にあてがいながら、さも平気でいるらしく見せかけようとして妻にそう言った。

「結構ですわ。少しお眠りなさいな。」

「うむ、眠るかも知れない。」

実際に、そうして床の上に横たわって両眼を瞑《つむ》っていると、つい知らず識らずに眠ってしまいそうな気がした。考えてみると、前夜来一睡もしないのだし、過度の緊張と心労とで全身は恐ろしく疲労していた。とは言え、こんな際とても眠れるものでは無かった。フト自分は今恐ろしい長い悪夢の中にいるのでは無いかという気がする。そして実際に夢であるようにと願いつつ両眼をあけて部屋の中を見まわす。テーブルの蔭に赤黄いろく揺れるほの暗い蠟燭、ベッドの上に腰をかけて子供達の寝顔を見守っている眼の大きな青ざめた妻の顔、天井裏にものものしく動くその影法師、縦横につけられた無残な壁の裂目……

そして間断なく感じられる地震、しかも今は床に頭をつけているので一層気味悪く全身に響いてくる。しかし、今では地震なぞそんなに恐ろしいとは思わない。恐らく、天井が崩れかけても、自分はその儘《まま》横たわっていたであろう。

部屋に閉じ籠ってから、一時間経ったか、二時間たったか、自分達は知らなかった。極度の緊張と限りない恐怖、そして死のような無気味な沈黙、それは全く精神的な一種の拷問であった。そしてこの騒ぎの起りがつい二、三時間ばかり前の事でなく、既に昨日からの続きのようにも長い長いものに思われた。とは言え、この長びく苦しみの中にこそ僅かに救いの希望が湧き起るのであった……

不意に窓ガラスを外からことことと叩く音がした。しんとした部屋の中に、それは異様に荒々しく、音高く響いた。自分は飛び起きた、そして思わず妻と顔を見合わせた。自分達の顔には同じような疑惑の色が浮かんだに違いない。

「死か、救いか?」

ちょっと間を置いて、窓ガラスはまた荒々しく鳴った。同時に聞き覚えのある声が自分の名を呼んでいるように聞こえた。

「誰？」と自分は窓の側へ行って猶《なお》神経質に様子をうかがいながら用心深く聞いた。

「家にいらっしゃいますか。僕ですよ。」

それはまさしくI君だった。

「あ、君ですか。どうぞ入って下さい。今じき開けます、」と自分は思いがけなく力強い援兵を得たように感じて言った。

「いいえ、何にも用事じゃ無いんです。唯さっきからあなた方の姿が見えないし、家にいらっしゃる様子もないので、心配して聞いてみたのです。」

「有難う。兎に角まあお入り下さい。」

自分は飛んで行って、大急ぎで玄関の戸をあけた。大学の制服を着、樫《かし》の木刀を手にもったI君がそこに立っていた。見ると、夏帽子の上に手拭《てぬぐい》を巻いている。

I君は玄関で靴を脱ごうとした。

「いいです、いいです。その儘《まま》上って下さい。僕もこの通り靴ばきの儘なんですから。」

それで彼は靴のまま、木刀を持った儘部屋へ入ってきて、自分と向い合って坐った。

何よりも先ず、自分は暴徒の動静を尋ねた。

「委しい事はやはり分りませんが、どうやら原で味方に食い止められたらしいのです。それにもう軍隊も出てるようですからね、」と彼は答えた。

「そうですか、」と自分はいくらかほっとして言った。「じゃさっきから原の方でわっわゝ言っているのは、やはり暴徒と味方が衝突しているからなんですね。」

「そうらしいのですよ。何でもあそこらの林の中に朝鮮人がかなり潜伏しているというので大勢で狩りたてているという話です。何でも十人余り捕虜にしたと言いますからね。」

「何れにしても、こうなってはもう暴徒も前進を阻止されている訳ですね。有難い。それはそうとさっきからあなた方はどうしていらっしったのですか。」

「あれですよ、」とI君は幾分きまり悪そうに笑って、「さっきこの騒ぎが起きると同時に、何しろ家には女が多いもんですからね、兎に角どこかへ避難した方がよかろうというので、みんなして十三間道路の方へ逃げて行ったのです。家ばかりでなく、T君の所でも、S君の所でも、みんな逃げ出したんですよ。ところが何処へ行ったって不穏な事は同じようだし、別に避難する場所もないので、結局家にいた方がいいと考えて戻ってきたのです。今みんなT君の家へ行っていますよ、僕の家はやはり目立ちすぎるので。」

T君の家というのはI君の家の真向いにあって、彼等は親類の間柄であった。

自分達の話声で、折角眠っていた長女が目をさました、そして泣き出した。子供でもこんな際であるから、ぐっすり寝こむ事ができなかったのであろう。

「嬢ちゃん、大丈夫よ。ちっとも恐い事はありませんよ、」とI君は自分達と一緒になって、やさしく子供を宥《なだ》めてくれた。

「こんな時には子供たちがほんとに可哀そうですね。子供を抱えた親達も堪りませんけれど、」と彼はしみじみ同情しつつ、「どうです、あなた方もここで寂しくこうしていらっしゃるより、私達の方へいらっしゃいませんか。こんな時には一人でも余計に塊まっている方が心丈夫ですよ。」

「そうさせて頂きましょうか、」と妻は急に力を得たように言った。「そうしたら子供もいくらか安心するでしょうから……」

そこで自分は長女をつれ、妻は眠った末の子を抱いて、I君と一緒に家から出た。


冷やかな外気の中へ出ると、部屋の内でまるで聞かれなかった物の音、荒々しい野の叫びや、爆音や、そして一種名状し難い不穏などよめきなぞが、耳新らしく響いてきた。

空は前夜と同じように晴れ渡って、一面に星が輝いていた。

自分達は裏木戸から、例の路地へ出た。すると、向うのくら闇からI中将が、禿頭に手拭を向う鉢巻にしめ、手に木刀をもってあわただしくやってきた。そして自分達にはまるで気がつかぬらしく、T君の門へ入って行った。自分達がそこまで行った時、中将は内から鉄の扉をしめようとしていた。

「誰か、」と彼は軍隊式に誰何《すいか》した。

「僕です。どうか入れて下さい。」

「ああ、君か。君たちが一向見えないので、どうしたかと思って心配していたよ。さあ、入り給え、」と言って、中将は鉄の扉をあけてくれた。

自分達は入った。うしろで門は再び締められた。

I君の先立って行くままに、自分達はすぐ庭へまわった。もとより電灯がつかないのでどこへ行っても暗かった。見ると、縁側の所に十人ばかりごたごた塊まっていた。初めはちょっと見分けがつかなかったが、やがて東京の大火の反映に、徐々に人々の顔がそれと見わけられてきた。そこにはでっぷり肥った中将夫人を中にして、Y子さん、F子さん、八つになる坊っちゃん、それから乳呑児を抱えたT君の細君なぞが黙って坐っていた。T君は沓脱石《くつぬぎいし》の上に腰をおろして、疲れたように煙草を燻《くゆ》らしていた。彼もパナマ帽子の上に手拭を巻きつけて、手に太い棒を持っていた。

自分はそれぞれ挨拶した、知らず識らず忍びやかな小さな声で。そして妻は子供たちをつれて、彼等と一緒に縁側に上った。自分は庭に立っていた。

「あなたは帽子に手拭を巻いていませんね、」とT君が不意に言った。

「手拭を？　それがどうしたんですか、」と自分は全く訳が分らないで聞き返した。

T君が側から自分に向って、「おや、まだ御存じないんですか。手拭を頭に巻くのが味方の印なんです。手拭を巻いていないと、敵と間違われますよ。」

「そうですか、」と言ったが、自分は何だか馬鹿々々しい気がして、そのとおりにする気にならなかった。

「それから、味方には合言葉があります、」とI君は説明してくれた。

「この土地の名を取って、初台です。一方が初と言ったら、こちらは台と答えるのです。もし言葉が合わなかったら、敵にされますよ。」

それはまるで戦争のようだった。

「一体形勢はどんな具合でしょうか。」

中将が煙草を燻らしながら、考え深げに黙って庭を行きつもどりつしているのを見て、自分はそう聞いてみた。

「どうもよく分らんね、」と彼は答えた。「でも、どちらにしても大抵もう喰い止めるだろう。少し前原の方で確かに軍馬の足音と、サーベルの鳴る音が聞こえたから、軍隊も出てるようだしね。」

「軍隊が出たとすれば実に心丈夫ですね、」と自分は力強く感じて答えた。

「なあに、朝鮮人の暴徒三百人ぐらい相手なら、一小隊もあれば沢山だよ。僕は大尉の頃、あちらにいて、一人で五十人位の朝鮮人共を追い散らした事がある。でも、あれだね、軍隊にいる時と違って、こうして女子供を連れていては、実に不自由で困ってしまうね。一小隊を率いて一箇師団の敵にでっくわしたよりも閉口だ、」と言って中将は嘆息した。

「一体どうなるんでしょう、この騒ぎは？」とT君が聞くともなしに言った。

「さあ、」と中将は木刀を右脇に掻きこみ、巻煙草を吸って暗い庭をあちこちしながら、「何にしても油断がならない。ケレンスキーの革命の時、僕は大使館づきで恰度《ちょうど》ペトログラードに居合わせたが、まるでこんな具合だったよ。形勢が実にあの時によく似ている。なかなか油断がならないね。」

そして彼はその当時の有様を簡単に断片的に描き出して見せた。

これまで唯、書物や談話の上なぞでわずかに想像していた革命の騒ぎというものを、自分は今こそ現実で、実地に経験しつつあるような気がした。そして、これだけでも、革命は恐ろしいと思った。露西亜の革命を脱れて日本へ亡命してきた作家、S氏夫妻が、あれほど革命を呪って話した気持も、今はかなりうなずかれるような気がした。それを聞いた当時にはかなり冷やかな批評的な気持で対していたものだったけれど。同時にゲーテが多少の不正を含んでいても、猶擾乱《じょうらん》よりは秩序を愛した気持なぞも思い出さずにいられなかった。

中将は話を止めたかと思うと、巻煙草の吸殻をぱっと投げすてて、いかにも落つかない風で再び門を出て行った。I君の姿もいつか見えなくなっていた。

後では、暗い夜の中に、自分達は縁側のまわりに黙って塊まっていた。緊張した静けさをとおして、限りない不安と恐怖のために烈しく打つ人々の心臓の動悸が、互いに聞きわけられるかと思われるようだった。

見たところ、中将夫人が一番落ついているらしかった。体格のどっしりしているせいもあったろうが、さすがに幾度か夫を戦場に送って、健気《けなげ》に留守を守ってきた事のある婦人と思われた。Y子さんは、からだの震えを押える事ができないと言うように、母親に寄り添って、ぼんやり白く見える顔に美しく眉根を寄せていた。

「私もう平気よ、」とF子さんはいつもの少女らしい快活な声で言った。「さっきまでは恐ろしくって歯の根が合わなかったけれど、もう何にも恐ろしいと思わなくなったわ。どうしたんでしょう。自分でも不思議よ。」

そして彼女は自分の長女をその膝に寄りかからせて、宥めたり、冗談を言ったりした。

「まったく何にも恐ろしい事なんか無いよ、」とT君は敷石の上から鼻がかりの高い声でしゃべり出した。

「相手が三百人だと言ったところで、要するに朝鮮人じゃ無いか。僕は知ってるがあいつら一人残らず低能か、なまけものだよ。武器や爆弾を持ってると言えば何だか偉そうだが、あいつらに何が出来るもんか。何よりこんなに夜にかけて騒動を起すのからして低能な証拠だよ。露西亜だってそうだが、こんな騒ぎは夜明け早くから起きるに極《き》まっているんだ。こんな事をやって、あいつら結局自殺するようなものさ。僕たちは本気になって何にも心配する事は無いんだよ。」

「まあ、大変な元気だことね。あなたがいて下さるので私達ほんとに心丈夫よ、」とF子さんが言って冷かすように笑った。

「いや、少しも法螺《ほら》じゃ無いんだ、」とT君は躍気になってしゃべりつづけた、「こんな騒ぎをするなんて、全く馬鹿々々しい。だって相手があの低能な朝鮮人じゃ無いか……」

然し自分の見るところでは、T君が誰よりも一番に恐れを感じて度を失っていた。後日になって、「もし二度とあんな思いをする位なら、いっそ死んでしまった方がいい、」と彼自ら正直に白状したとおり、彼は今恐ろしさの余りに無暗に高調子で威勢の良い事をしゃべり散らしているのだった。多少は婦人達を元気づける意思も手伝っていたろうけれど。

さっき書斎の中で、まるで敵地にひとり置き去りせられたもののように、妻と子供たちを連れてとじ籠っていた時から見ると、不安と恐怖の頂点は自分の心から徐々に、いくらかずつ過ぎ去ってゆくように見えた。すると、今度は妙に気が沈んでならなかった。側でT君がから元気な、うわついた、高い調子でべらべらしゃべっているのを聞くと、一層不愉快な、寂しい気持が嵩《こう》じて、めいりこんでゆく心をどうにもする事が出来なかった。自分は縁側に腰をおろした儘《まま》、両手に額を支えて、じいっと伏沈《ふししず》んでいた。

「こんな所で考えこんでいるよりは、そこらをひと廻りしてきた方がいいかも知れない。」

そう思って、自分は黙って門を出て行った。妻は帽子に手拭を巻いて行くように注意したが、自分は返事もしなかった。

自分は狭い坂路地をおりて、家の門の前の通りに出で、伯爵邸の石垣に沿うて、路上にごろごろと転がり落ちた石に幾度か躓ずきながら、ぶらぶら歩いて行った。最早さっきのような荒い喊声は響いて来なかった。澄み渡った星空の下に、露深い代々木の原はそのしずかな雑木林と一緒に黒々と横たわっていた。とは言え、えたいの知れぬ爆音と、銃砲の音に自分は一度ならず立止まって耳を澄ましたけれど。

「初！……」

いきなり二間《にけん》ばかり先から大きな声でそう怒鳴るものがあった。驚いて闇をすかして見ると、在郷軍人らしいものが自分の方を凝視しつつ、そこに突っ立っていた。

「初！」と人影は再び大きな声で繰返した。

「台！」と自分はしずかに答えた。

人影は自分に近づいて、猜審《いぶ》かるようにまじまじと見ながら、

「あなたはなぜ頭に手拭を巻いていないのですか。そんな風をしてこれから先へ行くと、

朝鮮人と間違えられて殺されてしまいますよ。」

で、自分は黙って引返した。そして再びT君の家の庭先に伏沈んでいる自分を見出した。

I君が戻ってきた。彼はこれから七、八町先にある八幡の森のあたりまで行ったところ、不意に闇の中から剣付銃をもった兵卒に誰何されて、びっくりした事を話した。

「そう、じゃ軍隊の出てる事は本当だね、」とT君は嬉しそうに言った。「それを確かめれば大安心だ。平素軍国主義がどうとかこうとか理屈を並べても、いざという時には軍隊でなくては駄目だよ。」

そこへHの家の小さい弟がI君を探しにきて、あわただしい調子でこう言った。

「Iさん、すみませんけれどちょっと来て下さいませんか。兄さんが急に変になったのです。脈搏《みゃくはく》が段々少なくなって行って、苦しがるのです。」

「へえ、たった今一緒に歩いていたのに、」とI君はびっくりして、すぐに行きかけながら、

「H君は気が小さいので、この騒ぎでひどく心配したんだな。心臓麻痺なんか起さなければいいが……」

そして彼は急いで出て行った。

一時間ばかり経った。

中将が戻ってきた。彼は元気の良い声でいきなりこう言った。

「おい、みんな安心するが良い。今そこで原の方から帰ってきた在郷軍人に会ってきいたら、暴徒の半分以上は捕虜になってしまい、残部は残らず渋谷の方面へ圧迫されて行ったそうだ。そいつらだってじきに片づいてしまうだろう。」

「有難い、有難い。これでまあ命拾いをしたというものだ、」と言って、T君は敷石の上から踊り上った。


後になって明らかにされたとおり、この一揆なるものは殆んど根の無いものだったのである。唯恐ろしい流言によって呼び起こされた人々の気違いじみた迷妄であり、錯乱であり、疑心の見たる暗鬼だったのである。自分は今ここで何故にこの流言が生じたか、どこにその起原を持っているかというような問題に対して多くの人々と同じように決定的な確証を持っていないし、また色々と想像したり論じたりする自由を許されていない。何はともあれ、自分達はこのように暴動のまことしやかな報告によって脅やかされ、実際に死の前に置かれたものとして限りない苦痛を味わわせられたのだ。いや、こうして結局喜劇の中の人物のように終った自分達の事については何にも不平は言うまい。それは、一つには自分達の叡智の不足にも依る事なのだから。しかし如何にしても慰められないのは、この騒ぎによって無残にも……

暴徒に関する中将の報告は、言うまでもなく自分達を安心させた。自分達は最早こんな暗い庭先に塊まって、嵐の前の小鳥のように小さくなって顫《ふる》えている必要が無かった。自分達は早速立ち上って、各自の家へ帰ることにした。

本当ならば、今夜とても前夜と同じように、自分達は屋外で夜を明かす筈であった。殆んど間断なしに大地の震えるのを見ては、とても安閑《あんかん》として家の中にいられるものでは無かった。しかし今となっては誰しも地震の事など考えていられなかった。何よりも一揆の嵐のすぎ去った事に安心して、T君に礼を述べて、自分々々の家へ急いだ。

T君の門を出た時、中将はフト立止まって焔々と燃えている東京の空を眺めながら、自分を振返ってこう言った。

「ねえ君、ゆうべはまだ東京の空を眺めても、どこかに稀なる壮観を望むというような気持があったが、今夜はもう、とてもそんな気が起きないね。いくら何だって、けさぐらいには消える事と思っていたのにね。じゃ、さようなら。用心し給え。」

自分はまた妻と子供たちをつれて、気味悪く揺れる家の中へ籠った。しかしそれからどうしたのだったか……

考えてみると、人間の記憶力なぞというものは随分たより無いものである。何と言っても、九月一日の大地震と言えば、誰しも魂の奥底まで震撼されるような、忘れようにも忘れられない、恐ろしい感銘を受けたのだ。それだのに、それから一年と四箇月あまりしか経っていない今日、こうしてあの当時の悲しい記憶を回想しながら細かい事柄で何かと既に記憶を逸している事が多いのに気がつく。これは自分ばかりでなく、誰しもそうであろう、このようにして、あの恐ろしい日の記憶も、徐々に人々の心から薄らいでゆく。

わけても二日の晩、即ち暴徒襲来の恐ろしい騒ぎの後で、自分はどうして夜を明かしたのかはっきりと想い起す事ができない。余りに深刻な経験の時にはよくある事であるが、——少なくも自分の場合には、——記憶に大穴があいたようになっている。恐らく妻と子供たちをベッドの上に眠らせ、自分は床の上に蒲団の一枚も敷いて、ごろりと横になったままぐっすり眠ったのであろう。何しろ前夜はまんじりともしなかったのに、前日来の過度な心痛と疲労は山のように積っていたのだから。そして時々地震で目をさましても、別に驚いて起きようともせず眠り続けたのだろう……

唯この事をはっきり記憶している。三日目の朝が白みかかった時、自分は起きて窓際へ行って、するするとブラインドを開けた。すると、神宮の森の上は、やはり大火の反映で朝焼のように一面に赤かった。自分はそれを見て思わず首を垂れてしまった……

第三日

こうして震災の第三日はきた。再び明るい日光の中で、前夜の出来事を回想すると、ちょっと馬鹿々々しい気がしないでも無かったけれど、やはり事もなく過ぎたことを想って嬉しかった。なぜなら朝になってから、ゆうべ朝鮮人が市内でいかに獰悪《どうあく》な振舞をしたかというような噂がまことしやかに宣伝されてきたので。

東京の火はけさになって漸《ようや》く消えたとも言い、千住方面がまだ盛んに燃えているとも言った。何れにしても、さすがの猛火も東京の枢要な大部分を焼きつくして、下火になった事は確からしかった。本郷方面については、人はやはり焼けたとも言い、助かったとも言ったが、兄の一族が皆無事でいるとは思われなかった。自分の近所には焼け出されて避難してきた人達も既に二、三あった。そして自分も兄たちがやってくるかも知れないと思って、それとなく心待ちに待っていた。然《しか》し未だに誰もやって来ないし、消息もまるで分らなかった。自分はもう是以上本郷ゆきを躊躇する事が出来なかった。もとより心にもなくこんなに遅くなったのだけれど。

それで朝飯を食べると、自分はすぐに支度して出かけた。本郷と言っても、いつもならば電車を利用して一時間ばかりで行きつけているのでそんなに遠いとも思わなかったが、さてこれからずっと歩いて行かなければならぬと思うと、随分遠い気がした。相変らず空は晴れて、酷暑らしい日光がじりじりと照りつけた。自分はまだ三町とは行かないうちに、麻服の上着を脱いで、汗じみたワイシャツをむきだしの儘《まま》で歩いた。

新町の通りでは昨日にも増して大変な混雑だった。避難者の群れはぞろぞろと列をなしていた。荷物を携えているものなぞは殆《ほと》んどなく、男も女も着のみ着のまま、もとより身装《みなり》なぞ気にもかけずすたすた歩いていた。中には、甲州に通じているこの街道を、甲府あたりまでも徒歩で行こうとしているようなすっかり旅支度の避難者も見られた。（そしてそういう人達も実際にかなりあったのである。）

この混雑した通りの中で、自分は熱心に菓子屋の店先を注意して歩いた。本郷あたりでは菓子が不足して姪なぞ随分困っていそうに思われたので。そしてチョコレートを十ばかりと、キャラメルを三箱ようやく手に入れる事ができた。

大破した新宿駅の前を少し行くと、もう焼跡に出た。自分としては初めて見た焼跡ではあり、普段ならばそこだけでもなかなかの大火ではあったのだが、東京全滅というような観念が頭にあったせいか、そんなにひどい火事跡だとも思わなかった。とは言え、あれほど通りなれた場所でありながら、追分《おいわけ》へ出るのにちょっとまごついた。焦げるような異様な匂いは鼻をつき、風の吹きまくる灰塵に目を開けていられなかった。自分は戦場のような殺気立った慌ただしい混雑の中を、わき目も振らずに先へ急いだ。唯《ただ》支那の青年紳士が洋装させた若い妻と腕を組んで線路の上を横切りつつあったのが特に眼についた。

新宿の焼跡はじきに通りすぎた。そして自分は狭い人道を人ごみに揉まれて、四谷見《よつやみ》附《つけ》の方角に向って歩いていた。初めのうちこそあちこちの家の破損の程度を観察したり、避難者の荷車と自動車でごった返している往来に目を配ったりしていたが、すぐに眼が疲れてきたので、それからは主に足元に気を配りながら、人の流れの動いて行くままに、自分を運び去らせた。実際足元に気を配らないと、到る処色々な家財を通路まで運び出してあるので、躓《つま》ずいて転びそうになるのであった。

普段歩きつけないので、どう道を取るのが本郷へ一番近いのか、ちょっと見当がつかなかった。それで自分は兎に角牛込《うしごめ》を横切り、途中親しい出版屋S社の安否を尋ね、――そこには目下校正中の五百ページに余る自分の創作と、猶《なお》組まれないでいる四百枚の原稿の運命が託されていたので、――それから飯田町、水道橋を通って本郷へ出る予定をとった。そして四谷麴町《こうじまち》のあたりから、広い街路を左へ折れた。

本通りと違って、そこはたいして人ごみはなかった。然し往来の真中には、家財道具が両側の家々から持出され、それに布や板で仮屋根をつくって家族が避難していた。ジプシーか遊牧民を思い出させるようなこうした露営は、まるで縁日の露店のように真昼の街路の中にずっと続いていた。逃げ場のない都市居住者の一日以来の狼狽の様が思いやられた。しかし自分たちの郊外から見ると地震の被害はずっと少なく、全壊した家屋など殆んど見出されなかった。

自分はあちこちと知らない街を迂回して、ようやく牛込の柳町《やなぎちょう》に出た。それからまた、電車線路の上に多くの家財を持出して、猶も激震の来襲を恐れるようにそこに日蔭を作ってだらしなく坐ったり寝たりしている人達や、ところどころに動かなくなった電車の内に避難しているものなぞ見ながら、北町まで歩き、矢来町《やらいちょう》へ出た。そして遂に四階建洋館の新らしい宏壮なS社が、殆んど何の破損をも受けないで、すっくと目の前に立っているのを見た時、本当にほっとした。S社も助かったがこれで自分の大切な原稿も助かった……

この建築は一年近くもかかって最近ようやく完成したものであり、九月一日がその開館式に当っていたのだ。そこへあの大事件が突発したのであるから、その主人の驚きと憂慮は想像以上に大きなものだったろう。

「本当によかったですね、壊れもせず、焼けもせず無事に残って。」

洋館の下の小さい日本家屋で、人でごたごたした中に漸く主人を見つけて、自分は心からそう言った。

「いや、どうも有難うございます、」と主人は長い病気でやつれた顔にも、さすがに安堵と喜びの色を見せて言った。

「でも、一時はもう駄目だと思ったでしょうね、」と自分は聞いた。

「ええ、思いましたとも。何しろあの屋上へ登ると下町の火の海はすぐ目の下に見えているんですからね。砲兵工廠が焼ける時なんかあまり近く見えるのでもうすぐに此処へ燃え移るかと思いましたよ。それに夜は火事の明りがあの白い高い洋館に反射して、まるで燃えあがるように見えますしね。何にしても折角新築した建物ももう灰になるんだと観念しましたよ。」

「そうでしょうね。そして色んな原稿なぞどうしましたか。」

「原稿類は皆金庫に入れてあるのでその儘《まま》にして置きましたが、大事な紙型《しけい》は箱につめて井戸に入れましたよ。そう言えば、印刷所が大破したので、あなたの組み置きのものも大部分壊れてしまったかも知れませんよ。」

　主人は縁側でサイダーを注いでくれながら、——この際一本のサイダーがいかに貴重なものであり、乾き切った自分にとってどれ程有難いものだったか！——元気な調子で、猶《なお》一日以来の事を何かと話した。建物こそ無事に残ったが、色々な損害は十万円を下るまいというような事や、昨夜の朝鮮人騒ぎも市内では一層大袈裟《おおげさ》で、一時はこのＳ社を焼きにくるというので、店の者は皆武器を用意したという事なぞ。

庭先では小僧達が臼を取巻いて玄米を搗《つ》きにかかっていた。家族店員が多数のところへ、下町から十人以上の避難者がころげこんできたので、人を田舎へやって玄米をようやく十俵だけ買いこんで来たのだそうである。

「私なんか普段から玄米食の主張者だから平気ですが、外《ほか》のものはやはり黒いのは食えないなんて言いますからね、」と言いながら主人は小僧が一心になって玄米を搗いているのを見て笑った。

自分はまたそこで、本郷は大学と湯島から三丁目へかけて焼けただけで、大部分は無事である事を聞いた。そして勇気づけられて、直ちにS社を出た。

路地から神楽坂へ出ようとした時、行手を遮ぎるように一筋の縄が往来の上に張ってあるのが目に止まった。

「はて、どうしたと言うんだろう?」

そう審《いぶ》かりつつ、縄を跨《また》ごうとすると、側《そば》に太い棒をもって立っていた店員らしい若いものが、いきなり自分にこう聞いた。

「どこから来たのですか。」

「S社から。」

「どこへ行くのですか。」

「本郷の親類へ。」

「では宜しい、お通りなさい。」

そして自分はこの不思議な関所を通過した。やがてこれは皆前夜の朝鮮人騒ぎの名残であることが了解された。

飯田町へさしかかった時、自分は思わず立止まってしまった。いつも見慣れた家々は跡形もなくなって、そこには猶《なお》燃え残りの燻《くすぶ》っている凄惨な焼跡があった。神田方面は省線の通っている高い土手のつづきで視野を遮ぎられていたが、青々とした土手は黒焦げになり、濁った壕《ほり》の上には焼け落ちた木材や、倒れこんだ小屋なぞが汚なく浮き沈みしていた。

自分はこの堀割に沿うて、砲兵工廠の前を歩いて行った。この広大な工廠の内部の有様はもとより知る事が出来なかったが、少なくとも往来から見られる赤い煉瓦《れんが》建のいくつかの建物は、大部分火災のために酷《むご》たらしく破壊されていた。大抵屋根が焼け落ちて、露出した鉄筋がくねくね曲っていた。壊れた窓からは、中にいくつとなく据えつけられた巨大な鉄の器械が火を浴びて錆びたように赤くなっているのが見られた。あの長い長い土塀はもとより焼け崩れて、すっかり黒焦げになった柳が気味わるくゆらゆら動いていた。

往来では電車の線路が飴のように曲っていた。そしてところどころ電車が丸焼けになって、鉄でできた台骨だけが骸骨のように線路の上に残っていた。それはたった今焼けたばかりのように、どかどかと強い熱気を放っていた。それさえあるに、強い日光が焼跡に容赦もなくじりじりと照りつけるので、どうかすると目が眩みそうになった。

気がつくと、自分のまわりには避難者が多勢ぞろぞろと歩いていた。避難者というよりは焼出された人達に違いなかった。男も女も平時にその風体を見たならば乞食と思ったに違いないような、構わないひどいなりをしていた。

病身らしい老婆を負ぶってゆく若い男があった。杖に縋《すが》って、首を垂れた儘《まま》、わき見もしないで行く老爺があった。恐らく何処へゆくあてもなく、又何処へ向って歩きつつあるかも知らないのであろう。一人の主婦が赤ん坊を背にくくりつけ、五つと七つ位の女の子供を二人歩かせて、泣きながら歩いているのにも会った。自分は彼等の側を通り抜けながら、ポケットから板チョコレートを取出して、子供たちに一つずつ持たせた。それから自分は可哀そうな子供を見る度に、ポケットにある菓子を出してやった。

水道橋まできた時、曲り角のところに、一見トルコ人か露西亜人らしい四十位な労働者が、帽子も冠《かぶ》らず、見すぼらしい服装をして崩れた煉瓦の上にどっかと腰をおろし、両手の中にもじゃもじゃの頭を埋めて、職を失い、宿を焼かれて、すっかり打砕《うちくだ》かれたように伏沈んでいた。同じように焼出された人々さえも、前を通りながら同情するように彼を振返って行った。自分は胸を締められるように感じた。そして彼の側にキャラメルの箱一つそっと置いて、急いでその場から去った。

自分はいつものように本郷へ出るために壱岐坂《いきざか》を登ろうとしたが、すぐにはその登り口が分らなかった。そこにあった古本屋も、角のそば屋も今は跡形もなかった。坂道があるにはあったが、焼け落ちた瓦や、赤煉瓦や、赤く錆びてそり返ったトタン板なぞの累積のために歩道がすっかり狭められて、どうしてもあの大きな壱岐坂の跡とは思われなかった。でも、半ば焼け落ちた赤い電車の標柱によって疑うべくもなくそれである事が分った。

そのように、焼跡に立って路を探している時、不意に自分は側近くで人々の罵り騒ぐ声をきいた。

「朝鮮人だ、朝鮮人だ！」

「そうだ、朝鮮人に違いない！」

「やっつけろ！」

「ぶっ殺してしまえ。」

見ると、十人ばかりの群集が、三、四人の若い学生を取囲むようにして、口々にそう罵り喚《わめ》いているのであった。学生達はまさしく朝鮮人であった。彼等の或るものは嘲る《あざけ》ような顔付をして群集を振返り、一人は何か弁解するようにものを言った。そして明らかに事もなげな風を装いながら、しかも恐ろしい敵意と憎悪によって圧迫されつつ、そろそろ春日町の方へ歩いていた。

　彼等の後につづく群集は目に見えて殖《ふ》えて行った。

「朝鮮人だって事がはっきり分っているのになぜやっつけないんだい。」

「あいつのポケットを検べてみろ。爆弾が入っているから。」

　誰かが石を拾って放りつけた。

「石なんかまどろっこしいや。こいつを一つ振舞ってやらあ。」

　そう言って職人体の男が太い棒でいきなり一人の頭をぽかりとやった。

　叫び声が起った。

「生意気な、抵抗しやがったな。」

　興奮した群集は一層殺気立った、そして乱闘が始まった。

　自分はさっきから息づまるような気持で、その成りゆきを見守っていた。何とかして彼等を助けてやりたい、しかし正気を失った群集に対して無力な自分に何が出来よう。もし彼等を弁護しようとすれば、群集の憤怒《ふんぬ》は自分におっ冠《かぶ》さってくるだけである……

「あの恐ろしい騒ぎの後で、彼等はどうして焼跡をぶらぶらするような無謀な大胆を敢てするのだろう。少しも早くそこらの交番へ駆けこんで救いを求めたら良いだろうに。」

　その時乱闘が始まったので、自分は目をそらして、あわてて壱岐坂を登って行った。

心で自分をこう罵りながら。

「卑怯者!」

坂の上で、一人の若い男が小さい写真機を焼跡の方へ向けていた。

「この際よくも、写真機なんか持ち出す気になったもんだなあ。」

そう思いながらも、自分はその男の側まで行くと、思わず立止まった。そして焼跡の方を振返ってみた。

自分の前にはそこら一帯はもとより、砲弾によって破壊せられたような砲兵工廠、そして水道橋の彼方に神田方面まで、凄惨《せいさん》極まりなき焼跡が展開せられた。ああ、いかなる荒廃の跡と雖《いえど》もこれに優るものがあるだろうか。

彼処《かしこ》には焼け抜けて骸骨のように立てる石造の建築、跡形もない崖上の停車場、黒々と焦げて立てる大木の群れ、半ば崩れた土蔵、乱雑な焼跡に赤く残った金庫、到る処で猶《なお》燻っている煙……

真昼の日光は焼跡にじりじりと照りはえて、到る処陽炎《かげろう》のように空気がぎらぎらと燃える。そして異様な臭気と熱気のために、自分は目が眩んで危うく倒れそうになった。

いつものように真砂町《まさごちょう》から、小学校、女子美術学校の前を通って森川町へ出る近道を取ろうとしたが、——有難い事に、そこらはすっかり焼け残っていた、——電車道路から折れるところで自分はまた縄張りに引っかかった。

「どこから来たんですか、」とそこに火事装束《しょうぞく》で立っていた若いものが、疑わしげに自分をじろじろと観察しながら聞いた。

「代々木から。」

「何処へ行くんです。」

「森川町の親類の家へ。」

「森川町へ行くんなら、本郷三丁目へ出て広い通りから廻っていらっしゃい。」

「だって、この道を行けばすぐじゃありませんか。僕は少しも怪しいものじゃありませんよ、」と言って自分は思わず微笑した。

「いけません。三丁目へ廻んなさい。」

そう言って番人はよそへ向いてしまった。

仕方がなかった。自分は汗に塗《まみ》れ、疲れた足を引ずって三丁目の方へ迂回した。火事場に接近しているだけに、混み合う人々の中には充血した眼、殺気立った眼、逆上した眼が入り乱れた。自分は幾度か荷車と自転車にぶつかりそうになり、人から突き飛ばされた上にどなりつけられたりした。

フト角の交番にこういう意味の張札の出ているのが目に止まった。目下《もっか》色々な流言が盛んだけれども、朝鮮人と雖も一人残らず不良の徒という訳では無い、だから片っぱしから乱暴をやってはいけない、又武器を携帯する場合には直ちに押収する……

交番の箱の中には、帽子の紐を顎にかけた大きな巡査が長い木刀を突いて立っていた、そして嶮《けわ》しい目付で群衆を見まわしていた。

この張札と巡査の様子を見ただけで、自分は昨夜のうちにどんな風に事が行われ、そして人々の余りに逆上した振舞に今になって当局がどんなに狼狽しているかを直ちに見てとる事ができた。

大学の赤門はその特色のある古い屋根瓦を大部分破損していた。図書館始め、いくつかの赤煉瓦の建築が無残にも焼け抜けて、まるで恐ろしい大砲に見舞われでもしたように、がらんとした内部を露《あら》わしつつ破壊されているのが、往来から塀ごしに眺められた。

正門から一丁ばかり手前の所で自分は森川町へ狭い路を折れようとした。予期したとおり、そこにはやはり縄張りの関所があって、三、四人の若いものが厳重に固めていた。自分は最早《もはや》向うから詰問されるのを待たないで、いきなりこう言いかけた。

「僕は森川町にいる兄の家を心配してわざわざ代々木からやってきたものです。どうか通して下さい。」

三、四人は一斉に注意して自分をじろじろと見た。

「おい、長髪だよ。主義者かも知れない、気をつけろ、」と棒をもった人が呟やいた。

「顔付が朝鮮人くさいね。」

「それに、物の言い方が少し変だぜ。」

「いいえ、僕はこれでも生粋の日本人です、」と自分は微笑して言った。

「試験してみる必要がある。君は（君が代）が歌えるか。」

自分は思わず笑った。「そんなに疑わしいものなら、御面倒でも誰か一人ついてきて下さい。兄の家はすぐそこなんですから。」

「兄の家って何商売をしてるんだ。」

「浅草の区長をしている○○です、」と自分は仕方なしに言ってしまった。

「ああ、○○さんか。じゃあなたは……よろしい。お通り下さい。」

「そんならそれと始めから言って下さればよいのに、」と学生らしい若い一人が言った。

こうして自分はやっと関所を通過した。

自分はほっとして、同時に兄の家の近づいた事に勇んで、森川町の方へ急いだ。向うから若い男が棍棒をもってばたばた走ってきたかと思うと、何ものかの後を追うように横町へ駆けこんで行った。それを見て、そこらに立っていた小僧や子供たちもその方へ走って行った。

「朝鮮人が一人見つかったんですって、」と門口に立つ若い女が言っていた。

「どうも怪しい奴がさっきここを通ってゆくと思ったよ。じゃ、やっぱしそうだったのだな、」と煙草屋の店先に主人らしいのが立って誰にともなく言った。

「どうかしてこの焼け残った方面も焼いてしまおうという了見なんでしょうね。」

そば屋の色の白い馬面《うまづら》の主婦が赤ん坊を負ぶって門口に立ちながらそう言った。この家へは自分は姪をつれて一度ならずそばを食べにきた事があるので、彼女の顔を見知っていた。ところが、主婦は今自分の顔を見ると、不意に薄い眉を顰《ひそ》めた。そして殆んど我知らずのような調子で、

「あなたはどこへ行くんですか、」と詰《なじ》った。

その態度と調子がぐっと癪《しゃく》に障《さわ》ったので、自分は返事はもとよりわき見ひとつしないでぐんぐん通りすぎた。

「もしもし。どこへ行くんですか、」と主婦は一層怪しいものと感じたように、自分のうしろから呼びつづけた。

「あいつは朝鮮人かも知れないぞ。捕まえてやれ、」と男の声で言うのが聞こえた。

自分は構わず歩いて行った。度を失った彼等の不安をからかうような気持も手伝って。忽ち自分はうしろに当って、ばたばたと人の追いかけてくる足音を聞いた。彼はしかし自分に何にも言いかけないで、暫く様子を探ろうとでもするように、黙って後をつけてきた。うしろの足音は二人になり、三人になった。

自分は多少の不安を感じないでも無かったが、同時にちょっと面白いような気がした。

こうまでなると、わざと朝鮮人らしい様子でもして、却ってからかってやりたいような気持さえした。自分は烈《はげ》しい好奇心にも拘《かか》わらず、わざと後を振向かなかった。そしてますます歩調を早めた。とは言え、これがもし自分が実際に朝鮮人であり、ここが外国の土地であるとしたら、どんな心持がするだろう。そして昨夜来無数の朝鮮人はそれを実際に経験したのだ。そして……

この時突当りの横町から、十五ぐらいな、垂髪《すいはつ》の女の子がひょっこり出ていた。自分とは十間《じゅっけん》ばかり離れていたが、まさしく姪である事が分った。

「おうい、L……ちゃん、」と自分は思わず大きな声で呼んだ。

「あら、おじさん！」と彼女は自分を見つけると、立止まって嬉しそうに叫んだ。

「無事でよかったね。」

そう言って、自分は初めてくるりと後を振返ってみた。棍棒をもった男、バットを担いだ学生、それから棒っ切れをもった小僧の三人が後につづいていた。姪の思いがけない出現によって、自分の紛れもなく日本人である事が証明せられた今、彼等は安心したというよりも、寧ろがっかりしたように立止っていた。そして、怨めしそうに、――少なくとも自分にはそんな風に見えた、――こちらを見送っていた。自分は微笑せずにいられなかった。

「お父さんも嫂《ねえ》さんもみんな無事かい？」と自分は姪に近づきつつ聞いた。

「ええ、」と答えて彼女はにこにこ笑っていた。

「そうか、それは良かったね、僕みんながどうしてるかと思って随分心配したよ。」

姪の細い肩に手をかけてそう言った時、自分の眼には熱い涙がこみあげてきた。

兄の家は小さく脆《もろ》い上に、三十年以上も経った古いものだったが、壁土が少しばかり落ちた位で殆んど被害なしと言っても良かった。一体に本郷方面は高台になっているせいか、割合に被害が少なかったのである。

兄は恰度《ちょうど》外から帰ってきたばかりの所だった。そして見舞に来合わせた役所のH氏と大きな声で話合っていた。

地震の日、兄は前日来四十度近く発熱して役所を休んで床についていた。大揺れの間も、逃げ出したところで仕方がないと覚悟して、簞笥の蔭へ行って坐っていた。大学が焼け出した、それが鎮火してほっとするまもなく、神田方面の火が本郷へ迫ってきた。三丁目が焼ける頃には、勿論この辺一帯もひと舐《な》めになるものと覚悟してすっかり逃げ支度をした。幸い火は三丁目で止まった。しかし彼は浅草の区長だったので、職責上その方面の模様を知らねばならなかった。そして日が暮れてまもなく、彼は熱のあるからだを無理して、途中幾多の危険を冒しながら、浅草へ駆けつけた。

そして彼は本願寺の焼け落ちるのや、公園がひと舐めに燃えてしまうのを見た。しかし、あの通り浅草はすっかり焼けてしまったが、観音堂と一緒に区役所は無事に残った……

「さて、あのとおり浅草という区は焼けて無くなってしまったのだ。してみると、僕なんか区長だなんて言ってみても、おのずと資格が消滅してしまった訳だね。だって当然その筈《はず》じゃないか、へえ、はははは。」

そう言って、兄は客と一緒に面白そうに高笑いしていた。

そこへ自分が飛びこんで行ったのだ。

「やあ、どうだったい、」と兄は自分の顔を見てにこにこしながら、

「お前の方は郊外ではあるし、火事の心配はないので大丈夫だろうとは思っていたが……」

嫂《あによめ》も甥《おい》も出てきた。そして自分たちは互いに無事を祝し合った。

「まあ、代々木からここまで歩いていらっしゃるのは随分大変だったでしょう、」と嫂はねぎらうように言った。

「ええ、歩いてくることは兎に角、到る処で朝鮮人に見られたのには閉口しましたよ。」

そして自分はここへくるまで、あちこちの関所で詰問されたり後をつけられたりした事を話した。

「そう言えばお前の顔はどこか朝鮮人らしく見えるよ、」と言って兄が笑った。

「まさか、」と嫂が遮ぎった。「その通り長髪ではあるし、どことなく普通の人と様子が違っていらっしゃるので、そんな目にお会いになったのですわ。でも、御無事でようござんしたわ。日本人が随分朝鮮人と間違ってひどい目に会ったそうですからね。」

「えええええ、まだ昼間でようござんしたよ。」

客もそう言った。そして彼はけさ知合の立退先を知るために下町の焼跡をあちこちうろついてきたが、その途中で実に少なからざる朝鮮人の酷たらしい虐殺を見たことをしゃべった。それは聞きながら、ほんとに戦慄を禁じ得ないものだった。正直な所、自分はそんな話を信じたくなかったし、信じられなかった。それは全く有り得る事では無かった。しかも、後になって明らかにされたとおり、実際にあったのだ……

「それでは引きつづき、また大地震があるかも知れませんね。恐らく今度のより大きいくらいの奴が……」

そう言って自分は歯を喰い縛った。

「おじさん、脅かしては厭《いや》よ！」と姪は眉をひそめて笑いながら側から言った。

「いや、無くてはすまされぬだろう。もし酬いがあるものだとすれば。そして正義の存する限り、それはあるだろうからね。」

そして自分は腕を組んで考えこんだ。

往来にあってばたばた人の駆けてゆく音がした。続いてせきこんだ声がする。

「そっちにいないかい。」

「いや、見当らない。」

「確かにそっちへ行ったんだがなあ。じゃ何処かの物蔭へ隠れやがったな。」

そして又慌しく走ってゆく足音……

「まあ、あの通りなんですよ、」と嫂が自分に言った。「何でもここいらが焼け残ったもので、それを焼き払う目的で朝鮮人が入りこんでいると言って騒いでいるんです。」

「でもおばさん、ほんとにけさから朝鮮人をもう四、五人捕まえたんだよ、」と甥が口を挟んだ。

「あたし、捕まって行くところを見たわ、」と姪も言った。

「それに朝鮮人が井戸へ毒を投げこんでゆくというのでまた騒いでいますのよ、」と嫂も真実それを恐れているらしい調子で言った。

「まさか、」と自分は言った。「誰かがそんな事をされては困るとでも言ったのがそんな風に訛伝《かでん》されたんでしょう。」

「そうでしょうか。兎に角この辺では井戸にみんな張番がついていますの。ほんとにそんな事をされては困ってしまいますからね。」

こんな話をしている所へ、玄関の格子戸《こうしど》が不意にがらりと開いて、在郷軍人の服装をした男がこうどなった。

「ちょっと御注意申しあげます。朝鮮人が避難者の風をして、避難者に化けて我々の中に交っている事が発見されました。ゆうべもそういう奴を五、六人捕まえましたが、又どんなに巧妙に化けてここいらへ立廻らないものでもありませんから気をつけて下さい。」

そして彼は更に同じ事を一軒一軒触れて歩くために、急がしげに立去った。

「まあ、なかなか油断がならないわね、」と嫂は眉を顰《ひそ》めて言った。

「冗談じゃない、」と自分は忌々しくなって立ち切るように言った。

「朝鮮人だって我々と同じように地震にも会えば、火事にも会ってるんだ。避難だってせずにいられるもんか。それを避難者の風をしているとか、避難者に化けてるとか言ってしまうなんて、乱暴にも程がある。全く正気の沙汰じゃ無い。」

「それはそうですね、」と言って嫂は笑った。

「ほんとだよ、」と兄も同意した。

「実は、」自分は話した。「僕はきのうここへくるつもりで出かけたんだけれど、新宿まできたところで午後また激震があるから注意しろという予告を見たので、皆に知らせるために引返したんです。ところがそれに引続いてこの朝鮮人騒ぎだったもので、とうとうきょうまで来られなかったのですが、もしきのう僕がここへ来たとすると、帰りはどうしても夜になるし、丁度あの騒ぎの最中にぶっつかる訳です。そして僕は牛込あたりでやられたかも知れませんね。きょうでさえ、あのように疑われた位ですから。」

「それは確かにそうですよ、」と客は笑いながらもまじめに言った。

「何しろあなたは普通の日本人と様子が違いますからね。つまりあなたが新宿で激震の予告を見て、皆に知らせようという親切から引返された事が、あなたの幸運でもあれば、救いでもあったのですね。」

「それにしても、きょうだって明るいうちに帰らないと、又どんな目に会わないものでもないから早く帰る事にしましょう、」と自分は時計を見て言った。まだ一時だった。

　幸い客は淀橋《よどばし》まで帰ってゆく人だったので、一緒に行って貰う事にした。彼は火事場なぞで通用する市吏員《りいん》の証明書を携えていたので、彼と一緒ならば朝鮮人と見られる心配はまずなかった。これに安心して、自分は三時頃まで兄の家にいる事にした。

「随分お腹がおすきになったでしょう、」と嫂は自分に笑いながら言って、「実は御飯を差しあげるといいんですけれど、お米がもう一日分ほどしかありませんのよ。どこへ行ってももうお米が買えませんの、困ってしまいましたわ。」

「それは困りましたね。何なら、僕は玄米を一斗だけ買いましたから、半分お分けしましょうか、」と自分は言った。

「政府では軍艦で大阪からどしどしお米を運んでいるというし、米穀の非常徴発令もおりた事だから、一両日中に市で何とかするだろうとは思うがね、」と兄は強いて皆を慰めるように言って、「お米もだが、水道が出なくなったのも閉口だよ。近所の井戸からようやくバケツに一、二杯わけて貰ってるだけで、洗濯も何もできやしない。実は君達にお茶を出すさえ惜しいんだよ、ははは。」

「せめてお菓子でもあるといいんですけれど、それがまた何処へ行っても売切れていましてね。」

「そうだった。僕忘れていた。」

そして自分はポケットから用意してきた菓子を取出した。しかし途中であちこち可哀そうな人たちに分け与えてきたので、板チョコレートが二つ残っているだけだった。これさえ辛うじて隠してきたのだった。自分は姪がかわいそうになって、彼女をつれて菓子を買いに出かけた。どこにも売り切れて無かった。やっと小さい哀れな店で、ドロップを半斤だけ買う事ができた。然し家に帰っても、彼女はさも惜しそうにして一粒さえ食べなかった。いつも高価な西洋菓子を惜し気もなく食べつけているくせに。

自分たちの間にはおのずと一日以来の出来事や見聞なぞが熱心に話し交わされた。被服廠や吉原の惨事なぞも始めて聞かされた。横浜、鎌倉方面の被害が東京にも増して激しいことも初めて分った。山本内閣の成立、名士達の惨死、一般の死傷者が二十万を下らないだろうというような事も話された。事実はまったく自分達の想像を絶していた。

「田舎では皆さんがどんなにか心配していて下さる事でしょうね、」と嫂が口を挟んだ。

「それは心配してるだろう、」と兄は言った。「いくら何だってもう分ってるだろうからね。」

「そう言えばきのう飛行機が飛んできましたね。あれはきっと大阪か各務ケ原《かがみがはら》からやってきたんですよ。何となく心づよい、嬉しい気がしましたね、」と客は笑いながら言った。

「何とかして僕たちが皆無事でいる事だけでも国へ知らせる法は無いもんですかね、」と自分は言ってみたが、あらゆる通信交通の断絶している今、如何《いかん》とも方法が無かった。

じき三時になった。自分は客と一緒に兄の家を辞した。

「君、すまないが帰りに伝通院前へ廻って貰う訳に行かないかね、」と兄は玄関へ見送りながら客に言った。「実はあそこに○○という大きな白米商があるんだ。僕が市にいて公設市場を造った時、あそこを指定商人にして大いに儲けさせてやった事があるんだから、こんな時米の一斗や二斗は何とかしてくれるだろうと思うんだ。君、そこへよってひとつ話してみて呉れませんか。」

「承知しました、」と客は快く答えた。「ええ、一斗や二斗どうにでもしてくれましょうとも。そんなに御恩になってるんなら、こんな際に御恩返しをするのは当り前ですからね。」

「僕もまあ、それ位の事をしてくれてもいい筈だとは思っているんだがね、」と兄は笑った。

兄の家を出た時、空はいつか一面鼠色に掻曇《かきくも》ってぽつりぽつり落ちてきそうになっていた。


自分達は新坂を下って、餌差町《えさしちょう》の方へ出る道を取った、途中、自分は電信柱に、殆んど一本々々こういうビラを貼りつけてあるのを見た。

「この町内に朝鮮人三百人ばかり潜伏中なれば、各自警戒せらるべし。」

「ちぇっ、馬鹿々々しい、」と自分は連れの男に言った。「この狭い町内に、しかも白昼、三百人からの朝鮮人が潜伏し得るものかどうか常識で考えてみたら分りそうなものだなあ。」

「まったくですね、」と連れは笑った。「実際どうかしていますよ。然し見ようにもよる事ですが、つまりこの恐ろしい天変地異に対して持って行きどころない市民の憤懣《ふんまん》と怨恨が、期せずして朝鮮人の上にはけ口を見出した訳なんでしょうね。もしこの騒ぎがなかったら、ゆうべあたり掠奪や殺人や強姦なぞどれ程あったかも分りませんよ。それを思って、まあ寛大に考えてやるんですね。」

「そういう点も勿論あるでしょう。然しそれは少しも許される理由にはならないし、朝鮮人の身になったら堪ったものじゃ無い。」

　電車道路や広い街はそうでも無かったが、ちょっと狭い裏路へかかると、例の厳重な縄ばりの関所が到る処にあった。そして自分達は伝通院の前へ出る都合上、そのような裏路ばかり通らなければならなかったので、殆んど一丁目毎に関所にひっかかった。その度につれの男はポケットから市吏員の証明書を出して見せた。そして自分達は無雑作に通ることを許された。

　どんよりと垂れ下がっていた空は、いつかぽつりぽつりと雨を落してよこした。そして伝通院近くへ来た頃には、すっかり本降りになってしまった。幸いつれが洋傘をもっていたので、自分はさしかけて貰って歩いた。

　伝通院前の電車どおりへ出た時自分はまた避難者の長い列に会った。

兄から頼まれた米屋はじきそこにあった。店はしまって「米品切れ、」のビラが貼られていた。連れが中へ入って交渉している間、自分は表に立って、無限の隊列をなして続々とやってくる避難者の群れを眺めていた。

　彼等は春日町の方面からやってくるものと、そこの大きい坂を下から登ってくるものとあったがこの流れはいずれも伝通院前で落合って、大塚ゆきの線路に沿うてぞろぞろ歩いていた。実にそこには落ちぶれたもののあらゆる形態があった。車で荷を運んでいるものなぞ殆んど無かった。多少の小荷物を背負うか、手に持っているだけで、自らのからだの外《ほか》何にも持たないものが多かった。否、彼等には家族とつれ立っているものさえあまり無いように見えた。そして、そこに、若い女が襦袢《じゅばん》と腰巻だけで恥ずかしげもなく一人でゆく。明らかに良い家の奥さんらしい上品な美しい人が、赤ん坊を派手な扱帯《しごき》で背にくくりつけて、高貴な着物の裾の泥に塗れるのも気づかずに歩いてゆく。夫らしいものは側についていていない。病人らしい老婆を背負ってゆく老人がある。小さい兄弟が手を取り合って泣きながら歩いてゆく。しかも彼等は殆んど穿物《はきもの》らしいものをはいていない。草履《ぞうり》か、はだしである。靴や下駄が交っていても到底碌《ろく》なものでは無い。

加うるに雨は容赦なく降る。そして彼等は皆傘がないので、濡れるがままである。それが彼等を一層みじめに見せた。とは言え、このように無限に続々とやってくる避難者たちはそれぞれ赴く所を持っているのだろうか。どうも見た所、ちゃんとした寄る辺のあるものは少ないらしい。彼等の大部分はただあの恐ろしい火刑場から逃げてきたのだ、そして唯焼け残って家のある方へと夢中でやってくるのだ。ここには屋並《やなみ》がある、それだけで彼等は恐ろしい沙漠《さばく》から森蔭へ逃れてきたようにもほっとしているのだ……

連れはまもなく米屋から出てきた。

「どうでした？」と自分は心配してきいた。

「あれですって。非常徴発令でありったけの米を政府へ徴発されてしまったので、折角だけれどもどうも致し方がありませんと言うんですよ。」

「困りましたね。」

「なあに、幾ら徴発されたって、米屋ですもの、五升や一斗の米がどうかならないという筈が無いのです。それで、市場では○○さんのお蔭で随分儲けさせて頂いてるんだから、こんな時に多少御恩返しをしたらいいだろうとまで説いてきかせたんですけど、どうも仕方がないとばかり言い張ってるんです。商人なんてほんとに利己的な、薄情なもんですなあ。だから商人なんて厭になっちまいますよ。」

「それはそれとしても、兄の家ではどうするでしょう。」

「いや、それは御心配には及ばないでしょう。区の罹災民だってどうかしなければならないし、一両日の中には役所へも政府からきっとどっさり米がくるでしょうから、」と連れはいかにも確信あるらしい調子で言った。

自分たちはそれから江戸川べりに出て、あちこちと裏どおりを辿って神楽坂に出た。途中やはり幾つとなき縄張りがあったが、やや緊張が弛《ゆる》んだ上に、雨になったせいであろう、物ずきに張番をしているものもあまり無かった。そして縄がたるんで路上の泥に塗れているのを自分達は無雑作に踏みつけてとおった。

電車路へ出ると、さっきも見て行ったように、両側の家々から線路の上に大事な家財を持ち出して、それに板や布で仮屋根を作ってその蔭に家族が蹲まっていたが、今や雨は容赦なくふり注ぐので、仮屋根からは盛んに雨が漏っていた、そして人々は仕方なしに両側の軒下に雨をよけていた。

「ここいらの人々は外へ避難していてもそれぞれ家があるんだからいいが、丸焼けになって行き場のない人達にはこの雨がどんなに冷たく無慈悲に落ちかかる事でしょう。そしてそういう人達が今東京だけでも何十万人いる事でしょうね、」と自分は雨に悩んでいるそこらの人々を見て歩きながら言った。

「実際気の毒なもんですね、」と連れも嘆息した。

「僕はまだ下町方面の焼跡は少しも見ていません。しかしあのひろびろとした一面の焼跡にこの雨がしょぼしょぼ降りそそぐ有様を想像すると、堪らない気がします。着のみ着のままで焼跡をうろつく人々、はなればなれになった家族を尋ね求める人々、沢山の焼死体の中に親や子供たちを探し出そうとする人々！」

「それにこの変災で、東京だけで何万人の失業者が出来たか分りませんよ。どれほどの工場と会社が消滅したか知れませんからね。」

「恐らく想像以上でしょうよ。きのうまで巨万の富を持っていてきょうは無一文になっているものもあれば、立派な位置から直ちに一個の零落者になり下ったものも少なくないでしょう。」

「そう言えば、この変災であなた方のお仕事はどんなものでしょうね、」と連れは聞いた。

「勿論大打撃ですよ、」と自分は答えた。「殊に美術と音楽をやってる連中は、当分東京では食べられないかも知れませんね。」

「そうでしょう、人達は何よりも先ず食う事をしなければなりませんからね。」

「それに僕のやってる文学だってどうなる事ですかね。この打撃で出版屋と雑誌社が立てないとしたら、文士も食って行かれなくなる訳です。実際、僕なんかこれからどうしたらよいのか、どうなって行くのか、考えると絶望的な気持になって行きます。ほんとにどうなる事ですかね。」

実際に、考えてみれば、明日のパンのことも単に他人の問題では無かった。

路は遠かった。自分達は新宿ゆきの電車線路に沿うて若松町に出で、ぬけ弁天の方へ歩いて行った。雨は相変らずしとしとと降りつづけた。連れの男は絶えず傘をさしかけて歩いてくれたので、時々自分が交代しようとしても、やはり頑として持ちつづけた。

「これで、東京もいつになったら元どおりになる事ですかね。」

こんな風に、連れの話は絶えなかった。

「さあ、何にしても大変ですね。五年、十年、少なくもそれ位はかかるでしょうね、」

と自分はわびしい気持で答えた。

「しかし、あれですよ、人間の力って存外強いものですから、意想外に早く復興するかも知れませんね。」

「それはそうです。生きる力、存在を拡大する力って実に想像以上のものですからね。それにしても少なくとも五年ぐらいはがらくたのような東京を見ていなければならないでしょうよ。」

途中、戸口に水を湛えた桶を出して、通行人に自由に飲めるように仕掛けてある家々があった。自分達はその前を通りかかる度に、必ず一、二杯ずつ咽喉をうるおしてさらに元気を出して歩きつづけた。

新宿の近くまできたところで、自分は淀橋の方へ行く連れと別れた。幸い雨はあがりかけていたし、郊外は市内ほどやかましい関所がなかったので、ここまでくればひとりでももう大丈夫だった。新町では瓦斯《ガス》タンクのまわりに一小隊ばかりの武装した兵士が厳めしく固めているのを見た。これは昨夜来朝鮮人が爆破しようと企てていると専ら噂されたものだった。

十三間道路へ来かかると、あの幅広い街の真ん中に棒をもって職人風の男がひとり立っていて、ゆききの人々を検査していた。原の方から一人の労働者が来かかった。彼はその労働者を呼び止めた。それは紛《まぎ》れもない朝鮮人だった。自分ははっとした。然し労働者はすぐに許されて、丁寧にお辞儀をして新町の方へ行った。

「有難う、」自分はこの寛大な心よい態度に対して朝鮮人のためにそう言いたいような心持を感じながら、棒を持った男に近づいて、君は今どうしてそのような寛大な処置を取ることが出来たのかと聞いてみた。

「行先さえはっきりしていればどんどん通してやります。朝鮮人だって同じ人間ですからね、」と素っ気なく答えて、彼は前後を振返りつつ通行人を注意しつづけた。

朝鮮人だって同じ人間である、この単純にして明快な真実を、三日目の夕方になって、自分は初めてこの若い男の口から聞いたのであった。かくも単純な真理さえ、正気を失った人々の頭にはあれほどの犠牲を払った後でなければ容易に悟り得ないのか。しかもこれを聞いた時、自分は何がなしに胸のすっとした事を覚えている、湧き返る擾乱の上にどこからか美しい細い一条の光線がさしこんで来たかのように。

然し、見よ、さっきここを無事に通過した朝鮮人労働者のうしろを、いつのまにか太い棒をもってうさん臭さそうにつけてゆく四十位の労働者がある。自分はいきなり追いかけて行って、朝鮮人の後をつけてゆく男にこう声をかけた。

「もしもし、その朝鮮人は大丈夫なんです、今そこでも許したばかしですから。」

その男は立止まって、眼をぎらぎらさせながら自分を見たかと思うと、いきなり食ってかかるようにこう言った。

っているように。

自分はさっさとその場を立去った。振返ると、労働者は往来に突っ立って双方へ隔たりゆく朝鮮人と自分とを交互に見較べていた。さて、どちらをつけて行ったものかと迷っているように。

「うむ、我々日本人が朝鮮人と同じ人間にされて堪るもんか。」

「同じ人間だって？」と労働者はひどく侮辱されたように一層眼をぎらぎらさせて、

自分は微笑して答えた。「兎に角あなた方と同じ人間ですよ。」

「そういう貴様も朝鮮人だろう。」

家へ帰りつく前に雨はすっかりあがった。妻は夕食の支度をしながら、非常に心配して帰りを待っていた。妻ばかりでなく、近所の人々は同じように心配していてくれた。それで自分は靴を脱ぐこともしないで、人々から聞かれるままに東京の模様をできるだけ委《くわ》しく話さねばならなかった。子供達まで何か珍らしい事を聞き出そうとするように自分のまわりへ寄ってきた。

I中将が白い浴衣がけで、例によって巻煙草を燻《くゆ》らしながら出てきた。彼は自分を見ると、愛想よく手招きした、そして人気のない草原の方へつれ出して、さてこう言った。

「あの凄い話をあまり子供たちに聞かせたくないと思ってね。それで、東京の方はどんな模様でしたか。」

それは丁度敵地から戻ってきた斥候《せっこう》に将校が視察の結果を尋ねるような具合だった。自分は見てきた事を委しく繰返した。正直な所、変災の有様もそうであったが、自分には朝鮮人の事件の方がより深い印象を与えた位だったから、話はおのずとその事が多かった。

「うむ、」と中将は小頸《こくび》をかしげつつ、「して見ると、ゆうべの騒ぎもまんざら根拠のない事では無かったと見えるね。だって、いくら日本人はのぼせ性だからって、理由もないのにそんな思い切った事をしないだろうからね。」

「さあ、僕はまだそれ程一般の日本人を信用していいかどうか知りませんがね……」

「いや、僕はさっき横浜からきたという人にきいたんだが、横浜では監獄から解放された朝鮮人が随分ひどい暴虐を働いたそうだね。一体この騒ぎはあちらが元なんだそうだ。警察でも朝鮮人の暴虐があまりひどいので、見つけ次第殺してもいいという布令を出したというぜ。」

「そうですかね、」と自分は考えさせられつつ、「いずれにしても僕の考えでは、朝鮮人についてはゆうべよりも却って今夜の方がまじめに警戒を要しやしないかと思いますがね。」

「そうした訳は?」と中将はきいた。

「僕がきょう見てきた所では、朝鮮人に対する一般の敵意と憎悪は極端に沸騰しています。何しろさっき話したような訳ですからね。だから朝鮮人たちも日本人に対して恐れと同時に、同様なもしくはそれ以上の敵意と憎悪を感じているに違いありません。それへ持ってきて、僕たちでさえこのように糧食に不自由と不安を感じている際ですから、朝鮮人たちは米はおろか、ちょっとした食べ物さえ手に入らないにきまっています。そこで彼等に残るものは絶望と棄鉢《すてばち》です。ゆうべの暴動の真偽は別問題としても、こういう訳で、今夜こそ彼等が暴動を起す可能性は充分にあると思います。そうじゃ無いでしょうか。」

「なる程、そう考えられない事もないね。何でもさっき聞いたら、この奥の方だけでも五、六千人朝鮮人の労働者が入りこんでいるというからね。何にしても、今夜からお互いに警戒しなくちゃなるまいよ、」と彼は答えた。

中将と別れて、自分は家に入った。そして家族と一緒に夕べの食卓に向った。

「きのうの今頃は朝鮮人の暴動騒ぎでほんとに生きた心地はありませんでしたね。」

妻が箸を取りあげながらそう言ったか言わないうちに、不意に警鐘がけたたましく鳴り出した。それは前日の騒ぎの始まりと同じだった。自分達は思わず顔を見合わせた。

「どうしましょう。この近所でまた朝鮮人が暴動を起したに違いありませんわ、」と妻は青くなって言った。

警鐘はものものしく暫くの間鳴りつづいた。

「またきのうのように戸じまりをして隠れなくてもいいでしょうか、」と妻は自分の顔色をうかがいながら重ねて聞いた。

自分は箸を置いて、門の所へ出てみた。I君を始め、近所の人たちも不穏な、脅やかされた顔をして飛び出してきた。

「どうしたんでしょう。また朝鮮人が暴動を起したんでしょうか、」と人は口々に聞いた。

「朝鮮人もだが、どこかで火を失したんじゃ無いでしょうかね、」と自分はあちこち見まわしながら言った。

「いいえ、朝鮮人が騒動を起した時には、警鐘を打つから皆警戒してくれと言って、きょう在郷軍人からふれてきましたよ、」と誰かが言った。

「そうですか。じゃそうなんですね。」

しかし何処で何が起っているのか、自分達はまるで知る事が出来なかった。きのうと違って自転車を飛ばして事態をどなってくる者もなかった。そして自分達は不安を抱いたままそれぞれ家に戻った。

地震については、依然として大地の震動が殆んど間断なしに感じられたけれど、最早一日のような恐ろしい激震は無いだろうと思われた。それで夜になっても、人々は度胸を据えて家の中で寝る事にした。それにも拘わらず、宵の内は落つかないのと、心配なのとで、期せずして人々は外に出てきた。一つには追放された囚人や、朝鮮人の問題があったので、おのずと近所が協力してそれぞれの土地を警戒する必要を感じてのことで、即ち後で大変問題になった自警団の起りがこれだった。

提灯をぶらさげて、ものものしい様子で絶えずそこらを警邏《けいら》している在郷軍人によって、さっきの警鐘の意味も程なく伝えられてきた。

「富ケ谷の方で朝鮮人が十二、三人暴れたんです、」と彼は自慢話でもするように、「何でも初めパン屋の店先へ行ってパンを盗もうとしたところを見つけられて、それから格闘が起ったんです。十人ほどはすぐみんなして、ふん縛ったんですが、二、三人は猛烈に抵抗して暴れるので、とうとうぶっ斬ってしまったのです。この奥の渡辺栄太郎という騎兵軍曹は、――私もよく知ってる人ですが、――馬上から一人の朝鮮人を肩から腰の所へかけて見事袈裟《けさ》斬りにやっつけたと言いますよ。随分腕のきく人ですね。」

この話は直ちに一般の人々に伝えられ、そして深い衝撃を与えた。ここに説明して置く必要があるが、少なくとも自分と話し合った限りの人々は、前夜来の朝鮮人の騒動を少しも疑っていなかった。それどころか、前夜東京での朝鮮人の騒ぎが想像以上に凄惨なものだったことを知って、ゆうべよりも皆が緊張していたくらいだった。郊外とても暴動一件で脅やかされた事は市内と少しも変らなかったが、以上の理由でその殺気立った警戒ぶりは前夜よりも真剣であり、酷烈であった。

この時、武器や兇器をもつことは警察から堅く禁ぜられていたのであるが、誰もそんな布令に耳を貸さなかった。見るがよい、どこかの職人らしい若い男は刺子《さしこ》の火事装束をきて、大刀を抜身《ぬきみ》にして無暗に振まわしながらこうどなっていた。

「主義者でも朝鮮人でも出てくるがよい、片っぱしから斬って捨ててやるから。」

「本当だよ。もし大杉栄なんかがいたら、頭を叩き割ってくれるがなあ。」

そう答える男は、金太郎のようにまさかりを肩に担いでいた。

この外《ほか》投槍を手にしているもの、野球用のバットや棍棒をもっているもの、ピストルを握っているもの、いわゆる百鬼夜行とはこの事かと思われた。まったく抜身の刀や刃物が夜闇の中でぎらりぎらりと閃《ひらめ》くさまは、あまり気持の良いものでは無かった。まして血に飢えかわくもののように、敵のあらわれるのをもどかしがって大言壮語しているのを聞くことは。

明治神宮の森の上の空は暗かった。あのようにふた晩もつづけて空を焼け爛《ただ》らしていた大火はようやく消えたのだ。しかしあの暗い空の下に、大東京の大部分が灰になって音もなく横たわっていることを思うと、大火の夜にも増して実に寂しい、寂しい感じがした。

「おい、」一人の男が言った。

「東京の火が消えてしまったら、何だか寂しくって気がめいっちまうじゃねえか。」

「どこか酒屋へ飛びこんで、こもからぐびぐびやりてえな、」と誰かが言った。

自分は例によって麻の夏服を着、竹のステッキを一本もっただけで暫くこうした連中と一緒になっていた。彼等の目的が自己防衛と夜警の外《ほか》にあることは自分に言い難い不安の念を起させたが、それよりも一番に自分を驚かし、衝撃したのは、彼等が一様に朝鮮人さえ見れば片っぱしから斬って棄てても構わない、それは公然許されているんだ、と信じきっている事だった。

初め自分は、そんな事は彼等の迷妄で、いくら何でも警察がそんな事を許す筈がないと信じていた。それで自分がそれを言ってみたところが、彼等は確かに公然許されているのだと言い張ってきかなかった。もしそうだとすれば堪らないと自分は思った。それで自分はその真偽をただすためにひとりで近くの交番へ出かけて行った。

若い巡査は箱の中で、椅子に寄りかかって正体なく居眠りをしていた。この騒ぎの中に連夜の奔命《ほんめい》で疲れきっているのだろう。呼び起すのにちょっと手間がとれた。

「何だね、」と彼はようやく薄目をあけて自分の方を見ながら面倒臭そうに聞いた。

「ちょっとお尋ねします、」と自分は言った、「警察の方では朝鮮人は見つけ次第斬っても構わないというような事を一般にふれてあるんでしょうか。」

「そんな事は無い。」と彼は再び眠り入ろうとするように身構えながら、「警察では今、一般に兇器を持つ事さえ禁じてあるんだ。そんな人を斬ってもいいと言う筈がないよ。」

「それで安心しました……」

「例えばだね、」と彼は面倒くさいながら、猶《なお》言わねば気がすまないというように、「こないだ社会主義者の高尾平兵衛《たかおへいべえ》が殺されたろう。しかし殺した国粋会の奴は捕まった。例え主義者だって勝手に殺していいという法は無いんだからね……」

「ところが、」と自分は遮ぎった、「一般の人達は朝鮮人は片っぱしから斬っても構わない、警察でも許してるんだから、と信じこんでいます。この儘《まま》だとどんな大事を引起さないとも言われません。何とかしてそんな事は無根であると皆に注意して頂く方法は無いもんでしょうか……」

「そんな事を言ったって今僕はここを動く訳に行かない。」

そう言ったかと思うと、彼は再び椅子によりかかって、こくりこくりやり始めた。自分は、正体もなく疲れているらしい彼の様子に同情を禁じ得なかった。

何にしても、警察では殺人を公認してはいないという事、この当然すぎることを確かめ得て、自分は非常に力づよく感じた。自分は大急ぎで引返してきた。そして会うほどの人々にこの事を伝えた。

「そんな事があるもんか、」と武装せる一人が腹立たしげに自分の言葉をうち消した。「こんな田舎の巡査は何にも知らねえんだ。横浜だって東京だって、聞いて御覧、みんなそう言ってるから。」

「彼等だって人間だ、我々と同じように、」と自分は小さい声で言った。

「ふむ、」と知らない彼は、闇の中で自分を透かして見るようにして言った。「何と言おうと君の勝手だが、気をつけないと君自身が疑われるよ。まあ下町へ行って今ここで言った事をしゃべって見給え、五分以内に君の魂は天国か地獄へ行っているから。」

この言葉は出《で》鱈目《たらめ》ではなかった。実際に下町では朝鮮人を弁護したために殺された日本人が幾人かあったのだ。幸い自分は十年も代々木に住んでいて、大概の人々に顔を見知られていたのでそうした危険は殆んど無かった。それだけに自分は例え一般の反感を冒しても猶《なお》信ずる所を言わねばならなかったし、事実及ぶ限りはやったつもりでいる。後になって証明されたとおり、自分達の初台ではついに血を見ずに終った。その主なる理由の一つは、ここいらは概して教養ある人々、所謂《いわゆる》知識階級が多かった事である。正直な所、自分は社会主義者と同じように、この震災にあたって、所謂民衆なるものに失望した。民衆とは愚衆であるとの感を強くした。そしてまだしも知識階級を頼もしく思った。少なくも彼等は残虐から顔を背ける事ができた。

十一時頃になって、この先の新町で朝鮮人が数名逮捕されたという報知が伝わった。

彼等は自動車でやってきた。夜警の人々が一応検査するために自動車に止まれと命じたが、彼等は黙って駆け抜けようとした。それで機敏な奴がいきなり丸太を持って行って道路に横たえて、辛うじて自動車を止めた。彼等はまさしく朝鮮人の群れだった。そして自動車を検査すると、中から爆弾や、ピストルや、弾薬などが出てきたというのだ……

「それは君、本当かい？」と未だにそこらをうろうろしていた火事装束の男が聞いた。

「本当だとも、」と話し手は答えた。「おい、みんな援兵に出かけようじゃ無いか。」

「行こう、行こう、己はさっきから腕が鳴ってるんだ。」

「爆弾を放りつけられないように気をつけないといけないぜ。」

「なあに、爆弾の二つや三つ恐ろしいもんかい。」

そう言って、火事装束の男を先頭にしてまさかりや、棍棒やバットや、投槍なぞがぞろぞろと出かけた。中には、明らかに躊躇しているものも二、三あったが、勢いにまぎれたように後からついて行った。

真夜中になると、やはり眠られないままに自分達に交っていた中将は、そこらをひと廻りして来ようと言い出した。そして自分達は四、五人で出かけた。

電灯が無いので、夜は殊《こと》の外《ほか》に暗かった。そして到る処不意に暗闇から、

「初……」と合言葉で誰何《すいか》せられた。

「台！　御苦労さま。」

「御苦労さま。」

布令が出た訳でもなく、指導者があった訳でも無いのに、曲り角や、わかれ道や、坂の中途なぞ、刀や武器をもった人々によって厳めしく堅められていた。不穏な空気と警察力の欠乏とが、おのずと人々をこのような自警に駆ったのであった。

「あ、I閣下じゃありませんか、」と或る所で立派な口髭をもった五十男が驚いたようにきいた。

「やあ、Mさんか、御苦労さま、」と中将は嬉しそうに、しかし上官らしい威厳を失わないで言った。

「いえ、閣下こそ御苦労さまです、」と向うは恐縮したように言った。

「今のは君、Mという大佐さ、」とその場を去ってから中将は満足そうに言った。「いい男に会った。これで僕のようなものまで警戒のために眠りもしないで働いている事が認められた。ほんとにやって来てよかったよ。」

巡視の結果、どこでも真剣に徹宵夜警をやっているのを知って、自分たちもまた真面目にやるように近所の人々と相談した。

夜明け近くの三時頃でもあったろうか、自分達が路傍に塊まって話し合っている所へ、一人の在郷軍人が通りかかった。
「御苦労さま、朝鮮人は出ませんですか、」と聞いた。
「いいえ、」と自分は皆に代って答えた。「この近所へほんとに出るんですか。」
「ええ、出ますとも、」と彼はばかに景気のよい調子で言った。
「本当ですか、」と自分はびっくりして聞いた。

在郷軍人は、並々ならぬ自分達の注意と好奇心を喚起したのを見てとって、ついそこの坂をさっき七人の朝鮮人が抜刀をふりまわして通ったと言う事から、朝鮮人について色々と興味深いことを滔々としゃべり立てた。彼はなかなか雄弁家だった。

自分は初めから、この話を半信半疑で聞いていた。第一、その上手な話しぶりが、話ずきらしい調子が気に入らなかった。それに七人という数も空想的なら、皆が刀を持っているというのも不自然だった。要するに総てが作り話らしく思われた。それで彼が思う存分しゃべりまくって立ち去った後、自分はその坂まで出かけた。坂の下に出店があって、そこの若いものが太い棒をもち、腰掛をもち出して坂の通行人を見張っていた。彼は宵からずっとここで見張っているのだと言った。

自分は抜刀して通ったと言う朝鮮人の事をきいてみると、想像したとおり、そんなものはまるで通らなかったと答えた。

果たして在郷軍人の言葉は出鱈目だった。実際、夜警の退屈まぎれに、そして人々の過敏にされた心を脅やかす興味につられて心なきものがいかにこの種の有害な風説を振まいて歩いた事だろう。そして人々はいかに単純にそれを信じた事だろう。自分は最早このような風説を悉《ことごと》く信じなかったし、人々をして少なくもそれに対して疑いを抱かせるように、できるだけの事は努めてみた。

その後

四日目の夕方、自分はまた蔡君の宿へ行ってみた。案のじょう、彼は一日の朝東京へ行った儘《まま》、未だに戻って来ないのであった。

「どうしたんでしょうね。今になっても戻って来ないなんて、」と自分はまるで愚痴でもいうように言ってみた。

「何しろあの騒ぎでしたから、もしかすると殺されたのかも知れませんよ、」と宿の主婦はそうきめこんでいるような調子で言った。

この言葉は錐《きり》のように胸にこたえた。とは言え、自分はそれを聞くよりも先に、やはり同じ事を考えていたのであった。自分は暗い重苦しい気持を抱いてそこを去った。それでも念のために、もし蔡君が帰ってきたらすぐ知らせてくれるように依頼して置いて。

それから自分は鄭君の方へまわった。彼は幾軒となく家の潰れた場所に近く、ひび割れた街道の上に立って、四、五人の近所の人々と非常に昂奮した調子で何やら声高にしゃべっていた。彼はいつものように汚れた浴衣をきて、太い桜のステッキを握っていた。

「李君はまだ戻ってきませんか、」と自分はまずそれから聞いた。

「まだ戻って来ないです、」と彼は激昂せるもののように、太い眉をつりあげて、鼻がかりの声で言った。

「どうしたんでしょうね、」と自分は思わず目を伏せて小さい声で言った。

「勿論殺されたんだと思います、」と鄭君ははっきり言った。「今も近所の人たちと話していたんですが、そうに違いないです。でなければ未だ戻って来ないという法がありませんからね。それから横浜へ行った友達も戻ってきません。これも帰ってくる途中で殺されたんだと思っています。」

自分は暫く言葉がなかった。

「それから地震の日に東京へ行っていたというもう一人のお友達は？」

しかし鄭君が答えないうちに、自分はその男が縮《ちぢみ》のシャツに白ずぼんだけで、人々に交ってそこに立っているのを見つけた。

彼が恐縮したように頭をさげながら語る所はこうであった。彼は一日の日神田の友達の所で地震に遭い、それから火に追われて上野の森へ脱《のが》れてとうとうそこで夜をあかし、さらに二日目の晩まで森にいたところ、例の騒ぎが勃発した。森の中で朝鮮人狩りが始まって、あの大火の血のような火あかりの中に、幾人かの朝鮮人が彼の目の前で×××××のを見た。彼はすぐに逃げようとしたが、海のような人ごみで思うように脱れる事もできず、人々の気《け》どらないのを幸いに、顫《ふる》えながら夜のあけるのを待っていた。そして三日の朝ようやく森を脱け出して、本郷、小石川、牛込と通って、命からがら代々木へ逃げ戻った。

「まあ、よく無事で戻って来られましたね、」と自分はこの幸運な男をつくづく見ながら、「それで途中一度も検べられないで?」

「はあ、」と彼はにやにやしながら、「牛込で一度学生に道をきかれた時、しまった!と思いましたが、学生はちょっと不思議そうに私の顔を見ただけで行ってしまったのでほっとしました。でも、ここまで何処をどう歩いてきたか覚えがない位《くらい》です。」

そういう彼は小柄で、どうしても日本人としか見えない顔付をしていた。

「それにしても、李さんや横浜へ行った方はどうなすったんでしょうね。私、ゆうべもその事ばかり心配になって眠られませんでしたのよ。」

そこに立っていた四十ばかりの色の浅黒い、小柄な奥さんが心から心配しているらしく眉をひそめてそう言った。どこか見おぼえのある婦人だと思ったが、考えてみると、あの恐ろしい日に破壊の中から母親と赤ん坊を救い出した鄭君と李君に向って、熱い感謝と祝福の言葉を述べていたあの奥さんだった。その時彼女がこう言ったのを自分は今でも覚えている、「こういう善い事をしてお置きになれば、その酬いであなた方の助けられる時だってありますわ、危ない時に。」

「勿論あれ等は殺されたんです、」と鄭君は原の方を見ながらやはり先のようにきっぱりと言った、まるでそう言い切るのが喜びであるかのように、と思うと彼は急に気がついたように、

「御紹介します。これはSと言って、僕の隣の奥さんです。大変親切にして貰います。」

　自分と奥さんとは挨拶を交した。

「ほんとにね、」と彼女は一生懸命な調子で自分に話しかけた。「せめて李さんだけにでも無事で戻って頂かなくっては、私どうしても胸が静まりませんの。あんな無口な愛想のないような人でしたけれど、そりゃ勉強家で、やさしい善い方ですもの。それにここの家が潰れて産後まのないお母さんと赤ん坊が下敷きになったのを救い出したのも、この鄭さんと李さんだったのですものね。たしかあなたも御覧になったと思いますけれど。そういう私達の恩人がこの騒ぎの中でもしかの事があったとしたら、私たちは朝鮮の方達に顔が合わせられなくなりますわ。」

「まったくです、」と自分は答えた。

「ああ、李さんが本所の友達を心配して東京へ出かけようとした時、どうして僕はもっと命がけで止めなかったんだろう。」

　ついそんな愚痴も言って見ずにいられなかった。

「僕どうしても分らないです、」と鄭君は高い肩を聳《そび》やかしながら、憤りに充ちた太い声で言い出した。

「我々が一体何をしたというのです。沢山の中には二人三人悪い事をしたものだってあるかも知れませんよ。しかし朝鮮人だって、悪い人ばかりではありません。それに朝鮮人が何千人いたところで、この日本の中で何が出来るものですか。」

「私は日本の女ですけど、やっぱしこんな分らない事は無いと思いますわ、」と奥さんはやはり一生懸命に、「だって日本人だって朝鮮人だって同じ人間ですものね。それだのに、一昨晩の騒ぎの時なぞ、在郷軍人なぞ三十分おき位に私共へやってきましたね、ここいらに朝鮮人が住んでいるから気をつけろの、出してよこせのと脅かして行くんですよ。実は私危ないと思ったので、鄭さんと外《ほか》の友達方を私の家に隠してしまいましたの。そしてあなた方にしろ私達にしろ国は変っても同じ人間ですもの、どんなにしてでも隠まってあげます、もし殺されるなら一緒に死にましょう、と言って慰めていましたの。だって本当にお気の毒でしてね。」

そう言って彼女は眼に涙を湛えていた。

「奥さんの御恩は忘れません、」と鄭君は頭をさげたが、すぐ堪らなさそうに頭を振って、

「でも、僕苦しいです、胸が痛いです。李さんは立派な人でした。横浜へ行った友達も

愛情の深い人でした。誰でも愛してくれていい人ばかりです。」

　鄭君のつり上った眼には涙が光った。奥さんも顔をあげた儘《まま》ぼろぼろ涙を流していた。


　原の上と破壊の上に迫りくる夕ぐれの中で、縦横に裂けた街道に立って自分達がこのように話し合っていた時、小柄な、六十ぐらいの労働者が、酔っているらしく、よろよろしながら向うからやってきた。半シャツに腹掛、黒い股引《ももひき》、そして手には何やら細長い汚れた風呂敷づつみを摑んでいた。

「へえ、今晩は、」知らない労働者は自分達の側《そば》を通りながら、ひょいとお辞儀をして、危うげな足もとを踏み止めた。

　見ると、荒い短かいゴマ塩のひげが赤黒い萎《しな》びた頰を蔽《おお》うて、目の落窪《おちくぼ》んだ、人よげであるが、やかましい顔付をしたおやじだった。

「どうぞ、今の話を続けて下さいまし、」と彼は酒臭い息を吐きながら、馬鹿に丁寧な様子をして言った。「わっしもここで一つうかがわせて頂きます、へえ、わっちもここで。」

　自分達は思わず彼を見守って黙っていた。

「先生、あなたはきっと学者でいらっしゃいましょう、」と彼はよろよろしながら自分に向って言った。

「そんならわっしだって、是非お話をうかがいてえものです。わっしの事は先生御存じない、それはよく分っています。なあに、わっしはごくつまらねえ野郎でがす。大工でござんす。へえ、大工で、カーペンターでござんす。これこの通り、道具をちゃんと持っていますよ……」

「で、何を話せとおっしゃるんですか、」と自分は微笑しながら聞いた。

「何をって、先生、」と彼は何か急に憤りを感じたように落窪んだ目をぎらぎらさせて、

「だって、わっしにゃどうしても分らねえんでがす。考えて御覧《ごろう》じろ、東京は灰になっちまったんだ、何十万という人間が、焼け死んだんだ、わっしゃげんに今死骸の山を越えてやってきたんだ。こういう、どえらい災難の時、朝鮮人が、つけ火をしたり、爆弾を投げたりするてえなあ、何事だい。それを思うと、わっしゃ胸が裂けるようだ。」

と言うなり、彼は鄭君をそれと知ってか知らずにか、急に獰猛《どうもう》な顔付になって、風呂敷づつみを短刀のように構えたと思うと、——事実それは刃物だったろう、——いきなり刺そうとするような身振をした。自分達ははっとした。奥さんは思わず「危ない！」と叫んだほどだった。鄭君も思わずステッキをあげて何か言おうとしたが、咄嗟《とっさ》に自分は彼を押しとめた。

　そして酔っぱらいをなだめるために自分はこう言った。

「ごもっともです。でも、ここにはそんな気違いはいないから御安心なさい。」

すると、労働者はまた急に先の謙遜《けんそん》な態度に返って、自分の方へぺこぺこ頭をさげた。

「いや、これは失礼致しました。先生、どうぞ御免なすって下さいまし。」

そして彼は皆にお辞儀をして、よろよろと五、六歩行きかけたが、またふらふらと戻ってきてこうどなった。

「ねえ皆さん、わっしをただの酔っぱらいと思ったら間違いだ。そりゃわっしは確かに酔っている。だって、わっしは死骸の山を越えてきたんだ。血の川を渡ってきたんだ。ぐいぐいひっかけずにいられるもんじゃねえ。いや、これは失礼、へい皆様左様《さよう》なら。」

そして彼は行きかけたが、また戻ってきて言葉をつづけた。

「だが、忘れるこっちゃねえ。朝鮮人の人でなしめが。いつかきっと怨みを晴らしてやるぞ。ふむ、馬鹿野郎！」

そして彼はついに危ない足取であちこちへよろけながら、ひび割れた街道を遠ざかって行った。

鄭君は毒々しい目付をしてそれを見送っていた。

いよいよ白米が尽きた。そして五日目の朝から自分の家では玄米を食わなければならなかった。もとよりこんな際であるから、稗《ひえ》でも粟《あわ》でも食物がありさえすれば結構なので、玄米だからって文句を言うどころでは無かった。しかしいかにもまずかった、嚥《の》み下すのに骨が折れた。恰度《ちょうど》のりの缶詰があったので、自分はそれで味をつけて、ようやくの思いであの黒い砂の交っているような飯を鵜呑《うの》みにした。もとより口に出しては、ひと言だってまずいなどとは言わなかったけれど。

妻はしきりにおいしがって食べた。一つには言うまでもなく、気勢を添えるためだったのである。

長女も黙って静かに食べていた。

「どうだ、おいしいかい？」

そう聞くと、子供は自分の顔をみて微笑した。こんなものが子供の口に旨い筈《はず》がありえない。しかし彼女は一切を理解して、微笑して食べているのだ。菓子も殆《ほと》んど絶えたので、毎日ウエーハーを二、三枚とキャラメルを四つか五つ位しかやらなかったが、彼女はそれを大切にして一日かかって食べていた。そして決して無理なおねだりをしなかった。

昼頃N君がひょっこりやってきた。彼は二日に自分の所から親類の安否をたずねて東京へ行ったまま、けさ漸《ようや》く下宿へ戻ったとかで、宿の人々は彼が一日に家を飛び出したきり、四日あまりも帰らないので、てっきり何処かで死ぬか殺されるかしたものと合点して、彼のために蔭膳《かげぜん》を据えたり、線香を立てたりしていたとの事だった。

二日に、彼は新宿で自分と別れてから深川の方へ行ったが、もとよりその方面は丸焼けになっていた。それで彼はまた芝の親類へ行こうとして、途中あの朝鮮人騒ぎに出っくわした。彼は或る暗い町でとうとう朝鮮人と思いこまれた。生憎《あいにく》彼は親類へ見舞にもって行くつもりで、缶詰を五つばかり買って、縄にからげてさげていた。それが爆弾の嫌疑を受けた。彼は腹立ちまぎれに缶詰を一つ一つ地上に叩きつけた。彼を取囲んでいた連中は爆弾を投げられたものと早合点して一斉に逃げ出した。その隙に彼もようようその場を脱れる事ができた。

それから彼がようやく焼け残った芝の親類へ行くと、深川の親類のものが焼け出されて逃げてきていた。しかし、不幸な事に、何れも十歳以下の子供が二人、途中で行方不明になってしまった。その行方について色々協議した結果、子供達の名前と、年齢と、尋ねている事とを立札に書いて、三日の朝からN君がそれをもって下町の焼跡の方へ探しに行った。もとより余りあてのない尋ね方だった。しかし、彼は立札を押立てて二日の間果てのない惨澹《さんたん》たる焼跡を尋ね歩いた。紛失された子供達はとうとう見出されなかった。

「可哀そうに、多分焼け死んだのでしょう。」

そう言って、彼はあちこちと尋ねまわる間に焼跡で見た恐ろしい死骸の事なぞ話した。

こんな話をした後で、N君は不意にこれから国へ帰るのだと言い出した。彼の郷里は浜松であったが、幸い新宿から貨物列車同様の中央線が出るようになったので、それで信州、名古屋と大迂回をして帰るのだった。「大抵男は列車の屋根へ乗せられるそうですよ、」と言って彼は笑った。これを幸いにして、自分は国のものに無事を知らせる電報と、別に手紙を書いた。そして途中信州あたりから出してくれるようにN君に委託した。

その晩、自分達が夜警に出た時、代々木の原の彼方から探照灯がぱっぱっと空に照り映えているのを見た。大阪あたりからやってきた軍艦が品川湾に碇泊しているのだろう。何れにしても、重い封鎖に取囲まれている自分達には、有力な援兵が届いたようにも心強く、たのもしく感じられた。そして自分達は、空に動く青白い閃光を仰ぎ見ながら、関西から運ばれつつある糧食の事なぞ話し合った。

画家のK君がふらりとやってきたのは、六日の朝だった。彼は農科大学の近くに地所を借りて、百姓をしながら絵を描いていた。その住居が全くのひどいあばら屋だったので、自分は地震でやられはしなかったかと蔭で心配していながら、未だ行ってみる事もし得ないでいたのだった。今彼の家は何のさわりも無かったと知って、自分たちは互いの無事を祝し合った。

「本当に大変だったね、」と自分は言った。

「うむ、大変な騒ぎだった。それについて、実に滑稽《こっけい》な事があったんだよ。」

そう言って、K君は人よげに笑った。

「滑稽ってどんな事?」と自分はつい好奇心を誘われて聞いた。

「滑稽と言えば滑稽だが、実は僕ひどい目に会ったんだよ。」

「ほう、じゃ朝鮮人とでも間違えられたのかい。」

「そうさ、」と彼は声を出して笑った。

「なる程、君が朝鮮人と間違えられるのは無理が無いかも知れないよ、」と自分も笑った。

そういうK君は色の黒い、のっそりとした大男で、画家にもれない長髪だった。そして見かけに似合わず煮えきらない、ぐじぐじした物言いをした。その話によると、彼は二日に赤坂の親類へ見舞に行って、夕方、恰度《ちょうど》あの騒ぎが高調してきた頃、青山から渋谷の方へ坂を下りかけたところで、竹槍や刀を持った連中に掴まった。彼は一生懸命で自分は決して朝鮮人でない事を弁解した。彼は許された、そしてほっとして急いで坂を下って行った。ところが、先の連中は又もや嫌疑をかけて後を追うてきた。今度は彼がどんなに弁解してもきかれなかった。

「朝鮮人に違いない。」

群衆の中からこんな叫びが起った。

彼は危険が身に迫るのを直感したので、警察へ行きさえすれば分る事だから、兎《と》に角《かく》そこへ連れて行ってくれるように頼んだ。

「頼まなくったって連れてってやらあ、この太い野郎め！」

そして彼は正気もなく怒り猛った連中に両腕を摑まれて、荒々しく引立てられて行った。途中、彼は近所に住んでいる知合の理髪師に会った。理髪師は彼を見て、びっくりして、助けるために近づいてきた。

「これはひどい、これはひどい、」と理髪師は叫んだ。「この人は日本人です。私の近所に住んでいる画家です。許してやって下さい！」

しかし彼の言葉は誰にも聞かれなかった。そしてK君は渋谷の警察署に連れて行かれ、留置場へ放りこまれた。

彼は狭い留置場で、そこに拘禁された大勢の人々と一緒に一夜をすごした。翌日の午後、取調べられた結果、直ちに日本人である事が判明して釈放された。

「まあ、それはとんでもない目に会ったね。」

「本当だよ、」と彼は不当な目に会った事にそんなに腹も立てていないらしく、「あれが夜だったらそれこそやられるかも知れないがね、大分間違ってやられたというから。」

「拘留場には大分朝鮮人が入っていたかい、」と自分はきいてみた。

「うむ、かなり入っていた。朝鮮人もだが、日本人もかなり入っていたよ。でも、お蔭で、生れて始めて留置場というものを見てきたよ。」

そう言って彼は笑った。

「しかし、この大変災で、僕たちのようなものは一体どうなるんだろうね。」

一日以来、自分は始めて同じように芸術の仕事に従事している友達にあって、ついこんな事を言って見ずにいられなかった。

「ほんとだね、」とK君も力ない調子で、「ふだんでさえも僕なんかなかなか絵が売れなくて困っていたんだからね。」

「そうだね。こうなると、愈々《いよいよ》もって絵が売れなくなる訳だ。人はまず食わなくちゃならないし、絵なんか無くったって大丈夫生きていられるからね。」

「そう言えば、君の文学だって同じ事だよ、」とK君が言った。

「全くさ。S社をのけては、出版屋は大部分焼けてしまったし、当分小説も雑誌も駄目だろうと思う。そうすると、文士もやっぱし食えなくなる訳だ。」

「こういう時になると、僕達のような仕事をしてる人間はほんとに困ってしまうね。芸術なんて世間では贅沢品としか見ないし、こんな際には事実そうなのかも知れないからね。でも、文学の方は、読者は東京だけでなく、全国に亘《わた》っているからいいよ。」

「それはそうだ。そう言えば、画家も文士も続々京都や大阪へ移住するというじゃないか。皆東京に見きりをつけたんだね。」

「しかし、今更関西へ行ったところで仕方があるまいと思う。結局また東京へ戻ってくるようになるだろうよ、」とK君はどこかたかをくったような調子で言った。

「まあ、そうだろうね、」と自分も答えた。「正直な所、僕なんかも色々考えてみると、当分東京にいたって仕事では食えそうもないように思う。そして絶望の気持になってくる。かと言って、僕はどうしても今更東京を見すてる気にならないんだ。」

「何と言っても、東京は僕たちにとって実に懐かしいところだからね。」

「そうだよ」と自分は知らず識らず熱心になって言葉をつづけた。

「今度という今度、僕は自分がどれほど東京を愛していたかを知ったよ。だって、考えて見給え、僕なんか田舎者だけれど、でも半生はここで、東京で暮らしてきたんだものね。ここで苦しみ、努力し、闘って、現在の自分と生活を築きあげてきたんだものね。東京を離れたらまるで、生活と故郷を失うようなものだよ。」

「僕だってそのとおりさ。」

「だから、その東京が今大変災のために大部分灰になって、自分たちを食わせる事もできない程貧しいみじめなものになったからと言って、今更それを棄てて去るというような薄情な気持になれるものかね。僕はあくまで親愛な東京に踏みとどまるつもりだ。もし創作で食べる事ができなければ、どこかの安い事務員をしても、または出来そうな労働をしても、どこまでも東京で頑張るつもりだ。ねえ君、東京はこのとおり大部分灰になってしまった。そしてそこにはより新らしい、より偉大な近代的な大都市の建設というすばらしい仕事が僕たちに課せられているんだ。焼跡に踏みとどまって、自分もいくらかその助けをしながら、生れかわる大東京の徐《おもむ》ろに育って行くのを見るのは実に愉快な事じゃないか。」

「まったくね。五年十年の新らしい東京を見ることを思うと、楽しみだね、」と言って、彼はゆるやかに煙草の煙を吐いた。

「だから、お互いにあわてたり、うろたえたり、気落ちしたりしないで、この破壊の上にしっかりと腹を落ちつけて、自分達の仕事を続けて行こうよ、再生へ、復興へ！　それに、そうだ、東京を本当に生れかわった新らしいものにするには先ず何が必要か、自分たちは何をしなければならぬか、僕はそれを知っている。やるぞ、やるぞ！」

自分は熱心のあまりついこんな風にしゃべっていた。

七日の午後、自分はI中将の家へ行って、下に通ずる路と、谷と、原の向うに明治神宮の森を見はらす事のできる広い高い縁側で、主人とテーブルを隔てて向い合っていた。この軍国的国家主義の表象ともいうべき老将軍を相手にして、今しも自分は亜細亜《アジア》大同盟の理想を鼓吹《こすい》していたのであった。

「あなたは日露戦争の勝利の意義について一体どうお考えになっていらっしゃるか知り

ませんけれど、」と自分はいつしか熱していた。

「僕の考えでは、あれは我々黄色人種に対して横暴を極めていた白人種に対する我々の最初の勝利として、最高の意義があると思います。つまりあの勝利で、我々日本人は白人闕《けつ》に対してあくまで戦わねばならない亜細亜人種のチャンピオンになったのです。同じように白人共の横暴と虐げのもとにある有色人種たちの国々を扶《たす》けて、世界の人種的偏見を打破すべき貴い使命を担って立ったのです。事実あの勝利は印度《インド》の民族を初め、他の亜細亜人種たちにどれほどの希望と勇気と鼓舞を与えたか知れなかったのですからね。ところが、不幸にして日本はこの最も肝要な点を自覚しなかった、それどころか勝利に酔わされて、有頂天になって、同じ兄弟である他の亜細亜人種の事なぞ忘れてしまった。そして世界の一等国になり上って、専横この上ない代表的な白人種の英国と同盟するに到ったのです……」

そして自分はさらに言葉をすすめて、その後政治的にも軍事的にも、日本がいかに同じ有色人種たちを裏切るような事をしたかを、例証を並べて説き立てた。

ゆかたがけの寛《くつ》ろいだ姿で、つづけさまに巻煙草を燻《くゆ》らしながら、中将は時々微笑を浮かべて、自分の言葉に耳を傾けていたが、切れ目にきてついにこう言った。

「なる程、君の説はなかなか面白い。確かに一理ある。然《しか》し僕に言わせれば、一種の理想論たるにすぎないよ。実際にはそう簡単に行くもんじゃ無いからね。」

「それはそうでしょう。実際になると、そう思っていても思いどおりにならない事が多いですからね。でも、それはそれとしても、日露戦争の勝利の後で、例え直ちに実現し得ないまでも、こう言った理想を鼓吹したものがあったでしょうか、」と自分は突っこんだ。

「さあ、それはどうだかね。でも、当時では君が今言ったような問題について、新聞などで騒いでいる人があるようだね。」

「ええ、最近この問題についてかなり聞くようになりました。世間も大分目ざめてきたでしょう。いや世間が目ざめたとは言われないでしょうね。要するにそんな事を主張するのは、やはりごく一部の人に過ぎないですよ。」

「いや、そうでもあるまいて。世間だってこの四、五年随分進歩したからね。」

自分は思わず笑った。「じゃ、一体どれほど進歩したのでしょう。最近震災中のあの朝鮮人虐殺事件なんかどう解釈したらいいんでしょうね。最も近い人種の間でさえ、人種的偏見ってこれほどまでにひどいものかと思って、僕本当に恐ろしくなりましたよ。これじゃ日本人は白人種の横暴などを憤慨する資格がない訳ですね。」

「だって、あれは場合が場合だからね。」

「そうでしょうか。然しいかなる場合にしろ……」

そう言いかけて、自分は何気なく下の路をちらと見た。学生が歩いて行く。どうしてあんなに駆けるようにして大急ぎで歩いている学生なんだろう。霜ふりの学生服の上着が汗でぐっしょり濡れている。おや！　そう思うまもなく、学生は自分の家の門へ入ろうとする……

「ああ、蔡君だ！」と自分は思わず知らず椅子から飛び上って叫んだ。「有難い、生きていてくれた、では失礼します。左様なら。」

そして将軍ばかりでなく、家の人々の驚いている中を、自分はあたふたと飛んで帰った。

自分は勝手元から家の中へかけこんだ。見ると、蔡君は庭先に立って、真っ赤に上気した汗だらけの顔をにこにこさせて、驚いた妻と何か言っていた。

「まあ、蔡君、」と自分は嬉しさのあまりにこにこして言った、「君は無事でいてくれたのかい。てっきりもう殺されたものと思っていたのに。」

彼はしかし自分の言葉には答えようとしないで、軒先や部屋の中をせかせかと覗いてみながら、いかにも安心したというようににこにこして、

「ようござんしたね、地震で壊れなくて。どうかと思って心配していましたのに、」と彼の癖で聞きとりにくい、ぐじぐじした調子で、しかし心から嬉しそうに言った。

その様子には一種感動的なものがあった。

「有難う、家はまあ無事だったがね、それよりもきょうまで君はどうしていたのさ。」

「小石川の警察にいたのです。委《くわ》しい事はまた後で話します。今何時ですか、」と彼は性急な早口できいた。

「へえ、じゃ向うを出たのが一時でしたから、大塚からここまで一時間で歩いてきた訳です。だってまだ途中が恐ろしいので、命がけで急いできたんですもの。でも、出来るだけ日本人に見られるように、一生懸命気取って歩いてきたんです。新宿まできた時大分安心しましたが、そこへきて先生の家が見えた時もう大丈夫と思ってすっかり安心しました。」

そう言って、彼は自分がいかに安全な場所へ来ているかを更に念入りに確かめようとするようににこにこしながら、庭をぐるぐる見まわした。

「まあ、何でもいいから早く上り給え。上着がすっかり汗になっているじゃないか。」

蔡君は靴を脱いであがった。妻は彼に行水《ぎょうずい》を使わせた。そして自分の浴衣を出してきて彼に着せた。

食事をしながら、彼はこう語った。

地震の時、彼は小石川の親しい友達の所にいた。そこは崖の上にあって、半ば倒潰したようになった。彼は代々木の方面が心配になったのですぐ戻ろうとしたが、友達の家があまりひどくなったので、助けたり力づけたりするために二日までそこにいた。

二日の夕方近く、彼はついに帰りかけた。折しも朝鮮人騒ぎがだんだん高潮しようとしている時だった。彼はわき目も振らずにひたすら急いだ。ついに或る坂へきたところで、彼は鉄棒をもった一人の男に摑まった。

「貴様は火をつけて歩いてるんだろう、」と男はどなった。

彼はむっとして言い返した。「そんな事をする人間かどうか、僕の顔を見たら分りそうなものだ。」

「何を生意気な！」

そして男はいきなり鉄の棒で、彼の肩あたりをしたたか殴った。

彼はいたずらに抵抗して殺されてはつまらぬと思った。そして自分から警察へつれて行ってくれるように群衆にたのんだ。群衆はなお彼をさんざん打ったり罵ったりしながら、——金槌《かなづち》で殴られて、彼の片目の上はまだ腫《は》れあがっていた、——大塚の警察署へひっ張って行った。そして彼は直ちに留置場へ放りこまれた。

罪名は放火未遂。

蔡君が留置場に入れられた時、そこには僅かに二、三人がいただけだった。しかしそれから続々と放りこまれてきたので、狭い部屋の中では坐っている場所もない位になった。事実、壁に靠《もた》れて立ちあかしたものもあった。

夜になると、朝鮮人騒ぎで人々はいよいよ熱狂してきた。彼等は最早《もはや》嫌疑者を留置場へ送りこむような事はしなかった。かわりに、群衆は警察の前に殺到して、朝鮮人を出してよこせと騒いだ。そのために警官たちは、群衆によって留置場を破壊されないように骨折らねばならなかった。

初め蔡君は放火未遂という自分の罪名を大変に気にしていた。こんな罪をきせられて、何年か監獄へ入れられては堪らぬと思った、しかし、そこへ入れられた朝鮮人たちは何れも放火犯、もしくは放火未遂犯だった。そして巡査たちもしまいには、そういう罪名は皆正気を失った群集によって勝手につけられたもので、実際には彼等は皆何の罪もないものである事を知るようになった。

それで、五日頃から、警察では被拘留者たちを、ぼつぼつ解放し始めた、先ず住居の確かな、近いものから選んで。蔡君は住居が非常に遠いので、途中の危険を思いやって、なかなか解放して貰えなかった。この七日になっても、万一帰る途中でどんな過ちがあってもいけないからもう二、三日辛棒《しんぼう》した方がよいと言われるのを、彼は無理に解放して貰ったのだ。そして身元についての警察の証明を書いてもらって、このように無事で戻ってきたのだ……

「そう、ほんとにひどい目に会ったね、」と、自分は彼の話をきき終って言った。「でも、まあ、無事でこうして帰って来られてよかった。九分まではもう生きていないものと思っていたんだからね。」

「ほんとうに良うござんしたわ、」と自分の妻も今更のように彼の昂奮した喜ばしそうな顔をまじまじと見直して「でも危ない所でしたのね、何か額の疵《きず》につける薬をあげましょうか。」

「いいえ、もう大丈夫です、一時は随分腫れあがって、ひどく痛んだのですけど、」と蔡君は笑って、

「それはそうと、僕の下宿は地震で潰れなかったでしょうか。」

「それは大丈夫だ。しかし当分はまだ家に隠れてい給え、まだまだ朝鮮人に対する一般の昂奮は鎮まっていないのだから。」

「はあ、それに下宿ではこの騒ぎに脅やかされて、きっと僕に出てくれというだろうと思うんです、薄情なおかみさんですから。」

「それはそうかも知れない。」

　こうして、この日から蔡君は一時自分の家にいる事になった。自分は朝鮮人を隠まっ《ママ》ている事を周囲に対して秘密にする必要もないとは思ったが、まだ不穏な一般の形勢を考慮して、外《ほか》の人たちには言わない事にした。そして彼にはいつも自分の着物をきせて置いた。そして来客の時には彼を外の部屋へ隠して置くようにした。

　自分の子供たちは非常に彼を好いていた。そして彼を良い友達にしてしまった。彼は

ひどく陰気になり、考え深くなって、一室にとじ籠りがちだったけれど。

既に一週間を経過しても、朝鮮人に対する一般の疑惑と昂奮はなかなか鎮まらなかった。それは全く病的であり、到底健全な頭脳では想像もし得ないような程度のものだった。

それについて、自分達の所へこんな警告さえ廻ってきた。

「朝鮮人は毒を投ずる前に、まず家々の井戸を見廻って歩くそうです。そして、ここへと目星をつけた家には、裏塀などに△や○の記号をつけて置くんですって。つまり毒を入れて歩く係りの奴が、後からその符号に随ってやる訳になるんですね。ところで、この記号は外《ほか》にまだ二、三種あるんだそうですが、一体何を意味しているのかはっきり分らないので、当局では大いに頭を悩まして、一生懸命で研究しているんだって言いますよ。」

ところが、人々の驚いた事には、あちこちの家で、実際に裏塀や勝手口の木戸にそうした記号が発見された。そして大騒ぎになった。そしてそれは汚穢《おわい》屋がおぼえのために記したものであった事が一般に知られるまでには、大分の日時が必要だった。

また、例によって在郷軍人が、一軒々々こんな事を触れて歩いていた。

「さっき十三間道路の○○屋へきて、揮発油を沢山買って行ったものがあるそうです。

店では少しも気がつかないで売ってしまったそうですが、後から考えると買いにきた男が朝鮮人らしかったというのです。勿論放火の目的で買ったものに違いありません。どうか皆さん注意して下さい。」

「それは君、」と自分は彼に言った。

「自動車の運転手じゃ無かったのですか。」

「それならそれと分る訳だと思います。」

「きっとそうですよ。それはガソリンが切れて、そのかわりを買いにきたんですよ。」

「兎に角注意して頂きたいものです。」

勿論それは運転手だったのだ。しかし恐ろしい不安を一掃すべき真実を告げた時、彼は少しも安心したような顔をしなかったばかりか、寧《むし》ろ不満そうだった。そしてこの恐ろしい不安を猶《なお》ひろく一般に感染させるために、彼は急いで去った。

八日の朝だったか、夜警の疲れで遅くまでベッドでうとうとしていると、不意に裏口の方に当って「助けてくれ！」という荒い男の声がした。

同時にばたばたっと幾つかの乱れた足音……

自分はベッドから飛び起きて、勝手元へ行って裏を覗いてみた。T君の家の門の前に竹槍を持った近所の酒屋の亭主や、棒をもった小僧なぞが四、五人立って、頻《しき》りにわいわい言っていた。

「何ですか。」と自分は聞いてみた。

「今朝鮮人を見つけてここまで追いつめてきましたら、Tさんの家へ逃げこんでしまったのです。」

然し、それは逃げこんだのでは無かった。朝鮮人に見られたのはT君の弟で、大学生だった。恰度《ちょうど》今朝焼け出された下町の親類へ行くために、色々な糧食を支度して、酒屋の前をとおりかかった所不意に亭主から誰何《すいか》された。多少彼は大陸的な顔をしていたのである。彼は腹を立ててあべこべにどなってやった。生憎《あいにく》それが東北弁だった。亭主はてっきり朝鮮人と早合点して、竹槍をおっ取って彼に向ってきた。彼はあわてて逃げ出した。そして家へ駆けこんだのだ……

真相が分ると、酒屋の亭主は恐縮した。そして勝手元へ行って一心にあやまった。T君の家はこの酒屋の大事な得意だったので。

「馬鹿っ、」とT君の弟はくやしまぎれに家の中からどなっていた。

「これからあんな酒屋から、味噌一銭でも買わせるもんか、人殺しめ！」

こんな風だったから、毎夜の夜警もおのずと熱心と神経質とをもって行われた。自分などの考えでは到って警察力の薄い郊外の事ではあり、監獄から解放された犯人や、焼け出された心悪い人間がここらへ立廻って、どんな事をしないとも限らないので、少なくとも震災前と同様に秩序が恢復《かいふく》するまでは、自警団によって夜警をつづけてゆくのは止《や》むを得ないと思われた。しかし、多くの人々は自警の目的は朝鮮人の侵入と危害を防ぐにありと考えこんでいた。従って夜警には何でもかんでも朝鮮人がついてまわった。

今では、自分達の自警団は賑やかなものになっていた。なぜなら、市内から焼け出された近所の家へ避難してきている人たちが、かわるがわるに加わったので。そして彼等は震災と朝鮮人に関するそれぞれの土産話を持ち寄ってきた。そして退屈な夜警の中で、人々は喜んで熱心に耳を傾けた。

一夜、自分たちの中にきょう大阪からやってきたという人が交った。彼はI中将の親戚のもので、見舞いのためにあらゆる困難を冒してやってきたのである。自分達は彼から初めてこの震災と朝鮮人騒動に関する報告がいかに歪められ、いかに誇大されて地方へ伝えられたかを知った。彼は神戸から軍艦に便乗してやってきたのであるが、その時、東京は全部灰になって、その廃墟は殆んど朝鮮人によって占領されているとの事だった。それで彼は糧食と一緒に、ピストルと短刀を用意した。ところが武器の携帯を許したものかどうかという事について、係りの者の間に争論が起った。なぜなら、彼がもし東京の廃墟について朝鮮人に殺される場合には、却って敵に武器を供給する事になるから。そして彼は結局武器を没収されてしまった。そして彼は朝鮮人に殺されても構わない決心で、軍艦で月島《つきしま》へやってきたのだった……

「それで、地方の人々は朝鮮人に対してどんな態度を取っていますか、」と自分は聞いてみた。

「勿論非常に警戒してはいますが、別にどうしたという事もききません。」

自分たちが暗い原を前にして、路傍でこんな話をしていると、時々巡回中の兵士たちが厳めしい武装で通りかかって、自分達の話に交った。

兵士たちは巻煙草の火をつけながら、快活な口調で、

「我々が来てから朝鮮人は少しも出てきませんね、軍隊が出ては、あいつらはもう手が出ないと覚悟したんでしょう。」

「でも油断はなりませんよ、」誰かが言った。

「それはそうです、互いに協力して、この地へは朝鮮人を一人でも踏みこませないようにしましょう。」

「そうです、一人だって足踏みさせるもんですか。」

自分はひそかに家に隠してある蔡君のことを思い出して、ちょっと変な気がした。

夜警も初めのうちは、緊張もしていたし、気紛れにもなったので、そんなに苦痛にも感じられなかったが、日が経つにつれて段々苦しい、イヤなものになってきた。後になってこそ自警団の組織も秩序立ってき、交代で出るようにもなったが、この時分は近所

じゅうで毎晩総出だったのである。それに自分の所では男と言えば自分ひとりで、かわりに出てくれるものが無かったので、一層苦しかった。でも有難い事には勤めるからだで無かったので、次の日ゆっくり休む事はできたけれど。夕食の後で自分が洋服をきてステッキをもって出る時になると、妻はいつも気の毒がった。

「ほんとに大変ですわね、誰か代りに出てもらえる人があるといいんですけれど。」

「僕が出ましょう、」と、蔡君がまんざら冗談でも無いような調子で言って笑った。

「まさか、」と自分も笑った、「でも君を僕のかわりに出したら、そして誰も朝鮮人である事に気がつかなかったら、それこそ実に皮肉なことになる訳だね。」

「大丈夫気がつかれませんよ、僕ほんとに今夜は先生にかわって夜警に出ましょう。」

彼は本気になってそう言った。

自分も夜警に疲れていたので、よほどそうして貰おうかと思った。しかし万一間違いがあってはならないと思ったので、結局やはり自分で出て行った。

夜警に疲れているものは、もとより自分ばかりでは無かった。大抵のものは引つづく徹夜に弱らされていた。唯《ただ》ものずきな少年や若もののばかりはこれを喜んでいたが、今では彼等さえかなり退屈を感じていた、なぜなら噂ばかりで朝鮮人はまるで姿を見せなかったし、外《ほか》に好奇心を充たすべき何事も起らなかったから。

唯夜は暗く、長く、寂しかった、そして虫の音ばかりがしげしげと聞こえた。

自分達は眠気ざましに提灯をさげて、そこらをぶらぶら歩きまわった。そして稀に通行人に会うと無暗《むやみ》に住所や行先を訊問するのであった。でなければ、震災中のさまざまな恐ろしい出事来を話し合って僅かに退屈と眠気を紛らした。

もし原とか、どこか近くに朝鮮人が出たというような噂が伝わってくると、人々は急に緊張して活気づく。しかし、そんな噂は大抵影ばかりで到底実物を見得ない事にも自分達はいつか慣れてきた。

いつも地震の時避難する事にしていた下の草原のつづきに、かなり広い桐畑があった。そこには一匹の驢馬《ろば》が放してあって、平和な時には原へ遊びにくる子供たちがそれを借りて乗りまわしていたものだった。自分たち近所のものはもとよりこの愛らしい驢馬となじみだったが、新らしくこのあたりへ避難してきた、下町の人々は勿論、それを知るべくも無かった。

ところが、或る真夜中に、自分達の一人があの暗い桐畑の中で確かに忍びやかな怪しい足音をきいたと言い出した。そしてあの中に泥棒か朝鮮人が隠れているに違いないという事になった。眠気と退屈に弱らされていた人々は、良き敵ござんなれ！　という風に、一斉に活気づいた。そしてその怪しきものを捕うべく、人々は四方から桐畑を取囲んで、提灯や懐中電気をたよりに騒がしく捜索を始めた。もとより中には、この辺の勝手を知らない避難者もかなり交っていた。

自分は草原に立って、煙草をふかしながら、人々の騒ぎ立てるのを見ていた。彼等と同様、自分にも良い退屈ざましだったので。人々は勇敢に桐畑に飛びこんで、あちこちと探しつづけていたと思うと、不意に彼等の中から頓狂な荒い叫び声が起った。

「おい、誰か来て！　怪しいものがいるぞ！」

人々はこれをきいて、敵が発見されたものと早合点して、勇んで駆けつけた。然し自分はひとりで思わず笑い出した。勝手を知らない奴が暗い中でひょっこり驢馬と鼻を突き合わして、びっくりした時の顔を想像せずにいられなかったので。

夜はふけていた。草原には露が深くおりた。虫はしげしげと鳴きつづけた。

例によって、自分たちは路傍に腰をおろして、何かと雑談に耽っていた。話題はいつも地震から朝鮮人問題に移るにきまっていた。

「さっきそこで会った兵隊さんに聞いたんだがね、」と若い男がさも重大な報告でもするように声さえひそめて言った。「二、三日前、原で朝鮮人をひとり捕えたんだとさ。」

「ほう、」「へえ、」と人々は眼を見張って、熱心に先を聞こうとする様子をした。

「何でも原宿の近くに避難者が大分野宿しているんだってね、」と彼はつづけた。「ところが、中に一人若い学生風の男がいて、くら闇の中で草の上に寝ながらそっと頭を擡《もた》げて、それとなくあたりの様子をうかがっているんだって。こいつ怪しいと思ったので、その兵隊さんがふん摑まえたんだとさ。大分抵抗したそうだがね。よく検べてみると、そいつはやっぱし朝鮮人で、ピストルや爆弾をもっていたんだとさ。」

「ほう、じゃ実際はそういう奴があるんだね。兵隊さんの話だと言えば本当だろうから。」

「だって僕は摑まえたという兵隊から聞いたんだもの。」

「実に油断がならないね。やっぱし夜警はなかなか止められないよ。」

こんな話は自分にとって最早何の感興も起させなかった。寧ろ苦々しいような気持さえ起させた。自分は仲間から四、五間《けん》離れて、ひとり暗い路の上を行ったり来たりしていた。ひとつには重い眠気を払うつもりで。

原と神宮の森は夜闇の中に音もなく横たわっていた。彼方に灰になって横たわっている東京のことを思うと、いつもながら言い知れず寂しい気がした。

こつこつと静かな靴音をさせて在郷軍人がひとりうしろから巡回してきた。

「御苦労さま、」と彼は声をかけた。「御苦労さま、」と自分も習慣的に答えた。

彼は提灯の薄赤い光に路を照らし出しつつ、しずかに石垣ぞいに闇に消えて行った。

然し、一分とは経たないうちに彼はあわただしく駆け戻ってきた。そして自分達の方へ向ってこう叫んだ。

「誰か二、三名援兵に来て下さい、怪しいものがいますから。」

この呼び声は、事あれかしと待ちきっていた人々を活気づかせた。四、五人が一斉に飛び出した。

「怪しいものって何ですか、」と自分は聞いた。

しかし在郷軍人は答えるひまもないと言うように駆け出した。援兵がそれに続いた。自分も面白半分駆けてついて行った。何でも彼の言うには、原に白いものが見える、どうも人間らしい、朝鮮人に違いないというのであった。

実際彼の示す方角を見ると、下の往還を隔てて暗い原にぼんやりと白いものが見えた。

「人間かしら、」と自分は呟やいた。

「確かに今動いたんです、」と彼は喘《あえ》ぎつつ言った。

「例い人間にしたって、今はまだ夏だから誰だって白い服をきているでしょう。」

「兎に角行ってみよう。」

「進め！」

人々は一斉に声をあげて、下の草原と往還をしゃにむに横ぎりつつ、薄白いすがたに向って突進した。白いものは逃げ出すかと思ったが、微動さえしなかった。自分たちは益々彼に近づいた、棒を振り、木刀を翳《かざ》して……

然し、まもなく自分は理解した。地震前、兵士たちがそこで塹壕《ざんごう》を掘っていた。そして人々を警戒するために、そこにかなり大きな木の制札を立てて置いた。白い姿の本体はそれだったのだ。自分が側へ行かないうちに、先頭した勇敢な連中はこの人騒がせな制札を引き倒して、笑いながら踏みつけていた。

うるさい夜警を除いては、そして蔡君という隠《ママ》まいもののある事を除いては、自分の生活は殆んど元に復《もど》っていた。自分は霊災前までつづけてきた仕事——既に二年に亘って働きつづけ、猶《なお》少なくも半年ぐらいは続けなければならぬ大作に、再び取りかかる事ができる筈だった。実際、自分は直ちに仕事の中に没し去ろうと努めてみた。しかし自分はすっかり仕事に対する心の平衡と落つきを失っていた。創作力はどこかへふっ飛んでしまったようだった。そして自分は仕事ばかりでなく、本を読むことも何する事もできなかった。

そして自分は絶えず重苦しい憂鬱《ゆううつ》な気分にとじこめられていた。絶えず名状し難い不安に責められていた。自己の前途を考える時もそうであったが、何かしら一切の物事が暗い絶望的な色で塗られて見えた。想像し得られたよりも、震災の感銘と影響が大きかったのである。そして自分はどうかして恐ろしい刺戟《しげき》から脱れようと欲しながら、知らず識らずのように、会う人毎《ごと》に震災中の出来事を聞いたり、朝鮮人問題を論じたりすることに熱心になっていた。今の自分には、少しでも今度の大事件について知ることが仕事となったかのように。

殊に、何かにつけて自分の心につき纏《まと》ってくるのは、焼跡に遺棄されてあるはずの無数の死骸だった。東京へ行ってきたくらいのものは、焼跡のどこかで一つや二つの焼死体を見てきてその話をした。隅田川に幾千という死骸が漂うていて、海から鮫が上ってきているというような話も聞いた。近所の或る人は行方不明になった親戚を尋ねて、被服廠へ行ってきた時の事を委しく話してきかせた。

それらは想像するだけでもまったく堪らない事だった。自分はできるだけそうした話を聞く事を避けたいと思った。それだのに、自分は焼跡からきた人を見ると、ついこう聞くのだった。

「それで、君は死骸を見ましたか。」

「ええ、見ましたとも。」

「沢山！」

「二十人ぐらい。あなたは見ましたか。」

「いいえ、ひとりも。」

「どうして？　御覧になって置くとまた作の参考になる事があるかも知れませんよ。」

「冗談じゃない。僕はそんな気の毒な人たちをわざわざ見に行く気にはなれませんよ。僕はこれで、ひとりも死骸を見なかったのを幸福に思っているんです。」

とは言え、自分も心の底では、何かしらちらとでも見たいような気持の動くのを感じないではいられなかった。しかし自分は急いでその気持を揉み消してしまった。

「あれですってね、」或る一人が言った、「吉原の弁天池で女郎が沢山溺れて死んでいるというので、わざわざ俥《くるま》に乗って見にゆく人がかなりあるそうですよ。」

「まあ、一体どういう気持ですかね、」と自分は言わずにいられなかった。

「だけど、あれじゃ無いでしょうか、あなたも小説家であるなら、この古今未曾有の大変災に際して、委しく実地を踏査して、何もかも観察していらっしゃるが本当じゃ無いでしょうか。」

「それはそうかも知れません、」と自分は答えた。「でも、こんな時は、自分の中にある小説家よりも人間としての気持の方がどうしても勝ちを占めますからね。そしてそこから却って僕の作が生れてくるんです。」

　中には、恐ろしい被服廠その他無数の死骸の写真をいくつか買い集めて、わざわざ見せるために持ってきてくれたものもあった。しかし自分はどうしても見る気になれないで、その儘《まま》持って帰ってもらった。

「こうして毎日なす事もなしに、不安な苦しい日を送っているよりは、いっそ世の中へ出て、何か公共的な事に働いたらどうか、この変災で自分のようなものでも、不幸な人たちに尽くすべき事が沢山あるだろうから。」

日にいく度となく自分はまじめにそう考えてみた。実際、こんな時には仕事部屋に籠って小説を書いているにも幾層倍ましてしなければならぬ事があるような気がした。そしてすぐにも本郷へ行って、兄に会って、無報酬でよいから彼の役所で公共的事業を手伝わせて貰おうと思ったりした。

「しかし、」と自分はまた考える、「もし今度の地震で自分が殺されたとしたら、それこそ、二年間命をうちこんできた大作も、未完成で終るところだった、幸いにして命びろいをした。今自分は何を措いても、この仕事をつづけなければならない、そして一日も早く無事に完成させなければ。」

一行でも書けないと知っていながら、そう思って自分はいらいらした。

その日、――九日だった、――自分は前夜の夜警の疲れにも拘《かか》わらず、このような気持に悩まされて眠ることもならず、午後になっても猶《なお》書斎のベッドの上でひとり転々としていた。

「お父さん、電気屋さんが来てよ。」

窓際で遊んでいた長女が不意にそう呼んだかと思うと、外から聞きおぼえのある親しい声がこう話しかけるのがきこえた。

「なに、電気屋さんだって。お前はもう僕を忘れたのかい、ははは、お父さんいるかい。」

自分はベッドからがばと飛び起きた、そして窓際へ行ってみると、外には田舎の兄が立っていた。

「あ、兄さん！」

自分は思わずそう叫んだ。両眼はいつか涙で曇らされた。

「おい、この子は僕のことを電気屋さんだって言うんだよ。そんなに見えるかい。だがM子、お前は大きくなったなあ、」と言って笑いながら、兄はしげしげと子供の顔を見た。

実際、子供の見方は正しかった。兄は汗と垢で汚れた麻の詰襟の服をきて、巻ゲートルをはき、ふくらんだ鞄を肩にかけていた。そして自転車を持っている様子は、どうしても電気屋としか見えなかった。

「これはまったく電気屋さんだ、」と自分も笑った。「それにしても、よく東京まで出て来られましたね。思いがけない！　さあ、どうか早く上って下さい。」

こういう自分は今田舎の兄の顔を見て、包囲の中で不意に味方の救いを得た様な気がしたのだった。

しかし兄はすぐに上ろうともしないで、ぐるぐる家のまわりを見廻していた。

「ふむ、大分瓦を落されたな。でも、家は殆んど痛んでいないようだ。まあ、家の潰れたことを思えば瓦ぐらい我慢できらあ。そこらでは大分潰れたようだからなあ。」

妻もびっくりして飛び出してきた。そして急いで洗足の水を縁側へまわした。

「まあ、みんな、無事でよかったね、」と兄はゆるゆるとゲートルを解き、草鞋《わらじ》をぬいで足を洗いながら、「始めて東京が大地震だときいた時は、こんなにして互いに顔が見られるとは思わなかったよ。田舎では勿論みんな死んだものと思って、僕のくる時なんか未だ、お母さんがお前たちの写真を一人一人仏壇に飾って、線香を立てたり蔭膳を据えたりしていたよ。」

こんな事をきくと、自分たちの眼にはまた新らしく涙が湧いてきた。

「だが、あれだな、国を立つ時にはこうして東京でお前たちと一緒にビールを飲んだり、——まあ、——玄米飯にしろ、飯を腹いっぱい食ったりできようとは、全く思いもかけなかったよ。」

夕食の膳に向った時、田舎の兄はいかにも安心したというように、自分たちの顔を見まわしてそう言った。そして国を立って東京へつくまでの苦心を面白おかしく話した。

彼が国を立ったのは五日の朝だった。東京へ入るのは甚《はなは》だ困難だときいたので、警察へ行って親族を救援に赴くものであるという証明を貰ったり、米や缶詰類を用意したりする事はもとより忘れなかった。名古屋へつくまでは何でもなかった。そこから中央線へ乗る段になって、群衆が殺到していたので、彼は時間前に巧妙に改札口を忍び脱けて、用意された汽車の中へ隠れているような冒険をやらなければならなかった。

六日の晩に熊谷《くまがや》についた。ここでは軍隊が厳重に固めていて、東京へ入るべく諸国から殺到している群集をやかましく検査していた。そして親族を救援に行くというくらいの程度のものはどんどんはねていた。それで兄は覚悟して、重い糧食類をせおって、熊谷から東京まで夜どおし歩いてきた。そして七日の朝ようやく本郷の家へ到着した。

「いや、僕も大正十二年にもなって、米をせおって東京へ歩いて来ようなぞとは、ほんとに夢にも思わなかったよ、」と言って兄は高々と笑った。

　それから兄は始めて東京へふみこんだ時、あたりの家が潰れもせず焼けもしないで立ち並んでいるのを見て意外に感じた事や、本郷の家へついて皆無事でいるのをみて嬉しかった事なぞを話した。そして機転の早い彼は、きのうから自転車を一台借り入れて、あちこちと乗りまわしているのだった。

「だが、話できくと、朝鮮人共が騒動を起したり、つけ火をしたりして、方々を荒らしまわったというじゃ無いか。朝鮮人って実にけしからん奴等だな、」と兄が不意に大きな声でそう言った。

「兄さん、ちょっと、」と自分はあわてて彼を遮ぎった。「あっちの部屋にいる若い男が朝鮮人ですから気をつけて下さい。」

「ふむ、そうか、」と兄は急に声を落して、「僕はまた書生さんかと思ったよ。どうしてまたお前のところに朝鮮人なんかがいるんだい。」

それで自分は蔡君の事をかいつまんで兄に話した。同時に、今度の事件について、一般の人々が朝鮮人に対していかに非常識であり、不公平であり、暴虐であったかを話さずにいられなかった。

「だって、一般の人々だって、まるで理由のないのにあんなに騒ぎはしなかったろうさ、」と兄は答えた。

「ええ、そりゃあ三、四の悪い奴はいたでしょうさ。」

「で、あれかい、お前の所に朝鮮人のいる事は近所へ秘密なのかい。」

「ええ。」

「そりゃ気をつけないと危ないよ。そのためにお前までがひどい目に会うと馬鹿々々しいからね、」と兄は心配そうに言った。

「お父さん、」とこの時側できいていた長女が不思議そうにして聞いた。「みんなが朝鮮人、朝鮮人って怒ってるけど、一体何の事なの?」

自分はちょっと面喰らったが、こう答えた。

「朝鮮人ってね、蔡さんたちの事だよ。」

「あら、蔡さんは朝鮮人なの。だって、ちっとも悪い事なんかしないわよ。」

「そうだよ。蔡さんはほんとに良い人だね。」

「ええ、あたし大好きだわ、でもおかしいわね。あんな良い人のことを、どうしてみんながが怒っているんでしょう？」

　彼女はいかにも腑に落ちないというようにしてじっと考えていた。

　その晩兄は自分の家に宿った。連夜の夜警でひどく疲れていたので、自分もずるけて家で寝てしまった。

　次の朝自分たちはゆっくり起きて出た。自分は兄を案内して、近所の破壊の後を見てまわった。市内にも増してひどい有様なのに兄は少なからず驚いていた。

　色々な話の中で、兄は急に蔡君のことを持ち出してこんな風に言った。

「お前が朝鮮人に同情して何かと保護するというのは確かに良い事だ。しかし、僕の田舎の工場で何人も朝鮮人を使ってよく知っているが、あいつらはなかなか油断がならないよ。」

　自分は黙って聞いていた。

「第一あいつらは恥じを知らない。それから怠けものが多い。それに何よりもいけないのは、十人が十人恩知らずな事だよ。」

「兄さん、」と自分は答えた。「それはしかし兄さんの知ってる朝鮮人はそうだったという事なんでしょう。僕は強いて朝鮮人を弁護する訳ではないが、それでもって全般を推するのはあんまり不公平だし、又酷ですよ。」

「だってお前、その幾人かの朝鮮人によって国民性が分るじゃ無いか。」

「そんな風に言えば、兄さん、日本人だって随分恥知らずが多いし、また怠け者もざらにあります。それから、僕がこれまで世話した青年なんか、殆んど皆と言っても良い位恩知らずです。でも、これだけでそれが日本人の国民性だとは言われないでしょう。兎に角、蔡君なんか、僕の知ってるなまなかの日本人なんかよりは、頭も良いし、プライドもあるし、それに愛情に富んで感恩の念の深い男です。」

「いや、お前がそれ程信用してるんならいいだろうが、唯あんなに親切に世話をして、後で馬鹿を見なければよいがと心配してこう言うんだよ。朝鮮人はあれで一旦自分の利益になる事だと思うと、恩人を裏切る事なんか平気だからね。」

「いえ、大丈夫ですよ。僕はこれでも兄さんよりは本当の朝鮮人を知っていますから。」

兄はついに黙ってしまった。

この日午後から自分達は本郷の兄（自分たちの長兄）の所へ行く事にした。そして一緒に下町の焼跡を見て歩くつもりだったのである。しかし兄は自転車をもっているのに、自分は歩かねばならなかった。それで自分たちは新町まで一緒に行って、そこで別れた。

幸い京王電車はすでに五、六日頃から開通していたので、新宿までは歩く必要がなかった。それから牛込の若松町まで歩くと、そこからまた飯田町まで市内電車が開通していた。おお、ふだんは厭《いと》わしいものに思っていた電車が、この時にはどんなに有難いものに感じられたろう！　飯田町からもう四十分ばかりも歩けば本郷の兄の家へ行きつく事ができた。

　森川町の家へついたのは三時頃だった。田舎の兄はまだ来ていなかった、長兄も役所へ行っていなかった。自分は嫂《あによめ》と話しながら待った。

「この隣へ偉いお婆さんが避難してきているんですよ、」と嫂は笑いながら話した。「七十あまりで、日本橋の人だそうですが、外《ほか》に家族も何にも無いんですって。それだのに、簞笥を二つ、長火鉢を一つそれに大行李《だいこうり》を二つ、ここまで持ち出して来てるんですよ。まあ小僧の大勢いる店でさえ皆着のみ着のままで逃げ出したのに、年寄ひとりでよくそんなに持ち出せたと思ったら、あれなんですって、誰でも逃げてゆく若いものを摑まえて、これを何処そこまで持ってってくれ、五円あげるからという風にして、片っ端から逃げる若いものを頼んで、順々にこの隣まで運ばせたんですって。それでもまだ洋簞笥が持ち出せなかったとか何とか言って不平を言ってるんですとさ。呆れてしまうじゃありませんか。」

　夕方、長兄と田舎の兄とは前後して帰ってきた。

　三日に会った時と違って、長兄は今非常に多忙だった。言うまでもなく、区長の職務として、浅草区に於けるあらゆる罹災民の救護に当らねばならなかったので。

夕飯に酒をくみ交しながら、長兄は元気な調子でそれらの事を何かとしゃべった。然しここでも結局は死骸の話に落ちて行った。

「死骸は実に沢山見るね。毎日自動車であちこち乗りまわしているうちに、死骸を見ないなんて日は殆んど無いよ。一体これまでにどれほど見たものかなあ。田中町だけでも二千人近くの焼死者があるだろう。吉原の池で八百何十人、それから隅田川に、まあどれ位の死骸が浮いているもんかね。初めのうちは死骸がいつまでも目さきにちらついたり、匂いが鼻についたりして、——ふむ、いつかなんかは夜中に目がさめると急に死人の匂いがむっと鼻について、大騒ぎをして香水の匂いを嗅いでやっと寝た事があったが、——そんな風で碌々《ろくろく》飯も食えなかったよ。しかし今ではもう慣れっこになってどんな死骸を見たって平気なもんだ。そう言えば死体収容の人夫なんか、幾十となく死骸を扱った手で、平気でお握りを摑んで食べてるからね。はは、慣れるってひどいもんだよ。」

「そりゃ数を扱っていればどうしてもそうなるでしょうね。」と言いながらも田舎の兄は堪らなさそうに笑った。

「しかし、あれでしょうね、沢山の中には随分風変りの死骸もあるでしょうね。」

「ああ、そりゃ随分奇抜なのがあるよ。僕が田中町で見たのなんか、何でも五十ぐらいの男だったが、まるで座禅でも組むように端然とあぐらを掻いて、両手をきちんと膝の上に置いて、じっと前を見つめたまま黒こげになっていたよ。そしてそのまわりに子供が三、四人死んでいるんだ。かと思うと、お婆さんらしいのが、ちゃっと遠くを指さししたまま坐って死んでるのがあるんだ。誰か側にいるものに（まあ、あれを御覧）とでも言って指さしした瞬間に死んだらしいんだね。それからこれは人からきいたんだが、若い男が自動車に乗ったままどぶ泥の中へはまって、ハンドルを両手にしっかりと持って、疾走する時の姿勢そのままで焼け死んでいたのがあったそうだよ。」

「ほほう、」と田舎の兄は恐ろしく好奇心を動かされた様子で、「それは一体どういう訳ですかな。何かしている瞬間に火気と煙がどかりときて、急に窒息するか心臓麻痺を起すかして、そのままからだが凝固してしまったんでしょうか。」

「まあ、そんな訳だろうね、」と長兄は酒を飲みながら、話に身を入れて、「いや、今度の震災についてはとても想像以上の事が多くて、生意気に兎や角の批評はできないよ。ああしたら助かったろうにとか、あんな事をするから死んだのだとかいうような事を言うものもあるが、全く僭越な話だ。中には死者の大部分は自殺者と見て差支えないなぞと言ってる小説家があるそうだが、そんな事がどこから言えるんだろう。まあ、考えて御覧、仮に下谷《したや》に住んでいたものが、上野へ避難するつもりで家を出たところが、群衆に押されて思うように動く事ができず、あべこべに押され押されてついに被服廠へ避難して焼け死んだとしてみ給え。誰を責める事ができるんだい。家を出て右するか左するかで運命が分れるんだからね。そうは言ってもね、この中でまた頭の良いものと悪いものとで大変な違いがあるんだ。例えばね……」

そして彼は知合の一人が妻と一緒に火に追われ追われて、ついに吉原遊廓へ逃げこんで、弁天池に浸って運よく助かった事を話した。

「この男が火に追われて吉原までにげてきた時には、」と長兄は熱心につづけた、「横手の鉄の門がしまっていたというね。これにはがっかりしてしまったそうだ。然し遊廓の中へ逃げこまなければ焼け死ぬより仕方が無いと言うんだろう、見ると、門はしまってはいるが、二、三寸隙間があいていたそうだ。ここで平田は（話の主人公）一間《いっけん》ぐらいの距離から、二、三遍からだを持って行って門にぶっつけたというね。すると、——一心てひどいものさね、——門が辛うじてからだを横にして通れるくらいに開いたそうだ。さあ来い、と言うもので勢いこんで女房の手をひっぱって吉原の中へ飛びこんだというね。

ところが、この時には遊廓も全部火がまわって、どこにも逃げ場が無い、もう池の中へ飛びこむより仕方が無くなったそうだ。土橋の上でまごまごしてる女郎共は火に煽《あお》られて、きゃっきゃっと悲鳴をあげて池の中へ倒れ落ちる、それを見て外《ほか》のものはどんどん水の中へ飛びこむ。平田も池へ入るより仕方がないと覚悟したが、そこで立止まってちょっと考えたそうだよ。見ると、池のまわりは両側とも燃えているが、一方は今火が盛りで、片方はようやく燃え出したばかりなんだってね。そして女郎たちは皆、今燃え出したばかりの火勢の弱い側へどんどん飛びこんで、ごった返しているそうだ。そして盛んに燃えている側には殆んど人が入っていないそうだよ。これは無理のない話だね、誰だって火勢の弱い方を選ぶよ。しかし平田は反対に考えたというね。火勢の強い方はまもなく燃えてしまうに違いない、然し火勢の弱い方はこれから段々ひどくなってくるに違いない。そして平田は女房を励まして、思いきって盛んに燃えている側で池の中へ入ったそうだ。何でも女房の髪が焼けちゃったというから、よほど火がひどかったに違いないよ。水が肩まであるそうだが、岸の杭につかまって、やっと立っていられたそうだね。そして絶えず泥をすくっては、頭の上にのせたり、水を浴びたりしてようやく火の粉を防いでいたそうだ。」

「吉原が焼けたのは一体昼だったのですか、夜だったのですか、」と自分は聞いてみた。

「一日のまだ明るいうちさ。多分三時頃だろうよ。然し、――実際を見たものでなければちょっと想像がつくまいが、――空は煙に蔽《おお》われて太陽は見えないし、あたりはすっかり暗憺となってしまって昼だか夜だかまるで分りゃしないよ。」

「で、平田って人はそれからどうしたの？」と田舎の兄は先を促《うな》がした。

「ところがね、平田の推察したとおりになったんだ。あの男が入った池の側は、一時間あまりで燃えきってしまったそうだ。もっともその間まったく焦熱地獄のような苦しさで、幾度今死ぬか知れないと思ったそうだがね。そして今度はそれまで火勢の弱かった反対の側が急に猛烈な勢いで燃え出したというね。すると、さっきも言ったように、大部分の人はそっちで池へ入っていたもんで、唯さえもごった返していたのが益々大騒ぎになって、大方焼かれたり溺れたりして死んでしまったんだ。泣く、叫ぶ、喚《わめ》く、その騒ぎって全くなかったと言うぜ。」

「そりゃそうだろうな。それで平田って人は結局助かった訳なんですね、」と田舎の兄が言った。

「そうだよ。しかし恰度《ちょうど》七時間水の中にいたというね。何にしてもこれなんか全く頭が良いから、つまり考えがあるから助かったんだよ。池へ火で追いつめられた時、もし平田が考えなしにいきなり水の中へ飛びこんだら、きっと夫婦とも死んでるんだよ。やっぱし、人間はどんな場合にも、ちょっと立止まって考えてみるという事が必要だね。」

「ふだんは美しい女郎衆でも、水に溺れたり焼けたりしてごろごろ死んでいるところは、とても見られたもんじゃ無いでしょうね、」と田舎の兄は想像するだけでも堪らないというように、眉根をよせて笑いながらきいた。

「そりゃあとても見られたもんじゃ無いさ、」と長兄も笑って、「あれは水を呑んだせいだか、顔はむくんでる、手足はぶくぶくにふくれている、髪は焼けている、もしあんな赤い着物をきていなかったら、全く男か女か分りゃしないよ。とに角、あすでも行って見てくるがいい。もっとも死骸はもう大部分収容した筈だがね。

「そうした死骸を収容するのがまた大難事でしょうね。」やはり役所の人夫がするんですか。」と自分はきいた。

「うむ、それにはやはり死体収容の人夫を雇ってあるんだ。ところがね、吉原の池の死体を収容するについては実に困ってしまったんだ。というのは、焼跡と違って、あそこでは人夫が水の中へ入らなくてはならないだろう。しかもそれがかなり深いと来てる。僕は色々と人夫を説いてみたが、死骸でいっぱいになってる池の中へ裸で入って働こうというものは一人も無いんだ。かと言って、うっちゃって置く訳にも行かず、実に困ってしまったね。」

「そりゃ誰だって厭でしょうよ。」と田舎の兄は苦笑した。

「仕方がないから、僕は吉原の連中を集めて、彼等の義俠心に訴えてみたよ。」と兄は酔いのためにに顔を赤くして熱心につづけた。「つまり義勇的な志願者を募集したわけさ。ところが、志願者が二人出てきたよ。この二人というのはいずれも所謂《いわゆる》遊び人という奴で、いつも吉原で喧嘩を買って出たり、酔っぱらいを仕末したりして食わせて貰っているんだね。まあ、男伊達と言ったようなものさ。これがね、(ふだん吉原で厄介になっている俺達だ、こんな時に役に立たなくちゃ申訳がねえ)というので志願してくれたんだ。そしてこの二人が裸になって、池の中へ飛びこんで働いてくれたんだ。二人ながら全身に不動か大蛇かのもの凄い入れ墨をしているんだが、それが水の中から女郎たちの死骸をあげるところは、たしかに見物《みもの》だったね。」

「はっ、はっ」と田舎の兄は思わず声を出して笑った。「そりゃあ全く大変な仕事ですね。だって池の水は死体の油やら腐敗やらで大変になっているんでしょう。」

「勿論だよ、」と長兄は答えた。「後でこの二人が話していたがね、からだじゅうが油でぎちぎちになっていくら湯に浸って、いくらしゃぼんを使って、いくらごしごしと洗っても擦《こす》ってもその油っ気がとれないそうだ。（なあに、これなら大夕立の中を裸で歩いたって平気でさあ、からだの油がみんな雨をはねてしまいますからね）と言って笑っていたよ。」

そう言って長兄はからからと笑った。自分たちも思わず笑わせられた。

「しかし死体のそんなに沢山ある所からは、金も随分沢山出てくる事でしょうね、」と田舎の兄がきいた。

「ああ女郎はあまり持っていないが、よそから逃げてきて池で死んだ人が沢山もっているね。千円二千円という現金を首に結びつけているものもあるし、沢山の公債証書をふところに入れてる人もある。あれで皆計算したら何万って額になるだろうよ。」

「人夫がそれを盗んだりなんかしませんか。」

「そんな事をさせないように堅く取締ってはいるがね、それにね、五円札や十円札が大束になってそこにあっても、死骸の匂いが強烈にしみこんでいて、とても手を触れる気がしないよ。みんなが死骸と同じように、顔をしかめて、気味わるがりながら、やっと持ち運んでいる仕末さ、」と言って、長兄はまた笑った。

「しかし、死体から指環《ゆびわ》だとか金だとかを掠奪する奴が随分焼跡をうろついているというじゃ無いですか、」と田舎の兄がきいた。

「うむ、それはかなりあるようだよ。警察ではちょいちょい捕えてるようだが、見つからない奴がどれほどあるもんかなあ。何しろ一人が倒れると、いきなりそこへ駆けよって掠奪する奴があったというからね。然し僕の方ではきのうあたりから隅田川の死体をあげにかかっているが、こいつには余り金が無いらしい。大抵流されてしまったんだね。」

「だって、金なんか皆からだにしっかり縛りつけていそうなもんですがね、」と田舎の兄が不審を打った。

「ところがね、」と長兄は飯を食いながら、「十日ばかりこの暑気つづきに水の中へうっちゃらかして置いたもんで、死体がみな腐っているんだ。きょうも人夫が話していたが、死骸を水の中から引あげようとすると、みんなばらばらに解体してしまって、まるで鮭の缶詰をあけたようだとさ。もとより所持品なんかくっついていやしないよ。」

「なる程、それじゃね、」と田舎の兄は堪らなさそうに眉をひそめて笑った。「それにしても、死体収容の人夫なんて堪らない仕事ですな。一体どれくらい日給を取っているんですか。」

「そう、毎日賞与として酒手《さかて》を出すことにしてあるから、一日五円にはなるね。そう言えば死体収容の人夫に帝大の学生が一人きているよ。」

「へえ、」と自分は驚いてきいた。

「何科の学生ですか。」

「経済学をやっているとか言ってた。」

「それはどういうつもりでしょう。学資を得るためでしょうか、それとも……」

「何でも社会問題を研究するのが目的だとか言ってたよ。ゆうべも家へ遊びに来たっけが、元気な面白い奴だよ。服も靴もみんな死体くさくなって着られなくなるので給料なんかあてにしては出来ない仕事だって笑っていたよ、」と兄も笑った。

「ほう、それにしても僕にはその心持がよく呑みこめない。」

そう言って自分は考えこんだ。

それから兄達の間には朝鮮人騒ぎの話が始まった。長兄は二日の晩浅草で見聞したいくつかの実例を話した。

「然し妙なもんだね、僕は逆上した群集の中で朝鮮人が虐殺されるのを一度ならず目撃したが、そこでもまたやられてるな、くらいにしか思わなかったよ。今になってみると随分恐ろしい事なんだが、あの時は僕ばかりでなく、みんなどうかしてたんだね。」

そして彼は猶《なお》あちこちで目にふれた朝鮮人の大虐殺について、委しく話し始めた。

初めのうち、自分は一方に堪らなさを感じながら、猶事実を知りたさに熱心に話をきいていた。然しだんだん気持が悪くなって、脳貧血が起きそうになってきたので、立って姪と甥のいる部屋へ行った、そして遅くまで彼等と遊んでいた。

その晩自分はついにそこに宿った、明日一緒に下町の焼跡へ行ってみる事に約束して。自分は田舎の兄と枕を並べて横になった。自分はしかし遅くまで寝つかれなかった。異常に昂奮していたのである。宵の内兄から聞いた色々な話もそうであるが、明日は愈々《いよいよ》下町の焼跡を見るのだ、と思うと、何かしら戦場の跡へでも出かけるような引しまった、用心深い、改まった気持を経験せずにいられなかった。

明方近くなって漸く《ようや》眠ったが、絶えず恐ろしい、得体の知れない夢に苦しめられつづけた。そして一生懸命で夢魔の黒い影から脱れよう、逃げ出そうと踠《もが》きながら、明るくなると同時にもう目をさましてしまった。

自分は割合に早く起きて出た。田舎の兄は自分の顔を見ると、いきなり不平そうに笑

って、

「おい、お前のお蔭でゆうべは殆んど寝られなくって弱ったよ、」と言った。
「まあ、どうして？」
「だって、お前がのべつ苦しそうに呻《うな》ったり悲しそうな声を出したりしてるんだもの。きっと悪い夢ばかし見てるんだろうとは思ったけれどね。」
「じゃ起して下さればよかったのに。何か知らないけれど僕だって苦しくってならなかったのですから、」と自分も不平をもって答えた。

自分達は一緒に焼跡を見にゆくことに約束していたが、田舎の兄が急に神田の知合を思い出して先ずそちらへ廻ろうと言った。そして朝飯を食べると、すぐ自転車にのって出かけた。

区役所の自動車がいつものように長兄を迎えにきた。自分は浅草へ行ってみる事にして、兄と一緒に自動車にのった。幾十万の市民たちが不便を忍んで遠い道を皆歩いている際に、悠然として自動車を駆ることは余りに気がひけたけれど。

自動車はまず本郷三丁目に出て、それから左へまわった。暫く行くと、右手にもう焼跡がひらけてきた。自分たちは切通しの坂をおり、上野の広小路へ出た。いつも大きく聳《そび》え立っていた松坂屋は、今は跡形もなかった。まだ真夏らしく日光のじりじりと照りつける埃《ほこり》っぽい街路を、男は主に半シャツに半ズボン、女はだらしのない浴衣がけで――、まるでこの際にあたって人々はできるだけ汚ない構わない風を装っているものの如くに、——忙がしく往ったり来たりしていた。荷車や自動車は人を押分け押分けして絶えず動いていた。一週間も前に火は消えても、あの時の混雑と騒ぎはまだそのままに続いているようであった。

この埃と混雑の街路に沿うて、到るところに露店があった。すいとん、しる粉、一ぜん飯なぞ。相当の家のものに違いない、上品な若い女が、火災の中から辛うじて救い出したらしい羽織の紐や蟇口《がまぐち》を板の上に並べて、その前に坐っている。側には一人の男が立って黒いマスクを売っている……

あのなじみ深い上野停車場は以前どこに立っていたかさえ見分けがつかない位だった。上野の森の樹々が痛ましく黒こげになり、裸にされて、あらわに焼死人を連想させた。

「さて、この焼跡の灰をいかに処分すべきかが当面の大問題だよ、」と、兄は自動車の窓から外を眺めながら呟やいた。

「そうでしょうね、」と自分は答えた。赤煉瓦や、瓦や、赤く黒くなってそり返ったトタン板なぞが際限もなく散乱し、電信や電話の線が半ば焼けた電柱から路傍に滝のように垂れ下がっているのを眺めながら。

「おや、千住《せんじゅ》の瓦斯《ガス》タンクが見える！」

自分は目路《めじ》のとどく限り、ひろびろとつづいた焼跡の末、水色の空の下にひょっこりと浮き出ているそれを見つけて思わず叫んだ。本当によくもこんなに舐めるように焼けたものだ、と今更のように驚かずにいられなかった。しかも自分が今見ているのは僅かにその一部なのだ！

フト通りすぎる自動車の窓から、自分は広々とした焼跡の中に一つの小さいバラックが立ちかけているのを見た。惨としてもの悲しい周囲に対して、家をなしつつある木材の白々しさが、いかにも生気あるもののように浮出して見えた。自分は生命を焼きつくしたと思われた灰の中に、思いがけなく新らしい若々しい芽生えを見出したような歓びを、蘇生の感じを経験せずにいられなかった。

「兄さん、焼跡にはもうバラックが建ちかけたんですね、まだ十日にしかならないのに。」

一種の感激をもって自分はそう言った。

「ああ、バラックか、」と兄は答えた。「それならもう五、六日頃から建ち始めてるよ。僕の区だけでももう二十軒ぐらい出来てるだろう。」

「もうそんなに出来てるんですか、」と自分は驚いてきいた。

「ああ、出来てるとも。これから加速度にずんずん殖えて行くだろうよ。」

「人間の生活力ってほんとに偉いもんですねえ。そりゃバラックなんか金さえあればできると言えばそれまでだが、でも世界の歴史に類例のないようなこの大火災の後で、茫々《ぼうぼう》とした廃墟の上に先立って小さいながら新らしい住居を立てるというには、金銭にもまして精神力が、勇気が必要だと思いますよ。僕が区長だったら、そういう人達をどんなに讃美するでしょう。」

「それもそうだがね、浅草では観音様が焼け残ったので、どの区よりも復興が早いと思うね。だって焼け残ったのはひとえに観音さまの霊験だというので、毎日の参詣人が震災前よりも多いというからね。これで、吉原遊廓をまず一日も早く復興させなくてはいけないね。これも焼けこそしたが信者がへる訳ではないからね。観音堂と吉原遊廓と、つまり霊と肉とで浅草は確かに早く復活するよ。」

そう言って兄は高々と笑った。

不死鳥《フェーニックス》のように灰の中から新らしくよみ返ろうとしている大都市を夢みていた自分は、今の兄の言葉をきいて笑うにも笑われないような堪らない、イヤな気がした。旧のような浅草が、新らしい理想を求めつつある自分たちにとって果たして何であろうか。これほどの恐ろしい犠牲の後で再び生れてくる浅草が、否、東京が、やはり観音堂と吉原遊廓を動力としてあらわれてくるものとしたら、そこに何の再生の意味があるか。しかも現代に於いて、このままの状態に於いて自分たちはそれ以外のものを予期する事ができるか。自分は絶望的な気持になった。

それに、バラックと言えば辛うじて一つ二つを見得ただけで、そこここには僅かに焼トタンを拾い集めて、それを覚束なく囲い合わせたばかりの住居が幾つとなく目にとまった。これでは到底雨を凌ぐ事はできない。それに赤錆びて、くねくねに曲った焼トタンは見る目にとても堪らないものである、吐き気さえ催させる。そして罹災者たちはその蔭に、土の上に薄いむしろを敷いて、そこに寝たり起きたりしている。太古の穴居の民でもこれより気持悪くは住まなかったに違いない。

「一体この気の毒な人たちはどうなるのだ、」と自分は彼等を見つつ考えた。「彼等は碌々着るものさえ持たない。また商売をするのに資本もなければ、働くのに職もない。誰も彼も絶望的な無産者なのだ。都市の復興もそうであるが、まずこうした人々を復興させることこそ急務である。そしてこれを措いて、外《ほか》に都市の復興もあったものでは無い。」

そのうち自分たちは区役所についた。

区役所は数年前火災のために消失したので、その後電車の車庫に仮事務所を置いていたが、今度は不思議にもここが助かった。見ると、倉庫は三棟の大きながらんとした建物で、片はしの一つが役所になっていた。

役所の前では丁度米の配給をやってるところで各自の順番を待ちつつ、男女の罹災者が長い列をなしていた。笊《ざる》を持てるもの、風呂敷をもてるもの。しかし元来が貧しい人々ばかりではない。中には品のよい人達もかなり交っていた。自分はできるだけ彼等を見ないように目を伏せて歩いたけれど。

役所の入口にはまた別の長い列があった。彼等はいずれも田舎へ行くために罹災者としての恩典にあずかるべく、その証明を受けに来ているのであった。誰も彼も疲れ切ったような、不安な、暗い顔をして、なかなか順番の来ないのをじれていた。

「おい、ちょっとあれを御覧。」

入口のところで、兄がそう言った。見ると、車庫の前のかなり広い空地に、例の焼トタンでできたみじめな小屋が、長屋のように二列になってつづいていた。あちこちに汚いおしめが干されている。小さい子供が喚きながら外で遊んでいる。赤い腰布の外《ほか》からだに何にもつけない若い裸の女が、大きな乳房をぶらぶらさせながら向うからやってくると、一人の男が猿股ひとつで焼トタンの中から出てきて、声高に何か話しかける……

「どうだい、実に原始的だろう、」と兄は笑いながら言った。「この外《ほか》まだ公園にも、お寺にもこうした部落があって、何万人とも知れない罹災者をみんな区役所で養っているんだぜ。」

区役所、即ち倉庫の中には、いつものように沢山の役人はいなかった。彼等の大部分は施米《せまい》その他いろいろな野外の仕事に出されてしまったのである。そして天井の高いがらんとした内部には、幾百俵となき米が山のようにうず高くつまれていた。

入口のすぐ右側、もと受付のあった天井の低い狭い部屋に、兄は二、三の掛長《かかりちょう》たちと一緒に事務テーブルを置いていた。すでにそこで忙がしげに働いていた彼等から丁寧な挨拶に迎えられながら、兄は窓際近く置かれた自分の大テーブルの前へ行ってゆっくり腰をおろした。自分はその側へ行って椅子にかけた。

「掛長にみんな頭のいいのが揃っているので、配給その他の事務はすっかり秩序的に行ってるよ。僕はここに坐って皆を監督したり、区内を見廻ったりさえすればいいんだ。」

兄は巻煙草に火を吸いつけながら、そう言ってあたりで働いている人々を見まわした。

一人の掛長が兄の側へ立ってきて、事務に関する二、三の報告をした。兄はそれに耳を傾けながら目の前にあった新聞をとってひろげて見ていたが、不意にこう言った。

「おい、きょうの新聞に各区の死体収容の統計表が出ているが、僕の区のは大変に間違っている。実際より二、三百少ないじゃないか。」

掛長も新聞をのぞきこんで、

「二、三百、いやもっと少ないでしょう。新聞なんてどうせ出鱈目《でたらめ》ですからね。」

「でも、こんな間違った事を書かれては困るな。また後で記者がやってくるだろうから正確な数を、教えてやってくれ給え。実際にはもっと多い事をね。」

「承知しました、」と言って掛長は席へ戻った。

「何だか今の話をきいていると、自分の区の死体の数が他より少しでも少ないという事が、まるで恥じとされてでもいるような調子ですね、」と言って自分は笑った。

「ははは、」と兄は笑っていた。

汚れきった白い麻の詰襟の服をきた中年の事務員がしずかに兄の側へやってきて、うやうやしく頭をさげた。そして、

「区長さん、これから人夫をつれて市役所へ米を受取りに行こうと思いますが、外《ほか》に御用はございませんでしょうか、」ときいた。

「そうさな、」と言って兄はちょっと考えていたが、不意に眉をひそめて事務員の方へ振向いた。そして彼を頭から脚の方へかけてじろりと見ながら、

「君は今まで田中町へ行っていたね。」

「はい、行っておりました。米の配給の用事で、」と彼は多少おどおどしながら言訳するように答えて、更に幾分媚びるような調子で言い足した。

「でも、どうしてお分りになりまして？」

「ふふ、君のからだからぷんぷん死骸の匂いがしてるじゃないか。昼間だからいいが、夜だと死んだ人間が歩いてきたかと思うぜ。どうも事務員たちは、どれもこれも死骸の匂いがしてる！」と言って兄はまたしたたか眉をひそめた。

実際、堪らない異様な臭気がその男から自分の方へも襲いかかってきた。

いろんな人々がつぎつぎにやってきた。彼等はまわりの掛長たちの所へくるか、でなければ区長の側へくるかした。新聞記者がやってきて、浅草区の復興に関する兄の意見と抱負を尋ねた。国粋会員と称する活動家らしい五十ぐらいの男が、陸軍少将の軍服をきた気どった一人の男を伴うてきて、兄の前で愛想のよい熱心さをもって来訪の意をのべ立てた。

「……、で何しろこういう際ですから、区役所で死体収容、その他何かと人夫なぞの需要が多いかと思います。そんな時にはどうか遠慮なく私共の方へ相談なすって下さい。三十人でも四十人でも、必要に応じて、いつでも狩り集めて参ります。いや、もとより口入屋と違いまして、まったく社会奉仕のためにする事ですから、どんなにしてでも、間に合わせるつもりでおります。そういう次第ですから、何卒よろしく、お願いします。」

そう言って、彼は坊主刈の頭を丁寧にさげた。同時に、剣欄《けんは》に両手を置いて椅子の上にそり返っていた少将も心もち頭を前の方へ動かした。

「どうも御親切に有難う、」と兄はそっ気なく答えて、彼等の名刺を繰返し眺めながら、

「じゃ、お願いしたい時には、この名刺の所へ通知を出せばいいんですね。」

「はあ、そうです。で、今は人夫なぞ、どんな具合ですか、」と彼はすぐにも人夫の需

要を受けたそうに、やや身を乗り出してきいた。

「ええ、今の所は充分間にあっております。また足りなくなった時にはお願いするかも知れません、」と兄はよそよそしく答えた。

「はあ。どうぞ、なる程《あきら》。」

国粋会員の顔には明かに失望の色が浮かんだが、彼はそれを悟られまいとするように、自分たちがこの際いかに社会奉仕のために活動しつつあるかを繰返し説明し、今後人夫入要の際には自分たちへ申しつけられるようにと、体裁よく嘆願して、ようやく立上って別れをつげた。それまで一言も口をきかず、唯《ただ》置物のようにそり返っていた少将も同時に立上って、軽く挙手の礼をして、剣をがちゃつかせながら、連れと一緒に出ていった。

この間、六十あまりの、頭の禿げた、痩せこけた老人が隣の掛長の前でしきりにお辞儀して何やらしゃべっていた。兄がようやく客から脱れたのを見ると、掛長は笑いながら兄の方へ向いてこう言った。

「区長さん、この老人も吉原の池に入ってて命拾いをした仲間だそうですよ。」

「ほほう、」と兄は親しげに笑いながら老人の方へ向いた。

「君はどこなんですか。」

老人は改めて低く腰をまげて答えた。「私は吉原の○○楼のものですが、震災の時には何しろ五十人からのおいらんを私ひとりで引きつれていましたので、大変に困難を致しました。」

「で、そのおいらん衆はどうしたのかね。」

「やっぱし、しまいには仕方がなくなってみんな池へ入ったのですが、大方死んでしまいました。幸い私は長年吉原に住んでいて、池の浅い所を知っていましたので、そこへ入ってようやく助かりました。でも火の粉は盛んにふりかかってきますしね、一時は自分も死ぬものと覚悟して念仏を唱えていましたが、フト見ると目の前に洋傘がひとつ漂うてきましたので、これ天の助けと思って、早速それをひろげて火の粉を防ぎましたような訳で、へい、でもこの通り眉毛は焼けますし、頭もいくつかやけどをしましたよ。」

　そして老人は卑下した笑いを浮べながら、片手で禿頭をつるりと撫でてみせた。実際にその白い眉は殆んど消えてなかったし、禿頭にはいくつとなく小さい火傷の痕が見えた。

　皆それを見て笑い出した。

　この事務室の窓は表へむいて開けられていたので、自分のいる所から、入口に続いている落つかない罹災者の列や、配給米のまわりに集まっているあわただしい男女の群れや、埃を蹴立てて忙がしげに役所へ出たり入ったりする人々を眺める事ができた。

窓から、不意に、五十あまりの女の顔があらわれた。髪は乱れ、頰骨の高い黒い顔は病的な黄味を帯び、疲れたような小さい眼は力なくどんよりとして、病気の床から辛うじて起きあがってきたもののようであった。彼女は自分を役人と思ったらしく、丁寧に頭をさげてから、息ぎれのする弱々しい声でこう言い出した。

「あのう、私は今度焼け出されまして、今公園で区の御厄介になっているものですが……」

「あ、用事でしたら中へ入って、係の人にお話し下さい、」と自分は劬《いた》わるように言った。

するとと彼女はひどく当惑して、ちょっと泣き出しそうな顔になったが、やはりかぼそい調子でまた同じ事を繰返し始めた。見たところ、何か必死の願い事があるらしかった。それで自分は兄の注意を彼女の方へ促がした。

「何の用事ですか、」と兄は役人に特有なぶっきらぼうな、面倒くさげな調子できいた。

彼女は兄を見ると、改めてまた丁寧に頭をさげた。そして殆んど縋《すが》りつくような眼付で兄の顔を仰ぎ見ながら、頼みの趣意を話した。彼女は今公園で焼トタンの囲いの中に住んでいるが、震災前からの腎臓病が一層ひどくなってずっと床についている。配給米は受けているが、貧乏のために碌々医薬を飲むこともできない。息子がひとりあって、ついは以前八百屋で働いていたが、その家も焼けたので今は職もなくぶらぶらしている。ついてはその子を役所に人夫にでも使って貰えないか。それを頼みたいばかりにこうして病気を押して出てきた訳である。彼女の眼には涙が光った。そして彼女の顔は哀願そのもののように引歪んだ。

「で、その息子を一緒につれてきていますか。」

「はあ、一緒につれてきましたので。おい、ここへ来て御挨拶をしないか。」

二十歳ぐらいの、色の黒い、やや愚鈍らしい顔付をした若い男が、窓の側へ顔を出して、ぺこっと子供じみたお辞儀をした。

「君はからだが丈夫かね、」と兄が聞いた。

「はあ。」

「力があるかね。力がなくちゃ人夫として働けないが。」

「腕倒しなら大抵誰にも負けた事がありません、」と若者はまじめな顔して答えた。

兄は笑った。

「よし、じゃ内へ入って験《ため》して見給え。あそこにある四斗俵を担いで、三間《さんげん》の距離を往復するんだ。それができたらすぐ使ってあげる。」

そして兄は下役人に彼を試験するように言いつけた。若者は母親を外に残して、内へ入った。そしていかにも自負ありげな様子で、米俵の側へ行った。自分は若者がうまく試験に及第するようにと祈りながら、しかもはらはらしながら遠くから彼を見守っていた。

　若者は役人に示された俵に手をかけた。そして少なからぬ困難にうち克って、ついに肩まで担いあげた。それから薄暗い通路を三間ばかり、多少よろけながらも、とうとう無事に往復しおおせた。

「どうだ、できたかい？」

　役人が若者をつれて側へきた時、兄は笑いながらそう聞いた。そして彼は明日から人夫として採用される事にきまった。

　母親はまだ窓から首を出して、心配で堪らぬように眼をうろうろ漂わせていたが、それを知るとほろほろと涙をこぼした。そして兄を拝むような眼付で見あげて、幾遍となく頭をさげた。そして、やがて出てきた息子に寄りかかるようにして、嬉しそうに、しかしいかにも苦しそうな足どりで人ごみの中を帰って行った。

「ああ、ほんとにほっとした。」と後で自分は兄に言った。「あの息子が米俵に手をかけた時には、僕も力を添えてやりたいような気がしましたよ。」

「うむ、ああいう可哀そうなのは何とかして使ってやるような方針にしてるんだがね、でも、どうかすると肺病やみなんかが人夫に使ってくれと言ってくるが、いくら気の毒でもそういうのは使ってやる訳にいかないんでね。」

兄がそう言っている時、縮みの半シャツにテニス用の白ずぼんをはいた、二十五、六の学生らしい若い男が、人よげににこにこしながら側へやってきた。自分は一見して、これが死体収容の人夫として働いているという大学生だな、と直覚した。

彼は碌々挨拶しようともしないで、馴々しい調子で兄に話しかけた。

「先だって人夫に使って頂くようにお願いして置いた友達をつれてきました。これがそうです。」と彼は後に控えていたやはり二十五、六の色の黒い、逞ましい体格をした学生風の男を紹介した。

「ほう、丈夫そうなからだをしていますね、」と兄は彼を見て笑いながら、「君は学校へ出てるんですって。」

「はあ、明治大学で法律を勉強しています、」と彼は太いバスで答えた。

「で、君は腐った死体なんかを扱う勇気がありますか。」

「はあ、大丈夫できるつもりです。」

「そんなら、まあ働いて見給え。もっとも○○君もやってるんだからな。」

そう言って兄は先の大学生を振返って笑った。

「いや、区長さん、死体を扱う事はもう慣れっこになって平気ですよ。服や靴に匂いが移って台なしになってしまうのが閉口なんです、」と先の大学生がやはり人よげににこにこして言った。

死体収容について猶《なお》何かと色々な話をして大学生たちが去った後、兄は区内を巡視するために出かけようとした。もとより自分も一緒に行く筈だった。しかしもう正午だったので、ここで昼飯を食べてから出かける事にした。

まもなく女給仕が沢山の握飯を大きな皿にのせて、茶と一緒に運んできた。この際、おかずなどは何にもなかった。自分は非常に空腹を感じていたので、すぐにも食べたいと思ったが、猶次々と人がやってきて、兄がそれらの応対に気をとられていたので、自分も食べないでじっと待っていた。

兄の用事はなかなか終らなかった。そして握飯の上にはどこからともなく無数の蠅《はえ》がたかってきた。自分は扇子をもって、根気よく蠅を追うのにかかっていたが、追っても追ってもすぐ白い握飯のまわりへ舞い戻ってきて、黒々ととまるのであった。この無数の蠅はそこらの焼トタンに住む人々の不潔な生活に群れ、共同便所の中を飛びかい、焼跡の死体に触れ、そして窓から入りこんできたものである……

それで、三十分以上も経ってから、兄がようやく客との話を終って握飯に手を出した時には、自分は烈《はげ》しい空腹にも拘《かか》わらず、ちょっと食べる気にならなかった。

「おい、どうしたんだい、食べないか、」と兄はむしゃむしゃやりながら言った。

「だって、こんな汚ない蠅のたかったものを……」

「何を贅沢を言ってるんだ。ここは焼跡だよ。場所柄を考えてものを言わないか、」と兄はたしなめるように言った。

　自分は急に顔の熱くなるのを覚えた。実際にそんな事を言った自分が恥ずかしくも、腹立たしくもあった。そして黙って、さんざんに蠅のたかった握飯を手に取った。


　昼飯を食べると、兄と自分とは再び自動車にのった。兄はまず金龍小学校へやるように運転手に命じた。自動車が焼跡を疾走して、とある路を曲ろうとした時、兄は不意に眉をひそめて言った。

「やあ、臭い！」

　自分もまた異様な臭気が風と共に鼻を掠《かす》めて行くのを感じた。

「きっとここいらにも死体が隠れているに違いない、」と兄はまた呟やいた。

　自分は思わず窓から目をそらした。

　まもなく学校へついた。これは数箇月前竣功したばかりで、東京市第一の小学校と誇っていたのであるが、震災に無残に焼けて、コンクリートの巨大な骨組みだけ辛うじてがらんと廃墟に立っていた。そして無数の罹災者が収容されていた。兄が配給の有様を見てくる間、自分は車の中にひとり残って、学校の窓際の黒く煤けている跡によって、そこから吐き出された猛烈な火焔を想像したり、大部分破壊されて向い側に残っている警察署の赤煉瓦の残骸をみて欧羅巴《ヨーロッパ》の大戦の後を思い出したり、朱と黒と灰の色調で眩しい日ざしの下に果てしなくつづいた焼野原に荒れた無気味な幻想を描いたりしていた。ついそこでは貧しげな男の子が一本の大根を振りまわしながらはだしで歩いて行くと、小さい襦袢に赤い腰巻だけの十三、四の女の子が片手にするめをもって向うからやって来て、「どう、羨ましくない？」というように、男の子にそれを振って見せていた。

兄はじきに戻ってきた。それから自動車を引返して、本願寺の焼跡へ行った。あの宏大な旧《ふる》い建築は今や跡形もなくなって、僅かに小さい宝物倉だけがみじめに焼け残っていた。そして本堂跡と思うあたり、テント病院が出来かかって、僧服をきた人や、大垣青年団と書いた白い布を肩にかけた若い四、五人の人々が忙がしげに働いていた。

そこで所用をすましてから、自分たちは愈々《いよいよ》観音堂へまわる事にした。辛うじて両側のところどころに赤煉瓦の塀しか残っていない仲見世の通りは、震災前に増した大変な人出で、自動車をとおす事ができなかった。兄と自分は止むなく下車して人ごみに交って歩いた。

あの朱塗の大きな雷門の柱は、立退先を知らせたり、家族の行方を尋ねたりする紙札が幾十枚となく殆んど一面に貼りつけてあった。夫婦、親子、親族なぞ、互いに顧るひまもなく離ればなれになって逃げ惑うた当夜の有様が偲ばれた。

焼け残って悠然と立っている旧い巨《おお》きな観音堂もそうであるが、門を潜《くぐ》って何よりも自分の目についたのは、境内に幾本かある青々としたいちょうの大樹であった。荒れはてた破壊の跡ばかり見てきた目には、この火を脱れた、否、火を防いだ大木の緑の生々しさが、いかにも美しく、新らしく、心よく映った。

見ると、かなり広い境内には焼トタンの囲いや、みじめな小屋がいっぱいできていて、まさしく罹災者の植民地の観があった。それはあちこちと不規則な小路を通じて、幾百となくあるように見えた。よく見ると、驚いた事には、観音堂の縁側にも罹災者が充ち溢れるように巣を作っていた。それはまた縁の下にまで及んでいた。観世音の霊験によって救われたと信じているこの気の毒な人たちは、永久にここを離れまいとしてどこまでもこの神聖な場所にしがみつこうとしているように見えた。

こんな中にも、参詣人は、ぞろぞろと引続いた。そして正面の大階段は上下する信心深い人々でいっぱいだった。

参拝通路の傍にある大きな石灯籠《いしどうろう》が一つ、地上にうち倒れていた。そして平和な鳩の群れはいつものようにそのまわりに舞いおりて、余念なく餌をあさっていた。

兄はまず物品配給の出張所を視察した。そこで陸軍大尉の軍服をきた在郷軍人が自分たちと一緒になった。彼は人よげな赤ら顔に充血した大きな眼をもった男で、自分の家は丸焼けになったにも拘わらず、そうして毎日罹災者のために奔走しているとの事だった。

彼は自ら区長の案内役となり、何かと説明の労をとった。

自分たちは池の近くにある仏教伝道館へ行った。火災を免れたこの化粧煉瓦の小じんまりとした感じのよい建物は、或る慈善医療団の施療病院になっていた。みると、ベンチがそれぞれベッドのかわりになって、頭から胸へ繃帯《ほうたい》した火傷者や、死んだように身動きもしない重病人や、行路病人などが三十人あまりも寝ていた。大抵は音もなく横になっていたが、――それは見るものに絶望者のような印象を与える、――二、三のものは苦しげに呻き声を立てていた。白い診察着をきたひとりの医員と、二、三の看護婦が薬の香に充ちた会堂の中をしずかに見まわっていた。

兄が医員と何かしばらく立話をすますのを待って、自分たちが会堂を出ようとした時、赤ん坊を背中にくくりつけた四十四、五の貧しい身なりをしたおかみさんが、髪を乱して、逆上したような風であわただしく飛びこんできた。そして一人の看護婦を認めると、調子っぱずれた声でいきなりこうどなった。

「ここに〇〇〇〇という十三になる男の子が御厄介になっておりませんか。頬っぺたに大きなほくろのある色の白い子で、到ってかわいらしいおとなしい性質の。」

しかし看護婦の返事をきかないうちに自分たちは外へ出てしまった。

「ああいうのは本当に可哀そうですね、」と大尉は兄に言った。「あんな風に親子ばらばらになってしまったのが、この震災でどれほどあるもんですかね。」

「いや、僕もこないだ東京駅へ行って、あそこに収容されている迷い児をみたが実に涙が出ましたよ。そう言えば今のおかみさんに収容所の事を教えてやればよかったなあ、」と兄は思わず後を振返りつつ言った。

「じゃ僕行ってきましょう。」

そう言って大尉は駆足で会堂の方へ引返した。しかし彼はすぐに戻ってきた。

「もういない、」と彼は言った。「あそこに子供がいない事を知ると、おかみさんはまた気違いのようにすぐに飛び出して行ったそうですよ。」

母親が見失ってしまった、そして死んだかも知れない愛児をたずねて、狂気のようにしてあのように焼跡をうろついている有様を想像すると、――それはまた余りにも多い！――自分は両眼が涙で痛くなるのを覚えた、――けさ焼跡へきてから、あまりにひどい悲惨に対して自己を用心するために、できるだけ哀憐と涙を心の片隅へ押つけていたのではあるけれど。

それから兄は罹災者の状態を視察するために、焼トタンや板なぞでできたバラックでつづいた不規則な小路へ踏みこんだ。この視察のお供をして、気の毒な人々を見て歩くことは自分にとって殆んど堪え難い苦痛の感じを起させた。自分はできるだけ彼等を見ないようにして歩いた。

兄はあちこちで立ちどまって、蓆《むしろ》や板の上に坐っている罹災者の家族にこう聞いた。

「米の配給はうまく行亘《ゆきわた》っていますか。」

「はあ、お蔭さまで、」と彼等は答える。

「きょうは鮭の缶詰や、するめを配給した筈ですが、あなたも貰いましたか。」

「頂きました。」

「もし配給に不公平や間違いがあったら、遠慮なく区長へ申し出て下さい。」

そして兄は大尉を随えて、次々と根気よく迷宮めいた小路を尋ね歩いた。


「それにしてもまあ、全くよく焼け残ったもんだなあ。」

ひとまわり罹災者たちの巣を巡視して、観音堂の右横手へ出てきた時、兄は鳩のとまっている高い屋根を見あげて、今更のようにそう言った。

「ほんとですね、」と大尉は応じた。

「この団十郎の銅像のうしろの樹はこんなに焼けてるんですよ。それからあの土蔵の板囲いは、ほらあのとおり火が燃えついて、かなり焦げてるじゃありませんか。それだのに無事にこれが焼け残ったのですからね。安政の地震の時の例もある事だし、みなが観《かん》世《ぜ》音《おんぼ》菩薩《さつ》の威力によるものと考えるのは無理がありませんよ。」

「観音堂が猛火につつまれた時、あの屋根の上に観音さまのお姿が立ち現われたというじゃないか、」と言って兄は笑った。

「いや、それは実際それ位の事はあったかも知れませんよ、」と大尉はまじめになって答えた。

「何にしても奇蹟さね。それに、もしこれが焼けたとしたら、ここへ避難していた何万人かも死んだだろうからね。」

「ええ、それこそ第二の被服廠になったでしょうよ。どうです、区長さん、この社務所へ寄ってお茶を一杯御馳走になって行こうじゃありませんか。」

「この社務所もよく焼け残ったね。見給え、裏庭の塀はあんなに焼けているのに。」

あけ放された大玄関から裏庭の方をすかして見て、兄がそう言った。

大尉が玄関に立って大きな声で呼んだ。こういう所に思いがけないような粋な若い女が出てきた。彼は区長が巡視にきたついでに立ち寄ったことを告げると、女はすぐに引こんだ。そしてかわりに、四十前後の眼の大きな、頬の落窪んだ、背のひょろ高い男が出てきて、恭々《うやうや》しくそこに両手をついた。大尉は知合であるが、兄とは初対面らしかった。

「さあ、どうぞお上り下さい、大変に汚なく取散らしておりますけれど、」と彼は慇懃《いんぎん》な愛嬌をもって膝まずいたまま言った。

「いや、巡視の途中ですからここで結構です、」と兄は言って、ハンケチで顔の汗を拭いながら、

「今も話していたんだが、観音堂はほんとによく助かりましたね。」

「はあ、有難うございます、」と彼は再び両手をついて、「まったく神霊の御加護によりまして……」

「でも、周囲へ火の迫って来た時には大変だったでしょうね。一体その時にはこの境内にどれ位の人が避難していましたか、」と兄は色々な話を導き出そうとするようにそう聞いた。

「さあ、二万いたもんですか、三万いたもんですか、何しろみんな身動きもできない程いたもんですが……」

　明らかに彼は話ずきだった。それに彼は今区長の前で、この神聖な観音堂を守るためにいかに献身的に自分が活動したかを上申すべき機会を得たわけだった。そして彼は猛火が四方から観音堂を包囲した時いかに絶望的な危険が迫っていたか、その中でいっぱいの群衆はいたずらに泣き、叫び騒ぎ立てるばかりで消防に対していかに無力であったか、そしてこの時彼が観世音の御名によって一方群衆の精神を鼓舞しつつ、罹災者の中からありったけのバケツを狩り集め、池と井戸と火の所へ人々を連鎖せしめつつ、いかに敏捷にバケツによって水を運ばせて消防に努力せしめたかを、熱心に物語った。

「いや、君は偉かったよ、」と大尉は心から感心して言った。「実際君のような人がいなかったら、或いはこの観音堂も焼けてしまったかも知れないいんだからね。」

彼は愈々《いよいよ》調子にのって話しつづけた。

「そうして盛んにバケツ消防をやっているうちに、神霊の御加護によって幸い観音堂とこの境内にはさすがの猛悪な火の手も及ばないで、だんだん外へとそれて行きました。安政の震災の時にはあの五重の塔の九輪《くりん》が火力で曲ったと言いますが、今度はそれさえ無かったのです。まったく奇蹟と外《ほか》には言いようもありません。

ところが、観音堂がもう大丈夫となると、それまで緊張しきっていた群衆は一時に気がゆるんできました。見ると、あっちでもこっちでも一時に疲れが出て、正体もなくごろごろ眠っているという始末です。これには私、随分心配しましたね。だって、観音堂は助かったというものの、周囲は猶《なお》猛烈な勢いで燃えていて、どんな風の吹きまわしでいつまた火が移って来ないとも言えない有様だったのです。それで私は群衆の中を駆けずりまわって、油断してはいけない、眠ってはいけないとどなって歩いたんですが、どうしてもきき目がありません。皆もう正体なくなっているのです。その時——それはもう二日の晩の事ですから、——私はフト朝鮮人の事を思い出しました。そしてこれを利用するに限ると思いましたので、いきなり大きな声で、(今朝鮮人が四、五十人観音堂を包囲して、爆弾や石油をもって焼き払おうとしているから皆さん気をつけて下さい、)と呼ばわって歩きました。」

「なる程、それはうまい所へ気がついたもんだ、」と大尉は感心したように言った。然し、もしこの場に刑事がいたら、流言蜚語《りゅうげんひご》を放った犯罪人として捕えたであろうに。

「ところが、この宣伝が実によく利きましてね。気のゆるんでいた群集が一斉に生気づいて、殺気だってきましたよ、そして朝鮮人狩りが始まりました。」

「で、実際に朝鮮人がいましたか、」と兄がきいた。

「ええ、いましたとも。何十人となく罹災者の中に隠れていましたよ。あいつらときたらとてもずうずうしいんで、石油缶を前に置いてぼんやり火事を見てやがるんですからね。」

「ふむ、良い度胸だね、」と大尉が言った。

「私も観音堂の縁の下へもぐりこもうとしてる奴を二、三人ふんづかまえましたが、こいつが爆弾を二つ持っていましたよ、」と彼は眼を大きくして言った。

「ふむ、どんな爆弾だね、」と大尉がきいた。

「こんなんです。小さいです、」と彼は人さし指を出して見せた。

「その爆弾をどうしましたか、」と兄がきいた。

「朝鮮人から取りあげて、危ないからすぐに池の中へ放ってしまいました。」

「でも、よくそれをあなたに投げつけませんでしたね。」

「勿論私に投げようと思ったのでしょう。でも向うより私の方が機敏だったのです。」

ここで彼の調子は曖昧になった。

「いや、何にしても観音堂の残ったのは君の手柄だよ、」と大尉は言った。

「いえ、どうしまして。これは全く神霊の御加護による事でして……」

「ふむ、」と自分はうしろの方にいて、心の中で呟やいた、「自分がもし神さまだったら、幾たりかの朝鮮人を犠牲にしてまでこんな建物を残させやしない。それよりもまずこの男から、罰してやるのに。」

「して見ると、区役所の焼け残ったのはどういう奇蹟によるのかなあ、」と兄はまったく冗談のように言って笑った。

「それは全く区長さんの御威徳《ごいとく》によるのでしょう、」と大尉は笑って答えた。

「実際そうかも知れないね、何しろこのとおり智徳兼備の名区長だからね。区民は観音様と同じように僕を崇めるがいいさ。ははは。」

「さあ、これから隅田川へ行って死体を収容してるところを視察するかな。」

社務所を立去りながら、兄は大尉と自分を顧みてそう言った。

そこで自分は兄に別れを告げた。死体を見たくないのも勿論であるが、代々木へ帰る時間のことも考えなければならなかったし、途中で寄りたい所もあったので。

それから自分は、震災前と違って上野の森を近々と目の前に見ながら、焼野原を伝って根岸の方へ急いだ。路傍に並んだ焼トタンの住居や、すいとん、汁粉なぞの汚ない露店の外には屋形のまるで見られない、埃立った、殺風景な焼跡から、焼け残った下谷の町つづきへ踏みこんだ時には、何となく救われたような気がして思わず息をついた。

　根岸には自分の親しい医者が神田の病院を焼かれて立退《たちの》いているのだった。到る処に立退いた人々の張札が門や塀に貼ってあるのを見ながら、三十分あまりも勝手を知らない町をうろついて、漸く尋ねる家を見つけた。生憎主人は留守だったので、玄関で家族の人たちに会って見舞の言葉を述べるとすぐにそこを出た。

　そして自分は裏手から上野の森へ入った。そこでも樹立《こだち》の間に焼トタンの囲いや、板がこいの中に寝起きしている無数の罹災者を見た。そして、やはり到る処、共同便所の板にまで、立退先の知らせや、尋ね人の貼札がべたべた貼ってあった。石灯籠や、銅像の台座には、じかに墨で筆ぶとに書きつけてあるのもあった。殊に交番の箱にはこの貼札が殆んど一面に貼られていて、その前に巡査の立っている様は確かに奇観だった。

　朝鮮人救護団、慈善医療団なぞと書かれた白い布を肩にかけたり、旗を立てたりして公園を歩いている群れがあった。この際、そのように実際的に不幸な人々の救援に従事している彼等を見て、自分は心から羨ましく思わずにいられなかった。

　自分は池《いけ》の端《はた》に出て、切り通しに出た。坂を登りながら、非常に疲れていたにも拘わらず、自分はフト或る事を思いついて、湯島天神へと石段を上って行った。

予想したとおり、この高みに立つと、神田、下谷、浅草はもとより、遠く本所、深川の方面まで下町の焼跡の大部分をひと目に見渡すことができた。折から、太陽はゆう近く自分のうしろに傾いていた。そして赤々とした斜陽の中に帝都の残骸は音もなく横たわっていた。僅かにあちこちに残っている土蔵、破壊されたコンクリートの骸骨、黒焦げになった大木、そして果てしなき灰の荒野、これこそ地下から発掘された死せる都！

暫くの間、自分は手すりによって立ちつくした。

そして自分は何気なくうしろを振向いた。恰《あたか》も或る予感によってそうさせられたかのように。すると、二間《にけん》ばかり離れた所に、二十五、六の店員風の男がひとり立ってじっと自分を見つめていた。小さい、鋭い、疑惑と憎悪に燃ゆるその眼、明らかに彼は自分を朝鮮人として見守っていた。その瞬間、彼は自分を朝鮮人の気持に置きかわらせた。

殺人者の眼！

自分は何気ない風を装うて、再び焼跡の方へ向き直った。しかし焼跡を見渡していても、うしろから自分に釘づけされているあの恐ろしい両眼が眼さきにちらついてならなかった。それは自分を二日の晩の血腥《ちなまぐさ》い騒ぎの中へ持って行かせた。そして自分はあのもの凄い眼を到る処に見出した。

「汝《なんじ》等に告げん、この所に一つの石も石の上にくずされずしては遺《のこ》らず。」イエスがエルサレムに於けるこの大いなる呪いの言葉を思い出しつつ、自分は急いでその場を立去った。

蔡君はまもなく自分の所から宿へ帰って行ったが、そこの主婦は無慈悲に彼を置くことを拒んだ。それで彼は近所にいた友達をたよって、一時そこに置いてもらった。鄭君は三人の友達と一しょに、(内二人は、宿を焼かれてここへ転げこんだ苦学生であったが、)例の半ば潰れかけた家に住んでいた。李君と、横浜へ行った友達とはついに戻って来なかった。彼等は何れも脅やかされた苦しい日々を送っていた。それに杜絶《とぜつ》した交通のために、本国からの送金は絶えた。彼等は日々の糧に困り始めた。

或る日鄭君は自分の所へやって来て、日々こんな脅やかされた不安な生活をしていては忽ちひどい神経衰弱になりそうだし、食べるのにも困るから、どこかへ行って働きたい、筋肉労働でも何でもするから何処かへ口を世話してくれと頼んだ。自分は何よりも兄を思い出して、役所で彼を使ってくれるように掛合《かけあ》ってみたが、すぐには口が無かった。折柄《おりから》土木請負師が活動し始めた頃で、代々木でもあちこちの電柱や塀に人夫募集の紙札が出ていた。自分はそれらを頼って、二、三軒交渉してみたが、やはり朝鮮人ときいては、一も二もなく断わられてしまった。

そのうち隣の親切な奥さんの世話で、彼は或る建築場で人夫として雇われる事になった。彼は喜んで毎日働きに行った。しかし一週間ばかりで彼は止めた。なぜか、彼は初めから朝鮮人として受けなければならない侮辱と苦痛に対して充分覚悟していたにも拘わらず、それは余りに大きかったので。

　彼の同宿の友達は順々に本国へ帰ってしまった。彼等はそれぞれ専門の学校に籍を置いて、飴を売ったり労働したりして勉強をつづけていたのであるが、今度の騒擾《そうじょう》は彼等を奥底から恐怖させた。そして東京と勉強を見限って帰国させるようにしたのである。外《ほか》の多くの朝鮮人がそうであったように。

　或る時鄭君が非常に元気のない様子でやってきた。そして東京ではいかにしても生活の方法が立たないので、大阪に知合があるのを頼って唯《ただ》暮らしの道を見つけるために、これからそこへ行くつもりだと話した。折角半ばまで行った学校をここで止めるのはいかにも残念だが、どうも止むを得ないと言って首を垂れた。

「そうですか。それは残念ですね、」と外《ほか》、自分も答えようが無かった。

　それから彼は絶望に充ちた悲しい調子で、呪われた自分達の運命について嘆きつつ話した。彼は本国人がこれまでにも徐々に掠奪されて貧しくなってゆくばかりだのに、更に今度のような精神的な打撃を受けては、自分たちはもうじりじり滅亡して行く外《ほか》はないと言った。どんなに反抗してみたところで、自分たちの民族は深淵に臨んでいるので、結局は奴隷にされてしまうのだろうと言った。自分は自分達の民族を信じないとは言わないが、でもこうなっては手足を縛られて処刑台に引すえられたのも同じだとも言った。

その不自由な言葉の間に、国を失ったものの限りない悲哀と怨恨とが寂しく燃えていた。

　然し自分はそうは思わないと言った。

「だって僕が僅かに知っている朝鮮人の間にも、既に有為な立派な二、三の青年があります。それだけでも僕は君のようには考えませんよ。いかに君が今そう感じるのは一面無理が無いと同情してもですね。」

「そうでしょうか、」と彼は到底信じられないというように暫く首を傾げていた。

　せめて自分は彼を送別する為に一緒に夕飯を食おうと言ってみたが、もう時間がないと言って、彼はそそこに暇《いとま》を告げて立去った。自分達の家族に温かい祝福を残しながら。

　その後蔡君から、鄭君が大阪で車夫をしているそうだというような事をちらと耳にしたが、委しい消息については未だに知る事ができないでいる。別れる時、彼は世の中へ出るまでは決してたよりしないと言っていたが、果たして幾年か経って全く思いがけないような時に、彼から不意のたよりに接するような事もあるだろうか。

　震災のために新聞が出なくなってから、自分達はそれを見る事にどんなに飢え渇いたろう。そして十日前後になって、漸く焼け残った「報知」と「都」と「東京日々」とが出初めた時どんなに貪るようにして隅々まで読んだ事だろう。とは言え、またしても震災の記事で殆んど全部を充たされている新聞は、わけても実地に震災を経験したものにとっては、余りに刺戟が強すぎた。惨害と死傷の有様、人々の恐ろしい経験談、痛ましい悲話哀話、さては広告欄の大部分を充たしている行方を失ったものを一生懸命で尋ねている人々の声なぞ。

「ああ新聞を見ていると神経衰弱になってしまいそうだ。もう見ない事にしよう。」

そう言っていながら、翌朝になると自分はまた不思議な不可抗力に引かれるように、先ず新聞を取りあげるのであった。

そして新聞で委しい事実を知れば知るほど、今度の災禍が自分の知っているよりも、また想像しているよりも遥かに大きく、そして残忍で深刻なものだった事を知って驚かずにいられなかった。

葛飾《かつしか》に於ける社会主義者十三名の銃殺事件、大杉《おおすぎ》栄《さかえ》外《ほか》二名の絞殺事件、その他知られる事なくあちこちで犯された同様な暴力、それらについて自分は今何にも言うことを控える。こうした事件は当時いずれも自分の魂をどん底まで震撼させたものだった。

十月の下旬、新聞は或る協会の主催で、不幸な朝鮮人たちの追悼会が芝の増上寺で行われることを報じた。そして、もし臨席しようと思うものは、二、三日前までに事務所へ申しこむように書き添えてあった。自分は是非それに臨席したいと思った。しかしいかに追悼会とは言え、あのような事件を引起した後で、やはり日本人として、連帯の責任が無いとは言えない自分が、どんな顔をして席に出られたものだろうか。そう思ってかなり躊躇も感じられた。しかし自分はついに決意して、臨席の希望を事務所へ申しこんでやった。

恰度《ちょうど》この時分、自分の先輩であり親友であるK君がドイツから帰ってきた。追悼会の二、三日前、自分は彼を大森の住居に訪ねた。勿論無事の帰朝を祝すると同時に、いろいろと土産話をきくつもりで。

しかし会ってまっ先に出たのはやはり地震の話だった。自分が彼に向って、ドイツにいて初めて郷国の地震について知った時の事を尋ねれば、彼はまた地震の時のくわしい有様をきき返すという風であった。そして自分は九月一日以来東京にいて親しく経験した事どもを彼に話さなければならなかった。

そして話はいつとなく二日の晩の朝鮮人騒ぎに移って行った。震災について話すとすれば、これこそ自分の一番に語りたい事であったし、彼もまた非常な注意と熱心とをもって耳を傾けた。

「もとより今度の震災は歴史上稀なるものであるに違いない、」と自分は言った。「然しそれはそうであるにしても、それは不可抗な自然力の作用によって起ったことで、もとより如何とも仕方がない。運命とでも呼ぶなら呼ぶがいい。しかし朝鮮人に関する問題は全然我々の無智と偏見とから生じたことで、人道の上から言ったら、震災なぞよりもこの方が遥かに大事件であり、大問題であると言わなければならないと思う。」

「それは勿論そうさ、」と友達は重苦しい憂鬱な調子で答えた。「だが、一体どこからそうした流言が出たのかね。それが根本の問題だと思うね。」

「それについて誰が答える事ができるかしら?」

「でも、それは無くてはならない。」

「勿論そうさ。でも、それは永久に知る事はできないかも知れない。唯《ただ》間違いのないのは、すべては日本人全部の責任だという事だ。」


「それにしても、」と自分は言葉を続けた、「今度の事件で自分が何よりも痛切に感じたのは、人間にとって、教養がいかに大切なものであるかという事だった。だって、あの騒ぎはいかに日本人一般が日常の教養に於いて浅薄であるかを暴露したようなものだからね。まったく、あの騒ぎの中で、僕は多少なりと理性を失わなかったものを周囲にひとりだって見出さなかった。何の事はない、ひと度あの流言が毒風のように人々の頭上を吹いてすぎると、皆はもう正気を失ってしまったのだからね。」

「そんな風だったかね、」とK君はちょっと信じられないというように答えた。

「それから、人種的偏見がいかに根深い恐ろしいものであるかという事も、今度の事件で僕はつくづく感じさせられた。僕たちは歴史や新聞の上では人種間の憎悪や闘争についてもとより知っていたが、幸い僕たちは殆んど異人種と交わる事なしに生活しているし、随って他の人種に対して別に反抗や憎悪を経験する機会をもっていなかった。ところが、ひと度《たび》機会があるとあの仕末だ。人種的偏見もしくは敵愾心《てきがいしん》というものは、人が自覚するよりももっと深い所に根をもっていて、想像以上に兇暴なものだということがこれでもよく分ると思うね。」

「そりゃ、やっぱし我々は全然××××的な教育で堅められてきてるんだからね。別にふしぎは無いさ。」

「それで、僕は今度の震災で、恰度《ちょうど》世界大戦について正しい理性を持ったあらゆる人達が経験したと同じような事を経験したと思う。一言で言えば、僕の思想はこれまでにも増して急進的になり、ずっと左へ傾いてきたのだ。」

「ふむ」、と彼は考え深く黙っていた。

「実際あの二日の晩の事を思うと、今でも心持が引きしまる。僕は革命の恐ろしさを実地に経験したようにも思う。ロシヤの革命の晩が恰度あのとおりだったというからね。そしてあの時はロシヤから亡命してきた小説家のS氏が革命を呪った心持に同感した。しかし今はそんな風に考えない。起るべき事は起るのだ、新らしい秩序が生れるためには、僕たちはどんな恐ろしさをも忍ばねばならないだろう……」

彼はやはり黙っていた。暫く言葉がとぎれた、フト自分は思いついて、

「そう言えばこの二十八日に増上寺で朝鮮人の追悼会があるんだってね。僕は臨席を申しこんで置いたが、君も行かない？」

「さあ、」と彼は躊躇しつつ、「心持ではせめて追悼会にでも出たいとは思うが、何だかそこへ来てる朝鮮の人たちに顔向けがならないような気がしてね。」

この言葉は自分の心を衝いた。そしてあのようにして臨席を申しこんでやった自分が、何だかずうずうしい恥知らずのような気がしてきた。自分はどうしようかと迷ってきた。そしてどうとも決心ができなかった。（追悼会の当日自分はついに行くのを止めた。）

二時間ばかり、こんな話をしている間に次々に客が重なってきた。それで自分はK君の所を辞した。

外へ出てから、自分は洋行中三年も会わなかった友達から土産話を何一つ聞かないで、震災と朝鮮人の話ばかりしてきた事に気がついた。しかし自分は別に悪い事をしたとも思わなかった。そしてたった今友達と話し合った事を思い返しながら、路の上でこう独語した。

「柔和《にゅうわ》なる羊を怒らすこと勿《なか》れ。羊の怒る時が来たら、その時は天もまた一緒に怒るであろう。その時を思って恐れるがよい。」

――一九二五、三、一五、――

解説——「あとがき」にかえて

天児照月

一九二三（大正十二）年九月一日、午前十一時五十八分、マグニチュード七・九の大地震が関東一円を襲った。日本の首都を直撃するという未曾有の自然災害に加えて、朝鮮人に対する流言蜚語《りゅうげんひご》が、たちまち疫病のごとく広がっていった。この渦中で六千人とも一万人ともいわれる朝鮮人をはじめ中国人、社会主義者らが、何の理由もなく虐殺されるという、戦慄《せんりつ》すべき事件が起こった。

江馬修は東京府下（当時）代々木初台で罹災した。江馬自身は家の壁が崩れたり瓦が落ちたくらいですんだが、自警団に駆りだされたり、朝鮮人を匿《かく》まったり、様々な体験をした。また長兄・江馬建が当時浅草の区長をしていたので、兄の車に便乗して、罹災直後の状況を見てまわった。江馬はそれらの貴重な体験をもとに、震災の翌年の一九二四年十二月から翌二五年三月にかけて、一〇四回に亘《わた》って『羊の怒る時』と題して「台湾日日新報」夕刊に連載し、その年の十月に聚芳閣《しゅうほうかく》より単行本として出版した。関東大震災の記録として、おそらく我が国で最初のものであろう。では何故このような早い時期に発表したのだろうか。江馬にはどうしても書かねばならない必然性があったのである。

江馬修《しゅう》（本名修《なかし》）は一八八九（明治二十二）年十二月、岐阜県大野郡高山町（現在高山市）に生まれた。父弥平、母とみの四男（十二人きょうだいの第九子）。弥平は鉱山経営、道路改修などを手がける事業家で、県会議員でもあった。修は裕福な家に生まれたが、生まれるとすぐ母の生家（仕立て屋）へ養子にやられた。生まれ落ちた時から最初のボタンが掛けちがえられた訳である。修は養家に馴じまず、仕立て職人になることを嫌がったが、養父は聞き入れてくれなかった。その上十歳頃まで強度の難聴児（耳と鼻に通じる管に垢が詰まっていて、耳鼻科の医者がスポイトで二、三回シュシュと空気を送ったら聞こえだしたとか。晩年までよく聞こえていた）で「つんぼ、つんぼ」とさげすまれたという。

十歳を過ぎたころから養家と生家の間に何かあったらしく、十二歳の時江馬家へ戻ることになった。そして中学校への進学が許された。しかし修が戻った頃、弥平はすべての事業に失敗して没落に瀕していた。

修は出戻りという居づらい立場にあり、母の愛を十分受けることは出来なかった。非常に尊敬していた父は四年後に、多くの借金を残して亡くなった。修はこのショックもあって、中学を後二学期という時、放浪の旅へ出た。

一九〇六（明治三十九）年三月、「文章世界」（主筆田山花袋《たやまかたい》）創刊。修はこの雑誌によって自然主義の洗礼を受ける。以後「先入観に捕われるな」「人生をあるがままに見よ」「現実を大胆にばくろせよ」という自然主義のスローガンは、生涯江馬の文学上の指針となった。長兄の下で苦学しながら文学の修業をつむ。

処女作「酒」（明治四十四年二月・「早稲田文学」）によって文壇にデビュー。「酒」は二十枚程の短篇で、次兄の養家先（造り酒屋）で起こった酒漏れ事件を扱ったものである。冬のある夜、酒蔵の酒が漏れているのを小僧がみつけて大騒ぎとなる。造り酒屋にとっては大事件である。静まりかえった酒蔵からポトリポトリと酒が漏れる不気味な様子から、あわてて税務署の役人が呼ばれる。この間の緊迫した情景描写はみごとだ。「酒」は発表当時から小宮豊隆《とよたか》、安倍能成《よししげ》などから、描写力が高く評価された。処女作からして江馬のとぎすまされた神経と、緊迫した情景の描写にすぐれていたことに注目されたい。

その後「早稲田文学」「ホトトギス」「スバル」などに短篇を発表しながら、次第に人道主義的傾向を強めていく。短篇「餌食《えじき》」（大正二年十月・早稲田講演）では、鉱山労働者の夜の餌食となっている少女を扱っていて、主人公はこの少女一人を救うことが出来ないことに苦悶している。江馬の目は次第に虐げられたもの、下層階級へと移っていく。

長篇『受難者』（大正五年九月・新潮社）は発売されるとたちまちベストセラーとなり、ようやく作家としての地位を確立した。江馬と最初の妻くめ（当時看護婦）との恋愛をテーマとしたもので、下層階級からかくも美しい女性を見い出したところが斬新であり、当時の文学青年の心をとらえた。『受難者』によって江馬は人道主義作家とよばれるようになった。その後『暗礁』『不滅の像』など長篇を次々と発表するが、次第に社会へ目を向けるようになっていく。感想と小品『心の窓』（大正十一年十二月・新潮社）の中では、「私たちが支那の芸術を知っていれば、すなわち彼等の思想や生活を知っていれば、こんなに冷淡であり得る筈がない。出来れば日本と支那との共通の文学雑誌が出してみたい」と述べている。

長篇『極光』上巻（大正十三年一月・新潮社）は関東大震災の前に組みあがり、下巻執筆中に罹災したが無事だった。この中ではクロポトキン、マルクスの著書にも触れ、左傾していく様子が窺《うかが》える。「日本人はアジア人共同の敵であるヨーロッパ人と一緒になって、東洋で共食いしている。奴隷化されつつある同胞のために支那を援助し、朝鮮を擁護し、印度を鼓舞してアジア人の復活のために尽すべきだ」と主張している。

江馬は大震災の数年前から、在日朝鮮人のおかれた立場に同情して、いろいろ尽力している。長兄が浅草の区長だったので、兄に頼んで区役所で使ってもらったりしている。兄は物にこだわらない人で、朝鮮に行っていたこともあって朝鮮人に理解があり、気持ちよく協力してくれた。その他自分の苦しい経済状態の中で、借金してまでお金を融通したり、食事をさせたり、個人で出来うるかぎりのことをしてきた。震災の時は『羊の怒る時』の中に出てくる蔡順秉という作家志望の苦学生を、しばらく匿まっている。江馬は彼の作家的才能をある程度評価して、出版社や雑誌社に紹介したり、就職の世話もしたが、彼はその後すっかり虚無主義に陥り、とうとう江馬宛の遺書を残して、日比谷公園で服毒自殺した。江馬はささやかながら葬式をし、骨を拾ってやった。彼のことは長篇『追放』（大正十五年十月・新潮社）の中に詳しく書かれているが、この中で主人公は彼を救えなかったのは自分の利己主義ではないかと苦しむ。しかしもし彼を助けることが出来たとして、果して自分がこれまで以上のことが出来るだろうかと自問し、結局社会を変えなければならないことに気づく。江馬は震災を通して個人の限界を知り、ついに社会主義者の道を歩むことになる。『羊の怒る時』と『追放』はこの時代の江馬思想を反映した記念碑的な作品である。江馬はこの二つの作品を置きみやげとして、生活を立て直すためにヨーロッパへ旅立つが、旅の途中で見たものは、大英帝国の植民地下で苦しむアジア人の姿であった。帰国後これらをテーマとした「阿片戦争」「黒人の兄弟」「甲板船客」などを次々と発表している。

江馬は関東大震災を体験する前に、すでに『羊の怒る時』を書く下準備ができていた。江馬の内部で機が熟したのと符牒《ふちょう》を合わせたように大震災が起こった。かくして『羊の怒る時』がこのように早い時期に書かれたのである。しかも小説にするには体験が生々しすぎたので、ルポルタージュにしたのではなかろうか。しかし単なるルポルタージュとも言い切れない。江馬は本書の〝序〟で「小説」と記しているが、小説とも言えない。本人がふらふらと現場を歩きながら、まるでカメラでとらえたごとく大震災の状況を再現していく。パニック状態における群衆心理の描写はみごとである。登場人物の配置もきちっとした構成のもとに描かれ無駄がない。六歳のあどけない長女M子が登場してくると、ポッとその場が明るくなる。著者自身が渦中にいるので、民衆と一緒になって「本当に朝鮮人が暴動を起こしているのではないか」と疑ってみたり、自分が朝鮮人と間違えられたりする場面があって、読者は著者と一体となって読める。時としてユーモアさえ感じる。生々しい現場は直接には描かれていないのに、緊迫した空気をひしひしと読者に感じとらせる技術は老練である。後に社会主義者となって、別の視点で書き改めたのが『血の九月』である。『血の九月』には目をそむけたくなるような生々しい場面がリアルに描かれているが、『羊の怒る時』の方にはるかに緊迫感と重量感を感じるのは私だけだろうか。

江馬は晩年私に「関東大震災を体験しなかったら『山の民』で群衆をあのように描くことは出来なかっただろう」と話していた。『山の民』は明治維新の時、飛騨《ひだ》で起こった百姓一揆を扱ったものであるが、『山の民』における群衆の描写のすばらしさは定評のあるところである。『羊の怒る時』は『山の民』には及ばないかも知れないが、処女作「酒」から『山の民』へ至る、重要なエポックを画する作品として、また江馬文学の根底を流れるヒューマニズムの傑出した作品として評価したい。

『血の九月』は社会主義者となった江馬が別の視点から見直し、一九三〇年に書きあげた。前半は『羊の怒る時』を土台にしているが、後半は社会主義者が虐殺された、いわゆる亀戸《かめいど》事件を扱っている。当時の体験者から直接聞いたり、友人の手記やその他の資料を調査した上で、関東大震災を全体像としてまとめた。書きあげたものの、思想弾圧の厳しい当時としては出版を断念せざるを得なかった。それから十七年後、敗戦直後の一九四七年に、在日朝鮮民主青年同盟岐阜県飛騨支部の人たちの手で出版され、ようやく日の目を見た。その後「人民文学」誌一九五三年九月号に、後半だけ「血の九月」と題して発表。その後再び手を入れて、創作集『延安賛歌』（昭和三十九年十一月・新日本出版社）に、前半を「ゆらぐ大地」、後半を「血の九月」として収録したが、ほとんど反響がなかった。しかし本書刊行と同じ頃、皓星社より復刊される予定である。併せてご購読いただければ倖いである。

『羊の怒る時』は発表当時からほとんどかえりみられないまま埋もれていたが、一九八九年に影書房より復刻された。実に六十五年ぶりのことで感慨無量であった。そして、さらに月日は流れ、この二〇二三年に筑摩書房で文庫化されることになった。

本年は関東大震災からちょうど百年にあたる。近年、東北地方・北海道など地震が多発している。本書には、自然の災害によって、人の心がどのように豹変していくかが身につまされる場面が多々描かれている。今、この時期に読んで頂きたい一書である。

二〇二三年六月

（作家）

解説　江馬修『羊の怒る時』の意味

西崎雅夫

一九二三年の関東大震災時に多くの朝鮮人・中国人が虐殺されるという「人災」が起きたが、当時の日本政府が事件を徹底的に隠蔽したのでいまだに全体像はわかっていない。当時行われた唯一の朝鮮人犠牲者調査は留学生を中心とした「罹災朝鮮同胞慰問班」のものであり、そこには虐殺の犠牲者数は六六六一人と記載されているが、行動の自由を制限された朝鮮人自身による調査の正確性には限界がある。内閣府中央防災会議の『災害教訓の継承に関する専門調査会報告書』には「殺傷事件」の犠牲者数は千〜数千人としか記載されていない。今日でも正確な朝鮮人犠牲者数が不明なのは、日本政府が犠牲者調査を怠り、むしろ実態を隠蔽してきた結果である。

中国人犠牲者に関しては、当時の中国政府が犠牲者名簿を作成したので、七百名以上の犠牲者の氏名・年齢・出身地・殺された場所等の詳細が残されている。

震災後、何人かの作家が事件の記録を試みている。その中で最も優れた表現を残した一人が江馬修であった。本稿では、江馬修『羊の怒る時』の記述と実際の関東大震災における朝鮮人・中国人虐殺の記録とを対照し、本作品の持つ意味について考えたい。
江馬は震災時の実体験を別の所で書き残している。その中の流言蜚語《りゅうげんひご》に関する部分を引用する。

この流言が代々木の私たちの所へつたわってきたのは［二日の］午後一時半ごろだった。初めみな半信半疑の不安な顔つきできいていたが、新宿でやけ残りのうら街で朝鮮人が放火しようとしている現場をつかまったとか、火事がもえひろがるように朝鮮人が町のあちこちに石油かんをかくして歩いているとか、彼らが若い娘を凌辱してその死体を火の中に投じたとかいう話がつぎつぎと流されてくるに従って人々は昂奮した。まもなくそこらでも朝鮮人狩がはじまった。［略］
ふいに谷の奥でけたたましい警鐘の乱打がひびいた。みんな緊張して顔を見あわせた。その時一人の在郷軍人が私たちの側を小走りに通って行きながらこう言った。
「あれは火事じゃない。この奥で朝鮮人が暴動を起したんです。あいつらは爆弾をもってるから気をつけて下さい」
その時またどこかで大声で人のよばわるのがきこえた。みると、白シャツに黒ズボンの男が、谷間の道を一さんに自転車をとばせながら、ありったけの大声でこう叫んでいた。

「××橋で朝鮮人が三百人、暴動を起してるんだ。今にこっちへ押寄せてくるから、男子はみな武器をもって出て下さい。女と子供は神宮の森へ避難させて下さい！」

（江馬修「関東大震災」和島誠一等編『日本歴史物語　第6（近代のあゆみ）』河出書房新社、一九六二年）

『羊の怒る時』に書かれている流言蜚語の内容も、江馬の実体験と全く同じである。『羊の怒る時』には主人公の周囲にいた朝鮮人学生たちの様子も描かれている。そのうちの一人は友人を探しに行くというので、主人公は「騒ぎが鎮まるまで家の中におとなしくしていらっしゃい」と熱心に説得する。だがその説得を聞かずに彼は本所《ほんじょ》へ向かい、そのまま消息不明となってしまう。主人公は「あの時なぜ死力をつくして彼を思い止まらせなかったか」と後に悔むことになる。

こうした朝鮮人学生の危機的状況は、当時江馬の住居のごく近くに住んでいた作家の金子洋文《ようぶん》の証言でも確認できる。

その夜は前の原っぱに蚊帳《かや》をつってすごしたが、その翌日［二日］から朝鮮人暴動の宣伝がはじまり、代々木の原っぱよぎって襲来する、住民は神宮裏の山内子爵邸に避難せよと、大声でふれて疾走する。しかし、私はこの宣伝を信用しなかった。なぜなら、両隣の左方には朝鮮人の土木建者が住んでいるし、右方には朝鮮人の留学生が五、六人住んでいたが、これらの人々はヒソとして音もたてないで日本人の蛮行をおそれて、ひそんでいる。

（金子洋文「関東大震災と『種蒔き雑記』」『月刊社会党』日本社会党中央本部機関紙局、一九八三年九月）

また新宿に近い戸塚町に住む橘清作の証言にも朝鮮人・中国人留学生たちの危機的な状況が記録されている。

表街道を四五人連れの支那人学生が通る。逆上した青年団のある者は闇にも光る閃々たる一刀をすらりと抜いてその切尖《きっさき》を学生の面前に突きつけながら、「この場合貴様達のような奴等は生かしておけぬ」と大声で怒鳴り上る、〔略〕何も知らぬ支那人学生は恐ろしさにぶるぶる慄えながら、支那式に叩頭百拝《こうとうひゃくはい》、ひたすらに助命を乞うている。

早稲田へ通う鮮人学生が私どもの近くに一戸を借りていた。たしか二日の晩であったかと思う。見知りの土地の青年団の一群が、腰に一本打ち込んだり、棍棒を持ったりして、頻《しき》りに戸内の動静を窺《うかが》っている。如何したのですと聞くと、もしも不穏な挙動があれば、立ち所に切り捨てるのだとの恐ろしい権幕である。［略］家の中を覗くに四五人の鮮人学生は怖しそうにローソクの灯に固まっている。

（橘清作「焦髪日記」東京市役所・萬朝報社共編『震災記念・十一時五十八分』萬朝報社、一九二四年　※一部現代の漢字・かな表記にあらためた）

当時朝鮮人留学生の多くは山の手や郊外に住んでいた。震災直後、下町では朝鮮人労働者たちが次々と虐殺されていたが、山の手や郊外の留学生たちは危機的状況ではあったものの、助かったケースも少なくなかったようだ。それは、本稿の主人公のように朝鮮人を守ろうとする人々がいたからだろう。

震災の直前に来日し東京女子美術学校に入学予定だった羅祥允《ナサンユン》は、壱岐坂《いきざか》のすぐ隣の本郷弓町の下宿で被災した。彼女は、下宿の主人が一番奥の部屋に隠して自警団を追い返してくれたので助かった。本郷肴町で被災した留学生の咸錫憲《ハムソッコン》は、下宿の向うにある教会の富永牧師が「君らのことはこの周りの人によく話していくから心配ない。ただ外出は一切するな」と言ったので、一週間外出せずにいて助かった。

『羊の怒る時』の中で最も印象的なのは、壱岐坂で主人公が見て見ぬふりをした朝鮮人襲撃の場面だろう。

焼け跡に立って路を探している時、不意に自分は側近くで人々の罵り騒ぐ声をきいた。

「朝鮮人だ、朝鮮人だ！」

「そうだ、朝鮮人に違いない！」

「やっつけろ！」

「ぶっ殺してしまえ。」

見ると、十人ばかりの群集が、三、四人の若い学生を取り囲むようにして、口々にそう罵り喚いているのであった。学生達はまさしく朝鮮人であった。

「略」職人体の男が太い棒でいきなり一人の頭をぽかりとやった。

叫び声が起こった。

「生意気な、抵抗しやがったな。」

昂奮した群衆は一層殺気立った、そして乱闘が始まった。

自分はさっきから息づまるような気持ちで、その成りゆきを見守っていた。何とかして彼等を助けてやりたい、しかし正気を失った群衆に対して無力な自分に何が出来よう。もし彼等を弁護しようとすれば、群衆の憤怒は自分におっ冠《かぶ》さってくるだけである……。［略］自分は目をそらして、あわてて壱岐坂を登って行った。心で自分をこう罵りながら。

「卑怯者！」

都心部で起きた朝鮮人虐殺事件の目撃証言は多く残されている。フランス文学者の中島健蔵は神楽坂警察署前で鳶口《とびぐち》を頭に振り下ろされた朝鮮人を目撃した。編集者の小林勇は岩波茂雄に連れられて神田佐久間町に行き「昨夜もこの河岸で十人ほどの朝鮮人をしばって並べて置いて槌《つち》でなぐり殺した」と語る男の話を聞いた。女優の清川虹子は上野音楽学校近くの交番のあたりで一人の朝鮮人が殴り殺されるのを見た。

『羊の怒る時』は小説という形をとってはいるが、明らかにドキュメンタリーである。自分が見聞きしたことを江馬は作家として書き残さずにはいられなかったのだろう。関東大震災時の朝鮮人虐殺事件に関する公的史料はほとんど残されていない。しかし私たちは、江馬の貴重な記録や多くの証言から歴史的事実の一端を知ることができる。そして、江馬ほど関東大震災時の体験を詳細に記録した作家はいない。その記録から私たちは極限状況に直面した人間の姿を学ぶことができる。『羊の怒る時』の最後の方で、主人公は友人にこう言う。「朝鮮人に関する問題は全然我々の無智と偏見とから生じたことで、人道の上から言ったら、震災なぞよりもこの方が遥かに大事件であり、大問題であると言わなければならないと思う。」

このように社会をとらえた江馬が震災を機に社会主義者になっていったことはよく理解できる。

最後に。江馬修が関東大震災を主題に描いたもうひとつの小説『血の九月』も機会があればぜひ読んでほしい。『血の九月』のラストシーンは、亀戸警察署で生き残った少年工が荒川の旧四ツ木橋を渡る場面で終っている。

夕日が沈みはてたころ、福田はようやく荒川放水路にたどりついた。［略］かすかな川風はぶきみな激しい異臭をはこんできた……橋の手すりに寄りかかった人たちの口々にしゃべっている言葉を聞くまでもなく、亀戸警察署が軍隊と共謀して銃殺し、また刺殺した幾百という大量の死骸をここに運んできて、それらに石油をぶっかけて、片っぱしから焼きすてにかかっているのであった。［略］

福田は川原でめらめらと燃えさかる火葬の炎にむかって、てのひらを合わせ、目をとじて深く頭をさげた。それから、手すりを離れ、夕やみの中に長々とつづく旧式な木造の四ツ木橋を急ぎ足で渡って行った。

（江馬修「血の九月」『創作集　延安賛歌』新日本出版社、一九六四年）

私が理事を務める一般社団法人ほうせんかは、ここに描かれている旧四ツ木橋のたもとに二〇〇九年に追悼碑を建て、今も朝鮮人犠牲者の追悼・調査活動を続けている。（羅祥允・咸錫憲・中島健蔵・小林勇・清川虹子の証言は、西崎雅夫編『証言集　関東大震災の直後　朝鮮人と日本人』〔ちくま文庫、二〇一八年〕に収録されている）

存在の根底を照らす月明り

石牟礼道子

関東大震災の時の、朝鮮人虐殺が本書の主題である。地震発生から三日間の出来事が、作家の住んでいる町内とそのまわりの状況から記されてゆく。惨禍の中で生活全般を根こそぎにされたとき、人は何を思い、行うか。

著者の親しくしていた朝鮮人学生、鄭君と李君が、崩潰《ほうかい》した家並の下から、産婦と赤ん坊を救い出す場面が冒頭に描かれる。後に続く重い内容と照らし合わせて暗示的である。

「この時鄭君は既に李君の手から赤ん坊を受取って、不器用な手付で抱きあげながら、その顔や頭を落ちつきなく検《しら》べまわしていた。［略］生れて間のない、赤い着物に包《くる》まった赤ん坊は、この異国人の無器用な逞ましい腕の中で、まだ見ることのできない眼と眉根《まゆね》を気むずかしげに顰《しか》めながら、乳を求めるように小さい愛らしい口を尖らしていた。それこそ一人の人間というよりも、美しい、純な、ひとつの生命であった」

この情景は、救いのない巻中の奥の、かすかな曙光《しょこう》のように読者の胸をよぎり続ける。間断ない震動と火焔と、警鐘の乱打と、死臭の中にたちあらわれて跋扈《ばっこ》する悪霊たちのような、群衆の姿に透けながら重なって発光する聖画のように。

群集は口々にこう言い交わし、叫ぶのである。

〝朝鮮人が井戸に毒を投げこんでゆくから用心せよ。〟〝少女を辱かしめて、火の中に投げこんで行った。〟〝朝鮮人が混乱に乗じて暴動を起した。男子は武装して、みつけ次第にたたっ殺せ。〟

在郷軍人の服装をした男が半潰した家々を一軒一軒ふれて歩く。「ちょっと御注意申しあげます。朝鮮人が避難者の風をして、避難者に化けて我々の中に交っている事が発見されました」

わたしの村や町の誰それに、なんと瓜二つであることか。このような極限事態の群集心理は、じつに根深い意味をもっているが、民衆の日常思考の劇症的な毒性化で、まことに気がふさぐ。著者は民衆に教養があったならばと巻末に書くが、半世紀すぎて身のまわりを眺め、次なる大震災を想うとき甚《はなは》だ心許ない。

凄惨な第一夜がくる。

「舞いのぼる大火焔が冴えきった星空の下に寂しく消えぎえになるあたり、何か異様なものを認めて自分は思わず立止まった。「おや、何だろう?」と自分は言った。「まるで地獄の焔の中を人魂《ひとだま》でも迷っているように見えるじゃ無いですか。」

「ほんとに、」とN君も立止まって言った。「何でしょう、見てると無気味ですね。」

I君も不思議そうに眺めていたが、

「月だ、月ですよ、」と叫んだ。

なる程、欠けた月がいつものように燃え狂う火焔の中から昇ろうとしているのであった。

「何だい、月か、人を馬鹿にしている！」

思わずN君はそう言った。N君でなくとも、実際、こんな場合にも平日と変りなく風流めかしく月が顔を出すという事が、何かしら不自然な、そして所柄《ところがら》を弁《わきま》えぬことのように思われた」

記録文学といわず、フィクションといわず、文体というものは筆者とその時代を表現してしまうが、こういう時に、お月さまが所柄を弁えぬなどと思うのは、大正という時代の人品のゆえであろう。おかしくもあり、ほっとする。

虐殺の現場は台風の目のように伏せられ、抑制されて出てこない。むしろ、群衆の行動がいかようにつくり出されてゆくか、早鐘の音などで描かれる。それが力学的なうねりとなって姿の見えぬ犠牲者を呑みこんでゆくさまが、読む者を震災の極相と民族的罪業の場に押し出さずにはいない。

高群逸枝《たかむれいつえ》も、まだ田舎めいていた世田谷で、長槍などを持ってかけ出す男たちをみて、「××人たちが来たら一なぐりとでも思っているのかしら。じつに非国民だ。いわゆる「朝鮮人」をこうまで差別視しているようでは、「独立運動」はむしろ大いにすすめてもいい。その煽動者にわたしがなってもいい」と書いている。

赤ん坊と産婦を助け出した李青年は、著者が必死で止めるのを振り切って、友人たちの安否をたしかめに、血走った群集の狂気がのぼりつめている都心にむけて歩み去り、帰ってこない。愛し子の恩人をいたく気づかい、その父親も八方手をつくして探すのだが、事態が沈静したあとも李青年の行方はわからなかった。

赤ん坊が救い出された時この若い父親は、二人の異国青年とまわりの人々にこういうのだ。

「朝鮮の学生さん、どうも有難うございました。〔略〕この御恩は決して忘れません。赤ん坊が大きくなったら、またあなた方の事をようく言って聞かせます。実はもう死んでしまった事と思っていましたのに。」

時代をへだてた今、こういう場合のふつうの庶民の、いたって当り前なお礼のもの言いが、ひどく上等な人間の言葉に思われる。大流血の惨事が行われようとしている直前、「赤ん坊が大きくなったら」という言葉は無力なようだけれど、人間性のなんたるかを考えさせられる。

「通俗小説の全盛期で、恋愛もなければ筋さえない小説は退屈なものに思われるかも知れないが」、「虚飾的な技巧などを無視して、まじめな芸術作品を理解し得るものも決して少なくないと信じる」、とは大正末期、著者江馬修の序である。

（初出：「群像」一九九〇年四月号。『石牟礼道子全集　不知火』第14巻〔藤原書店〕を底本とした。最終段落の引用部が原典と違っているが、筆者が故人のためママとした）

本書は一九二五年十月に聚芳閣により刊行されました。この文庫は、一九八九年十月に影書房により復刊された単行本を底本としています。今回の文庫化にあたり、副題と新たな解説を付しました。一部、今日の人権意識に照らして不適切と考えられる語句や表現がありますが、時代的背景や作品の記録文学としての意図、また著者が故人であることから、そのままとしました。

女と刀　中村きい子
明治時代の鹿児島で士族の家に生まれ、男尊女卑や家の厳しい規律など逆境の中で、独立して生き抜いた一人の女性の物語。（鶴見俊輔／斎藤真理子）

十六夜橋　新版　石牟礼道子
不知火（しらぬい）の海辺に暮らす人びとの生と死、恋の道行き、うつつとまぼろしを叙情豊かに描く傑作長編。第三回紫式部文学賞受賞作。（米本浩二）

洲崎パラダイス　芝木好子
「橋を渡ったら、お終いよ。あそこは女の人生の一番おしまいなんだから」。華やいだ淫蕩の街で生きる女たちを描いた短篇集。（水溜真由美）

南の島に雪が降る　加東大介
召集された俳優加東はニューギニアで死の淵をさまよう兵士たちを鼓舞するための劇団づくりを命じられる。感動の記録文学。（保阪正康・加藤晴之）

方丈記私記　堀田善衞
中世の酷薄な世相を覚めた眼で見続けた鴨長明。その人間像を自己の戦争体験に照らして語りつつ現代日本文化の深層をつく。巻末対談＝五木寛之

魚影の群れ　吉村昭
津軽海峡を舞台に、老練なマグロ漁師の孤絶の姿を描く表題作他、自然と対峙する人間たちが登場する傑作短篇四作を収録。（栗原正哉）

熊撃ち　吉村昭
人を襲う熊、熊をじっと狙う熊撃ち。大自然のなかで、実際に起きた七つの事件を題材に、孤独で忍耐強い熊撃ちの生きざまを描く。

東京の戦争　吉村昭
東京初空襲の米軍機に遭遇した話、寄席に通った話。少年の目に映った戦時下・戦後の庶民生活を活き活きと描く珠玉の回想記。（小林信彦）

落穂拾い・犬の生活　小山清
明治の匂いの残る浅草に育ち、純粋無比の作品を遺して短い生涯を終えた小山清。いまなお新しい、清らかな祈りのような作品集。（三上延）

愛についてのデッサン　野呂邦暢　岡崎武志編
夭折の芥川賞作家が古書店を舞台に人間模様を描く「古本青春小説」。古書店の経営や流通など編者ならではの視点による解題を加え初文庫化。

尾崎翠集成（上）　尾崎翠　中野翠編

鮮烈な作品を残し、若き日に音信を絶った謎の作家・尾崎翠。この巻には代表作「第七官界彷徨」をはじめ初期短篇、詩、書簡、座談を収める。

尾崎翠集成（下）　尾崎翠　中野翠編

時間とともに新たな輝きを加えてゆく尾崎翠の文学世界。下巻には『アップルパイの午後』などの戯曲、映画評、初期の少女小説を収録する。

清水町先生　小沼丹

小沼丹が、師とあおぐ井伏鱒二について記した随筆、解説を精選して集成。人となりと文学を描き出し、語りつくした一冊。（庄野潤三）

新版　レミは生きている　平野威馬雄

ぼくは「日本人」じゃない？　生涯「混血児」を救い続けた文学者の青く切ない自伝小説。今こそ読みたい名著復刊！（平野レミ／下地ローレンス吉孝）

命売ります　三島由紀夫

自殺に失敗し、「命売ります。お好きな目的にお使い下さい」という突飛な広告を出した男のもとに、現われたのは？（種村季弘）

肉体の学校　三島由紀夫

裕福な生活を謳歌している三人の離婚成金。〝年増園〟の例会はもっぱら男の品定め。そんな一人がニヒルで美形のゲイ・ボーイに惚れこみ……。（群ようこ）

三島由紀夫レター教室　三島由紀夫

五人の登場人物が巻き起こす様々な出来事を手紙で綴る。恋の告白・借金の申し込み・見舞状等、一風変ったユニークな文例集。（群ようこ）

飛田ホテル　黒岩重吾

刑期を終えたやくざ者に起きた妻の失踪を追う表題作など、大阪のどん底で交わる男女の情と性。直木賞作家の傑作ミステリ短篇集。（難波利三）

西成山王ホテル　黒岩重吾

飛田、釜ヶ崎……、大阪のどん底で強かに生きる男女の哀切を直木賞作家が濃密に描く。『飛田ホテル』に続く西成シリーズ復刊第二弾。（花房観音）

飛田残月　黒岩重吾

飛田界隈をただよう流れ者たちの激情と吐息。酷薄さとやさしさの溶けあう筆致で淪落の者たちへの愛を描き切る傑作八篇。（小橋めぐみ）

江分利満氏の優雅な生活　山口瞳

卓抜な人物描写と世態風俗の鋭い観察によって昭和一桁世代の悲喜劇を鮮やかに描き、高度経済成長期前後の一時代をくっきりと刻む。（小玉武）

『新青年』名作コレクション　『新青年』研究会編

探偵小説の牙城として多くの作家を輩出した伝説の総合娯楽雑誌『新青年』。創刊から101年を迎え新たな視点で各時代の名作を集めたアンソロジー。

疾走！日本尖端文學撰集　小山力也編

まるで詩で小説を書くような煌めく比喩で綴られる文章で昭和初期に注目を集めた〈新感覚派〉の作品群を小山力也の編集、解説で送るアンソロジー。

幻の女　田中小実昌　日下三蔵編

近年、なかなか読むことが出来なかった〝幻〟のミステリ作品群が編者の詳細な解説とともに甦る。夜の街の片隅で起こる世にも奇妙な出来事たち。

密室殺人ありがとう　田中小実昌　日下三蔵編

編者苦心の末、発掘した1970年代から80年代の雑誌掲載のみになっていたミステリ短篇を中心に構成した文庫オリジナルの貴重な作品集。

箱の中のあなた　山川方夫　日下三蔵編

日本文学に大きな足跡を残した夭折の天才・山川方夫のショートショート作品を日下三蔵氏の編集で送る全2巻。1巻目は代表作「親しい友人たち」収録。

長くて短い一年　山川方夫　日下三蔵編

純文学から〈ショートショート〉への応答。山川方夫のショートショートを編者・日下三蔵がまとめた決定版作品集の第2弾。初文庫化作品も収録。

方壺園　陳舜臣　日下三蔵編

唐後期、特異な建築「方壺園」で起きた漢詩の盗作をめぐる密室殺人の他、乱歩賞・直木賞・推理作家協会賞を受賞したミステリの名手による傑作集。

阿房列車——内田百閒集成1　内田百閒

「なんにも用事がないけれど、汽車に乗って大阪へ行って来ようと思う」。上質のユーモアに包まれた、紀行文学の傑作。（和田忠彦）

冥途——内田百閒集成3　内田百閒

無気味なようで、可笑しいようで、怖いようで。曖昧な夢の世界を精緻な言葉で描く、「冥途」「旅順入城式」など33篇の小説。（多和田葉子）

青空娘　源氏鶏太

主人公の少女、有子が不遇な境遇から幾多の困難にぶつかりながらも健気にそれを乗り越え希望を手にする日本版シンデレラ・ストーリー。（山内マリコ）

最高殊勲夫人　源氏鶏太

野々宮杏子と三原三郎は家族から勝手な結婚話を迫られるも協力してそれを回避する。しかし徐々に惹かれ合うお互いの本当の気持ちは……。（千野帽子）

明日は日曜日　源氏鶏太

とある会社の総務課を舞台に、社内外で起こるドタバタ事件をほのぼの、ユーモラスに描いた13編の連作からなる昭和のラブコメディ。（南沢奈央）

家庭の事情　源氏鶏太

父・平太郎は退職金と貯金の全財産を5人の娘と自分で6等分にした。すると各々の使い道からドタバタ劇が巻き起こって、さあ大変?!（印南敦史）

御身　源氏鶏太

矢沢章子は突然の借金返済のため自らの体を売ることを決意する。しかし愛人契約の相手・長谷川との出会いが彼女の人生を動かしてゆく。（寺尾紗穂）

コーヒーと恋愛　獅子文六

恋愛は甘くてほろ苦い。とある男女が巻き起こす恋模様をコミカルに描く昭和の傑作が、現代の「東京」によみがえる。（曽我部恵一）

娘と私　獅子文六

文豪、獅子文六が作家としても人間としても激動の時間を過ごした昭和初期から戦後、愛娘の成長とともに自身の半生を描いた亡き妻に捧げる自伝小説。

七時間半　獅子文六

東京―大阪間が七時間半かかっていた昭和30年代、特急「ちどり」を舞台に乗務員とお客たちのドタバタ劇を描く隠れた名作が遂に甦る。（千野帽子）

自由学校　獅子文六

しっかり者の妻とぐうたら亭主に起こった夫婦喧嘩をきっかけに、戦後の新しい価値観をコミカルかつ鋭い感性と痛烈な風刺で描いた代表作。（戌井昭人）

箱根山　獅子文六

戦後の箱根開発によって翻弄される老舗旅館、玉屋と若松屋。そこに身を置き惹かれ合う男女を描く傑作。箱根の未来と若者の恋の行方は？（大森洋平）

幸田文 ちくま日本文学

勲章　姦声　髪　段　雛　笛　鳩　黒い裾　蜜柑の花まで　浅間山からの手紙　結婚雑談　長い時のあと　みそっかす 他　（安野光雅）

太宰治 ちくま日本文学

魚服記　ロマネスク　満願　津軽　抄　女生徒　千代女　新釈諸国噺 より　お伽草紙 より　トカトントン　桜桃　ヴィヨンの妻 他　（長部日出雄）

坂口安吾 ちくま日本文学

風博士　村のひと騒ぎ　FARCEに就て　風と光と二十の私と　日本文化私観　堕落論　白痴　金銭無情　桜の森の満開の下 他　（鶴見俊輔）

中島敦 ちくま日本文学

名人伝　山月記　弟子　李陵　狐憑　木乃伊　文字禍　幸福　夫婦　雞　マリヤン　盈虚　牛人　巡査の居る風景　悟浄出世　悟浄歎異 他　（池澤夏樹）

林芙美子 ちくま日本文学

蒼馬を見たり 抄　風琴と魚の町　魚の序文　清貧の書　泣虫小僧　下町　魚介　牡蠣　河沙魚　夜猿　（田辺聖子）

教科書で読む名作
山月記・名人伝 ほか 中島敦

表題作のほか、狐憑／幸福／名人伝など収録。高校国語教科書に準じた傍注や図版つき。併せて読みたい名評論や「山月記」の元となった説話も収めた。

教科書で読む名作
夏の花 ほか 戦争文学 原民喜ほか

表題作のほか、審判（武田泰淳）／夏の葬列（山川方夫）／夜（三木卓）など収録。高校国語教科書に準じた傍注や図版付き。併せて読みたい名評論も。

教科書で読む名作
セメント樽の中の手紙 ほか
プロレタリア文学 葉山嘉樹ほか

表題作のほか、二銭銅貨（黒島伝治）／蟹工船（小林多喜二）など収録。高校国語教科書に準じた傍注や図版付き。併せて読みたい名対談も収めた。

教科書で読む名作
伊豆の踊子・禽獣 ほか 川端康成

表題作のほか、油／末期の眼／哀愁／しぐれなどを収録。高校国語教科書に準じた傍注や図版付き。併せて読みたい三島由紀夫の名評論も収めた。

教科書で読む名作
走れメロス・富嶽百景 ほか 太宰治

表題作のほか、猿ヶ島／女生徒／清貧譚／水仙／トカトントンなどを収録。高校国語教科書に準じた傍注や図版付き。併せて読みたい名評論も収めた。

小説 浅草案内　半村良
バブル直前の昭和の浅草。そこに引っ越してきた独り暮らしの作家。地元の人々との交流、風物、人情の機微を虚実織り交ぜて描く。（いとうせいこう）

吉原はこんな所でございました　福田利子
三歳で吉原・松葉屋の養女になった少女の半生を通して語られる、遊廓「吉原」の情緒と華やぎ、そして盛衰の記録。（阿木翁助　猿若清三郎）

玉の井という街があった　前田豊
永井荷風「濹東綺譚」に描かれた私娼窟・玉の井。しかし、その実態は知られていない。同時代を過ごした著者による、貴重な記録である。（井上理津子）

呑めば、都　マイク・モラスキー
赤羽、立石、西荻窪……ハシゴ酒から見えてくるのは、その街の歴史。古きよき居酒屋を通して戦後東京の変遷に思いを馳せた、情熱あふれる体験記。

神田神保町書肆街考　鹿島茂
世界に冠たる古書店街・神田神保町の誕生から現在までの栄枯盛衰を鮮やかに描き出し、刊行時多くの愛書家を唸らせた大著が遂に文庫化！（仲俣暁生）

中央線がなかったら 見えてくる東京の古層　陣内秀信／三浦展 編著
中央線がもしなかったら？　中野、高円寺、阿佐ヶ谷、国分寺……地形、水、古道、神社等に注目すれば東京の古代・中世が見えてくる！　対談を増補。

白い孤影 ヨコハマメリー　檀原照和
白の異装で港町に立ち続けた娼婦。老いるまで、そのスタイルを貫いた意味とは？　20年を超す取材をもとにメリーさん伝説の裏側に迫る！（都築響一）

荷風さんの戦後　半藤一利
戦後日本という時代に背を向けながらも、自身の生活を記録し続けた永井荷風。その孤高の姿を愛情溢れる筆致で描く傑作評伝。（川本三郎）

荷風さんの昭和　半藤一利
破滅へと向かう昭和前期。永井荷風は驚くべき適確さで世間の不穏な風を読み取っていた。時代風景の中に文豪の日常を描出した傑作。（吉野俊彦）

明治・大正・昭和 不良少女伝　平山亜佐子
すれっからしのバッド・ガールたちが、魔都・東京を跋扈する様子を生き生きと描く。自由を追い求めた近代少女の真実に迫った快列伝。（井上章一）

釜ヶ崎から　生田武志

失業した中高年、二十代の若者、DVに脅かされる母子――。野宿者支援に携わってきた著者が、「究極の貧困」を問う圧倒的なルポルタージュ。

アイヌの世界に生きる　茅辺かのう

アイヌの養母に育てられた開拓農民の子が大切に覚えてきた、言葉、暮らし。明治末から昭和の時代をアイヌの人々と生き抜いてきた軌跡。（本田優子）

消えた赤線放浪記　木村聡

「赤線」の第一人者が全国各地に残る赤線・遊郭跡を訪ね、色町の「今」とそこに集まる女性たちを取材した貴重な記録。文庫版書き下ろし収録。

沖縄と私と娼婦　佐木隆三

アメリカ統治下の沖縄。ベトナム戦争が激化するなか、米兵相手に生きる風俗街の女たちの姿をヒリヒリと肌を刺す筆致で描いた傑作ルポ。（藤井誠二）

ドライブイン探訪　橋本倫史

全国のドライブインに通い、店主が語る店や人生の話にじっくり耳を傾ける――手間と時間をかけた取材が結実した傑作ノンフィクション。（田中美穂）

ちろりん村顚末記　広岡敬一

トルコ風呂と呼ばれていた特殊浴場を描く伝説のノンフィクション。働く男女の素顔と人生、営業システム、歴史などを記した貴重な記録。（本橋信宏）

消えゆく横丁　藤木TDC・文　イシワタフミアキ・写真

昭和と平成の激動の時代を背景に全国各地から消えていった、あるいは消えつつある横丁の生と死を、貴重写真とともに綴った渾身の記録。

誘拐　本田靖春

戦後最大の誘拐事件。残された被害者家族の絶望、犯人を生んだ貧困、刑事達の執念を描くノンフィクションの金字塔！（佐野眞一）

本土の人間は知らないが、沖縄の人はみんな知っていること　矢部宏治

普天間、辺野古、嘉手納など沖縄の全米軍基地を探訪し、この島に隠された謎に迫る痛快無比なデビュー作。カラー写真と地図満載。（白井聡）

家《チベ》の歴史を書く　朴沙羅

「個人の人生を、どう歴史として残せるのだろう」家族への親愛と歴史への洞察に満ちた、ある家の記録。岸政彦、星野智幸推薦。（斎藤真理子）

ちくま文庫

羊《ひつじ》の怒《いか》る時《とき》
――関東大震災《かんとうだいしんさい》の三日《みっか》間《かん》

二〇二三年八月 十 日 第一刷発行
二〇二三年十月二十日 第二刷発行

著 者 江馬修（えま・しゅう）
発行者 喜入冬子
発行所 株式会社 筑摩書房
東京都台東区蔵前二―五―三 〒一一一―八七五五
電話番号 〇三―五六八七―二六〇一（代表）
装幀者 安野光雅
印刷所 明和印刷株式会社
製本所 株式会社積信堂

ISBN978-4-480-43904-8 C0193